Claudia Choate
Verlorene Seelen 2 – Ein Hundeleben

AF206567

Verlorene Seelen 2

Ein Hundeleben

von
Claudia Choate

Biografische Information der Deutschen Nationalbibliothek: Die Deutsche Nationalbibliothek verzeichnet diese Publikation in der Deutschen Nationalbibliografie; detaillierte bibliografische Daten sind im Internet über dnb.dnb.de abrufbar.

© 2019 Claudia Choate

Herstellung und Verlag: BoD – Books on Demand, Norderstedt
2. Auflage 2020

ISBN: 978-3-74819-337-1

INHALTSVERZEICHNIS

I

II

ALLTAG

Erschöpft ließ Jason den Spaten sinken und lehnte sich für eine paar Minuten an einen Baum, um sich auszuruhen. Der Boden war ganz schön hart und er hatte lange gebraucht, bis er die flache Grube ausgehoben hatte. Trotz des kalten Apriltages standen ihm die Schweißperlen auf der Stirn und seine Jacke hatte er bereits vor einer halben Stunde über die Griffe einer Schubkarre gehängt, die nur wenige Meter entfernt stand.

Als sich seine Atmung wieder beruhigt hatte und die kalte Luft nicht mehr im Hals schmerzte, ging er zur Schubkarre, hob keuchend den Stoffsack hoch, der eigentlich viel zu groß und zu schwer für den schmächtigen Jungen war, und legte ihn in die Grube. Zärtlich streichelte er über den Sack, bevor er erneut den Spaten ergriff, die Erde über das Bündel schaufelte und anschließend festklopfte. Dabei liefen ihm einige Tränen über das Gesicht. *Das Leben ist manchmal aber auch ungerecht*, dachte der kleine Junge, *Warum muss es immer die Unschuldigen treffen?*

Nachdem Jason das Loch wieder zugeschüttet

hatte, blickte er von dem frischen Erdhügel über die Wiese, auf der er nicht zum ersten Mal ein Loch gegraben hatte. Es kam immer mal wieder vor, dass ein Tier verstarb, das hier seine letzte Ruhe gefunden hatte. Die anderen Gräber waren unter der Wiese kaum noch zu sehen, doch der kleine Junge wusste auch so ganz genau, wo sie sich befanden. Die Bilder hatten sich tief in sein Gedächtnis eingebrannt, sodass er selbst unter einer dicken Schneeschicht die Stellen wiederfinden würde.

Seufzend nahm er schließlich die Schaufel, hob die Hacke auf, die er neben das Loch gelegt hatte, und legte beides zurück in die Schubkarre. Er griff seine Jacke, zog sie sich über und schloss den Reißverschluss. Anschließend wischte er sich das Gesicht ab, damit sein Vater die Tränen nicht sehen würde. *‚Tränen sind etwas für Mädchen‘*, sagte er immer. Und um die Hunde zu weinen, die sein Vater für Waren hielt, konnte dieser schon gar nicht verstehen.

Einmal hatte er Jason dabei erwischt, wie dieser an einem der Gräber geweint hatte, und war vollkommen ausgerastet. Er hatte Jason geschlagen und als *Memme* beschimpft, ihn anschließend in den alten Brunnenschacht hinuntergelassen und das Seil hochgezogen. Dort durfte er mehrere Stunden in der Dunkelheit über sein Verhalten nachdenken. Als sein Vater ihn schließlich wieder herausließ, erlaubte er dem Jungen, sich zu entschuldigen, was Jason natürlich gerne getan hatte. Immerhin war er ein ungezogener Junge gewesen – dann musste man auch dafür gerade stehen.

Seit diesem Tag hatte Jason nie wieder vor seinem Vater geweint. Er wollte ihn nicht verärgern. Herr Bauer war sowieso schon oft genug verärgert, wenn sein Sohn zu langsam war oder schlechte Noten in der Schule schrieb. Da musste man ihn nicht auch noch zusätzlich reizen. Doch wenn der Junge alleine war, ließ er seinen Tränen freien Lauf. Es befreite ein wenig, wenn er an die toten Körper dachte und an das Leben, das die Tiere eigentlich vor sich gehabt hätten.

Aber sein Vater hatte ihm oft genug erklärt, dass es nicht alle schafften. Er züchtete schon seit vielen Jahren verschiedene Hunderassen, um die Welpen zu verkaufen. Bei den vielen Geburten waren immer mal wieder ein paar Welpen, die tot geboren wurden oder kurz nach der Geburt verstarben, weil sie zu klein und schwach waren oder einfach irgendeinen Geburtsdefekt hatten. Daran hatte sich der Zwölfjährige schon lange gewöhnt. Er war dann zwar auch traurig, aber das gehörte einfach dazu.

Was ihm immer schwer im Magen lag, waren die älteren Tiere – Tiere, die für die Zucht verwendet worden waren oder auch ältere Welpen, die keinen Abnehmer gefunden hatten. Wenn diese Tiere plötzlich starben, musste sich der Junge schwer zusammenreißen, um nicht von der Traurigkeit übermannt zu werden.

Beherzt griff Jason die beiden Griffe der

Schubkarre und machte sich auf den Rückweg über die ungepflegten Weiden, die früher von Rindern und Pferden bevölkert wurden, heute jedoch nur noch wild vor sich hin wucherten. Der einst so prächtige Hof machte heute einen eher traurigen Eindruck. Überall lag Schrott herum, die Farbe der Gebäude war verblichen und blätterte an einigen Stellen ab, und die geräumigen Pferdeboxen waren in Hundekäfige verwandelt worden

Manchmal stellte sich Jason vor, wie der Hof früher ausgesehen haben mochte, als reiche Pferdebesitzer mit ihren edlen Tieren über den Hof liefen, Ausritte machten oder auf dem Reitplatz über hohe Hindernisse sprangen. Aber all das gab es schon lange nicht mehr. Jetzt wohnte er alleine mit seinem Vater auf dem heruntergekommenen Anwesen. Seine Mutter war fort; er konnte sich nicht mehr an sie erinnern. Fotos gab es keine und vor seinem Vater durfte er sie nicht erwähnen.

Nachdem er endlich an der Scheune ankam und die Schubkarre weggeräumt hatte, lief er eilig ins Haus. Für ein Frühstück war keine Zeit mehr; er musste dringend los, sonst würde er schon wieder zu spät kommen, und das wiederum würde erst Ärger in der Schule und danach Ärger zu Hause bedeuten. Er rannte kurz ins Bad, um sich Gesicht und Hände zu waschen, dann schnappte er sich seinen Schulranzen und lief wieder aus dem Haus. Auf dem Hof kam ihm sein Vater entgegen: „Bist du immer noch nicht weg?", fragte dieser mit einem

Funkeln in den Augen.

„Schon auf dem Weg", rief Jason und war schon um die Ecke verschwunden. Für den Schulweg brauchte er normalerweise eine halbe Stunde. Um die verlorene Zeit aufzuholen, rannte er die erste Strecke, bis er keine Luft mehr bekam und seine Schritte keuchend verlangsamte. Als er sich schließlich erschöpft auf seinen Stuhl im Klassenzimmer sinken ließ, läutete gerade die Schulglocke – er hatte es geschafft... in letzter Sekunde. Die Zeit reichte gerade noch, um kurz durchzuatmen und seine Bücher aus der Tasche zu ziehen, bevor der Lehrer in das Zimmer trat.

„Jason?"

Erschrocken blickte der Junge auf. „Ja?"

„Kann es sein, dass du schon wieder fast zu spät gekommen wärst?"

„Es hat noch nicht geklingelt, als ich rein bin", verteidigte sich der Junge.

„Das ist richtig, und deshalb sagte ich ja auch ‚fast'. Aber ich habe gesehen, wie du wieder gerannt kamst. Hatte dein Bus Verspätung?"

„Nein", schüttelte Jason verlegen den Kopf, „ich laufe zur Schule." Er sprach leise, doch der Lehrer hatte es dennoch gehört.

„Das ist zwar sehr löblich, wenn du die ganze Strecke läufst – das ist gut für die Gesundheit. Aber ich möchte dich bitten, in Zukunft entweder den Bus zu nehmen oder etwas früher aufzustehen. Können wir uns darauf einigen?"

Die Klasse kicherte, während der Junge sich am liebsten unter dem Tisch verkrochen hätte. „Ja, Herr Mengele", sagte er leise.

„Da wir das nun geklärt haben, werden wir einen kurzen Mathetest schreiben. Ich möchte gerne wissen, ob ihr richtig geübt habt."

Erschrocken verstummte die Klasse, packte Bücher von den Tischen und legte sich ihr Schreibzeug griffbereit, während Herr Mengele ihnen einige Arbeitsblätter austeilte. Jason blickte ängstlich auf die Fragen, die der Lehrer zusammengestellt hatte. Eigentlich war er ein guter Schüler, aber gestern nach den Hausaufgaben war es bereits zehn Uhr gewesen und er hatte wirklich keine Zeit und Kraft mehr zum Lernen gehabt. Entsprechend viele Probleme bereitete ihm der kurze Test und als Herr Mengele am Ende der Doppelstunde die während einer vorherigen Stillarbeit kontrollierten Blätter zurückgab, blieb er erneut vor Jason stehen, der direkt zu schrumpfen schien. „Jason, ich würde sagen, vor der Arbeit solltest du dringend noch etwas üben." Damit legte er das Blatt auf den Tisch, das diverse Korrekturen aufwies, die der Lehrer mit einem Rotstift hinterlassen hatte. Der Junge nickte und nahm sich vor, in den Tagen bis zur Arbeit so viel wie möglich zu üben. Dann musste eben notfalls irgendeine andere Hausaufgabe darunter leiden.

In der Pause lehnte der Junge erschöpft an einer Mauer, als sein Klassenkamerad Daniel auf ihn zukam. „He Jason. Heute gar keinen Hunger?" Jason schüttelte den Kopf, obwohl sein Magen hörbar das Gegenteil behauptete. „Hast wohl heute Morgen dein Frühstücksbrot vergessen, was? Komm', ich gebe dir was ab. Meine Mutter hat es mal wieder ein bisschen zu gut mit mir gemeint. Wenn ich immer alles essen würde, was sie mir einpackt, würdet ihr mich bald über den Schulhof rollen können."

Jason lachte und nahm dankbar ein belegtes Brot entgegen, doch innerlich wäre er froh gewesen, wenn er jemanden hätte, der ihn dermaßen verwöhnen würde, wie Daniels Mutter es mit ihrem Sohn tat. Mit Genuss biss er in das leckere Brot und anschließend teilte Daniel auch noch einen Schokoriegel mit ihm, den er sich genüsslich auf der Zunge zergehen ließ. „Danke, Daniel. Das war wirklich lecker."

„Kommst du heute Nachmittag auf die große Wiese zum Fußball?"

„Tut mir leid, ich kann leider nicht. Hast ja Herrn Mengele vorhin gehört. Muss lernen."

„Ich verstehe das nicht, du bist doch einer der besten Schüler in der Klasse, begreifst immer als Erster, wenn wir etwas Neues lernen, und bist dennoch ständig am Lernen. Soviel kann doch ein einzelner Mensch gar nicht üben."

Jason senkte den Blick. Er wollte seinen Freund eigentlich nicht anlügen. „Du weißt doch, dass ich mit meinem Vater alleine lebe, und da muss ich halt auch mal im Haushalt mit anpacken. Ich kann meinen Vater ja nicht alles alleine machen lassen." In

Wahrheit war es zwar Jason, der den kompletten Haushalt alleine schmiss, aber das wollte er lieber nicht laut sagen.

„Natürlich, das müssen wir alle mal tun. Vielleicht ist es bei euch mehr, weil ihr zwei alleine seid. Ich habe es da gut, außer meinen Eltern habe ich ja noch drei Geschwister; da verteilt sich das etwas besser", grinste Daniel und Jason nickte zustimmend.

Nach der Schule lief Jason wieder die drei Kilometer nach Hause, warf seine Tasche in sein Zimmer und schmierte sich eine Scheibe Brot, die er im Laufen herunterwürgte. Im ehemaligen Reitstall begann er damit, die Käfige zu säubern und den Hunden frisches Wasser zu geben. Gefüttert hatte er sie bereits am Morgen. Als er fertig war, blieb er kurz vor einer der Boxen stehen und betrachtete die kleinen Welpen, die erst vor wenigen Tagen geboren worden waren. Wie gerne hätte er mit ihnen gespielt, doch das hätte sein Vater nicht geduldet. Er wollte nicht, dass Jason zu sehr an den Tieren hing, weil sie sowieso nicht bleiben würden. Für Herrn Bauer waren es eben Waren oder Dinge – ohne Seele oder Gefühle. Jason war da anders. Er hätte gerne einen eigenen Hund gehabt, aber obwohl er schon mehrfach gefragt hatte, ob er nicht einen der Welpen behalten durfte, hatte er immer eine Ablehnung erhalten.

„Träumst du schon wieder, Junge?"

Erschrocken fuhr der Zwölfjährige zusammen.

„Nein, ich habe nur…"

„Ich will deine Ausreden gar nicht hören. Hier ist ein Einkaufszettel und Geld – Geh' zum Supermarkt und besorge die Sachen. Und beeile dich gefälligst. Die Wäsche wartet auch schon."

Der Junge ergriff die Sachen und drehte sich wortlos um. Im Gehen besah er sich die Liste seines Vaters. Da würde er ganz schön zu schleppen haben. Und er behielt Recht. Als er zwei Stunden später wieder auf dem Hof erschien, trug er mehrere Einkaufstüten in den Händen, die ihm in die Finger schnitten. Herr Bauer saß rauchend auf einer Bank vor der Tür. „Da bist du ja endlich. Ich dachte schon, du hast dich verlaufen. Es ist schon fast sechs, es wird langsam Zeit fürs Abendessen."

„Ich bin schon auf dem Weg", schnaufte der Junge und hievte seine Einkäufe ins Haus, während der Mann genüsslich an seiner Zigarette zog. In der Küche stellte Jason seine Tüten ab, füllte einen Topf mit Wasser und Kartoffeln und stellte ihn auf den Herd.

„Hast du auch an die Kippen und das Bier gedacht?", rief sein Vater von draußen.

„Ja, habe ich." Hastig kramte er in einer der Tüten und rannte anschließend mit einem Päckchen Zigaretten und dem Bier nach draußen.

„Nur ein Päckchen?", fragte sein Vater wütend. „Ich habe doch drei aufgeschrieben."

„Tut mir leid, aber Tom von der Tankstelle hat mir gesagt, ich solle dir einen schönen Gruß ausrichten. Er würde in Teufels Küche kommen, wenn er mir weiterhin die Zigaretten und das Bier für dich mitgeben würde. Er sagte, das wäre das letzte Mal gewesen und du sollst bitte selber kommen, wenn du mehr möchtest." Jason senkte den Blick und machte sich auf das gefasst, was nun kommen würde.

„Der hat sie ja wohl nicht alle!", schrie sein Vater auch gleich los und stieß den Jungen von sich weg. „Dem werde ich was erzählen." Wütend griff er nach seinem Schlüssel und lief zum Auto, das kurz darauf mit durchdrehenden Reifen vom Hof donnerte.

Jason ging zurück ins Haus, stellte die Waschmaschine an und kümmerte sich dann um die Einkäufe, während er darauf wartete, dass die Kartoffeln zu kochen anfingen. Die Laune seines Vaters hatte sich nach seiner Rückkehr nicht gebessert; er ließ sie wie immer an dem Jungen aus und meckerte über das Essen. Aber das störte Jason nur wenig, er war an die Launen des Mannes gewöhnt.

Während Jason nach dem Essen darauf wartete, dass der Trockner, den sein Vater erst kürzlich angeschafft hatte, fertig wurde, setzte er sich mit seinem Mathebuch in der Waschküche auf den Boden, um für die kommende Prüfung zu lernen. Neben sich hatte er den verhauenen Test und mit Hilfe der Korrekturen und der Anleitungen im Buch hatte er bald verstanden, was er falsch gemacht hatte. Dann legte er die Wäsche zusammen, packte die nächste Maschine in den Trockner und setzte sich erneut vor sein Buch, um weiter zu lernen. Gegen neun Uhr war auch die zweite Maschine fertig und nachdem er diese zusammengelegt hatte, ging er schließlich in sein Zimmer, um mit den Hausaufgaben anzufangen. Gähnend setzte er sich an den altersschwachen Schreibtisch, knipste die Schreibtischlampe an und zog seine Hefte aus der Tasche. Gegen kurz vor elf klappte er schließlich die Unterlagen zu, packte seinen Schulranzen und ging zu seinem Bett, um den Wecker zu stellen. Aus dem Nebenzimmer hörte er das Schnarchen seines Vaters. Erschöpft ließ er sich mit seinen Klamotten aufs Bett sinken und war gleich darauf eingeschlafen.

*

Als der Wecker ihn um fünf aus seinen Träumen riss, fühlte er sich erschöpft und müde. Aber es half ja nichts, er musste raus aus dem Bett. Gähnend streckte er seine müden Glieder, zog sich aus und sprang unter die kalte Dusche, die dafür sorgte, dass er wieder munter wurde. Dann zog er sich an, ging für die morgendliche Fütterung in den Stall und machte sich anschließend auf den Rückweg zum Haus, um eine Kleinigkeit zu frühstücken und sich ein Pausenbrot zu schmieren. Während er gerade am Tisch saß, kam sein Vater aus dem Schlafzimmer geschlurft und betrat die Küche.

„Möchtest du etwas essen?", fragte Jason und lief bereits los, um einen Teller zu holen.

„Nee, ich muss erst mal eine rauchen. Und dann will ich meinen Kaffee", murmelte Herr Bauer verschlafen und ging weiter nach draußen, während der Junge schnell eine Kapsel in den Automaten warf und eine Tasse unter den Auslauf stellte. Kurz darauf strömte frischer Kaffeeduft durch das Zimmer.

„Wo bleibt mein Kaffee?"

„Kommt gleich", rief Jason und eilte mit der dampfenden Tasse vor die Tür. „Bitteschön." Er drückte seinem Vater die Tasse in die Hand und ging wieder zurück in die Küche, um fertig zu essen. Dann stellte er das Geschirr in die Spüle, schnappte sich seine Tasche und machte sich auf den Schulweg. Heute war er pünktlich und konnte in einem für ihn angenehmen Tempo den Weg hinter sich bringen. Er genoss die kühle Morgenluft während des Schulweges und war pünktlich zum Unterricht in der Klasse.

*

Auch in den nächsten Tagen änderte sich nichts an seinem normalen Tagesablauf. Morgens fütterte Jason die Hunde – bis auf die beiden Pitbulls, die in der Nähe einer großen Scheune im hintersten Teil des Geländes an Ketten hingen und denen er sich nie nähern durfte. Dann ging er in die Schule und anschließend kümmerte er sich um die Ställe und den Haushalt, bevor er sich schließlich an seine Schularbeiten machte. Meist ließ er sich danach erschöpft in sein Bett fallen und schlief schnell ein.

Nachts träumte er davon, einmal mit seinen Schulfreunden Fußball zu spielen, im Sommer ins Schwimmbad zu gehen oder einfach mal mit einem Buch im Gras zu liegen, um zu lesen. Aber für solche Sachen hatte er einfach keine Zeit. Außer vielleicht mal am Wochenende, da er dort nicht in die Schule musste und somit seine Arbeiten aufteilen konnte. Dann kam es doch hin und wieder einmal vor, dass er sich ein Buch schnappte und sich irgendwo auf den Wiesen oder im Wald versteckte, um eine Stunde zu lesen. Aber an den Wochenenden kamen natürlich auch die meisten Interessenten für die Hundewelpen, die Jason dann für den Besuch vorbereiten und vorführen musste. Sie sollten ja einen guten Eindruck machen, um ein schönes Zuhause zu finden, und daher verbrachte er einige Zeit damit, sie zu bürsten oder gar zu baden, bevor er sie zu einem großen, umzäunten Gehege brachte, in denen sie von den kaufwilligen künftigen Besitzern betrachtet und gestreichelt werden konnten.

HOFFNUNG

Als er am Samstagmorgen zur Morgenfütterung in den Stall ging, sah er schon von weitem die Schubkarre, die vor dem Stall auf ihn wartete. Jason stöhnte innerlich auf. ‚Nicht schon wieder!‘ Er wandte den Blick von dem Bündel in der Karre ab und ging traurig in den Stall, um die Tiere zu füttern. Einer der letzten beiden Labrador-Welpen, die noch keine neuen Besitzer gefunden hatten, fehlte. Und Jason wusste sofort, welches Tier sich in dem Bündel befand. Dabei waren die beiden braun-schwarzen Welpen gestern noch quietschfidel durch die Box getobt und hatten keine Anzeichen dafür gezeigt, dass einer von ihnen sterben könnte.

*

Als er nach dem Füttern mit der Schubkarre zum Friedhofsfeld ging, wie er die Wiese im Stillen nannte, konnte er immer noch nicht glauben, dass einer der beiden süßen Hunde gestorben war. Wütend machte er sich daran, die Grube auszuheben, als er plötzlich ein leises Winseln vernahm. Erschrocken drehte er sich um, konnte aber weder etwas sehen, noch etwas hören. Jason dachte schon, dass er sich alles nur eingebildet hatte, als sein Blick zufällig über das Bündel in der Schubkarre glitt, das sich kaum merklich bewegt hatte. Mit zwei großen Schritten war er dort und öffnete mit zitternden Händen den Knoten im Sack. Darunter war ein weiterer Stoffsack, der viele, dunkle Flecken aufwies. Auch diesen öffnete er und als er ihn vorsichtig zurückschlug, ließ er vor Schreck den Stoff sinken.

In dem Bündel lag wirklich der Labrador-Welpe, den er bei der Fütterung vermisst hatte, aber dieses Tier war nicht, wie er dachte, an einer Krankheit oder einem Gendefekt gestorben. Sein Körper war mit Bisswunden übersät. Jetzt hörte Jason deutlich, dass das Tier leise wimmerte. Dann öffnete es schwach die Augen und der Junge streichelte sanft den weichen Kopf. „Bleib schön hier liegen. Ich hole Hilfe." Er rannte zurück zum Hof und rief nach seinem Vater, der schließlich aus der großen Scheune kam, die sein Sohn noch nie betreten hatte.

„Was brüllst du denn hier so rum, Junge?"

„Papa, der Welpe, den ich begraben sollte: er lebt und er hat ganz viele Bisswunden", erzählte Jason aufgeregt.

„Ich weiß, der hat sich mit einigen älteren Hunden angelegt." Die Stimme seines Vaters klang gelangweilt.

„Aber er lebt noch", rief der Junge eindringlich.

Jasons Vater drehte sich um, ging in die Scheune und trat kurz darauf mit einem Baseballschläger aus der Tür, den er dem verblüfften Jungen in die Hand drückte. „Bring' es zu Ende!", befahl er seinem Sohn.

Jason ließ den Schläger fallen und starrte seinen

Vater an. „Ich kann doch nicht…" Tränen traten dem Kind in die Augen.

Herr Bauer hob den Schläger auf und drückte ihn Jason erneut in die Hand. Dann holte er aus und gab ihm eine schallende Ohrfeige: „Reiß' dich zusammen, Heulsuse. Geh' und tue, was ich dir befohlen habe, bevor ich das Ding an dir ausprobiere." Damit gab er ihm einen Stoß, sodass sein Sohn fast gestürzt wäre, und ging zurück in die Scheune.

Jason blickte seinem Vater hinterher. Seine Wange brannte, doch das Wasser in seinen Augen brannte noch viel stärker. Mit dem Schläger in der Hand drehte er sich um und rannte zurück zur Wiese. Die Tränen blockierten seine Sicht, als er ihn langsam über den Kopf hob. Dann öffnete er jedoch die Hände und der schwere Schläger fiel hinter ihm mit einem dumpfen Ton ins Gras, während Jason auf die Knie sank und anfing zu schluchzen. Er konnte den kleinen Hund nicht töten, auch wenn es für diesen vielleicht ein Ende seines Leidens bedeutet hätte. Zitternd richtete er sich halb wieder auf und streichelte den Kopf des Hundes, der ihm schwach über die Hand leckte. Jason wischte sich die Tränen weg, straffte die Schultern und lief so schnell er konnte erneut zurück. In der Nähe des Stalles blickte er sich vorsichtig um und schlüpfte dann ungesehen ins Wohnhaus. Schnell raffte er eine alte Decke an sich und griff sich eine Tüte, in die er eine kleine Schüssel, eine Wasserflasche, Verbandszeug und etwas Hundefutter füllte und dann das Haus genauso vorsichtig wieder verließ, wie er es betreten hatte. Zurück auf der Wiese lief er zu einem kleinen Schuppen, der sich dort befand und früher einmal als Heu-Lager für die Pferde gedient hatte, heute jedoch nicht mehr genutzt wurde. Mit der Decke und altem Heu, das sich noch dort befand, baute er ein weiches Lager. Dann ging er zu dem Hund zurück, schälte ihn vorsichtig aus dem Sack und trug ihn zum Schuppen, wo er ihn sanft auf das Lager bettete.

„Ich werde nicht zulassen, dass dir was passiert. Hier hast du erst mal was zu trinken." Jason füllte ein wenig Wasser in die Schüssel und hielt sie dem Hund hin, der langsam zu saufen anfing. Dann stellte er die Schüssel auf den Boden. „Ich komme gleich wieder."

So schnell er konnte, füllte er ein wenig Erde in die Säcke und verschloss sie wieder. ‚Nur für den Fall, dass Papa vorbeikommt', dachte er und machte sich daran, die Grube fertig auszuheben. Anschließend warf er den Sack hinein und verschloss das nun leere Grab wieder, sodass es wie die anderen aussah. Dann öffnete er einen Schorf an seinem Arm, sodass die Wunde leicht blutete und verschmierte das Blut an dem Schläger, den er zusammen mit Spaten und Hacke anschließend in die Schubkarre legte. Vorsichtig blickte er sich um, aber sein Vater war nirgends zu sehen.

Als er zurück in den Schuppen kam, blickte ihn der Welpe neugierig an, schloss aber gleich darauf wieder erschöpft die Augen. Jason begann, mit einem Stück Mull und dem Wasser die vielen Wunden zu säubern und anschließend mit einer Wundsalbe zu behandeln, bevor er sie sorgfältig verband. Zwischendurch gab er dem Tier etwas zu trinken und bot ihm auch von dem Futter an, doch der junge Hund hatte keinen Appetit. Bei seiner Arbeit bemerkte er auch, dass es sich um eine kleine Hündin handelte. Nachdem er schließlich alle Wunden versorgt hatte, betrachtete er sein Werk.

„So sieht das schon viel besser aus. Tut mir leid, dass ich nicht mehr tun kann, kleines Mädchen. Ich hoffe wirklich, dass du wieder gesund wirst. Aber erst einmal brauchst du einen Namen." Er dachte einen Moment nach. „Vielleicht sollte ich dich Hope nennen. Hope – Die Hoffnung. Ja, das klingt gut und wir hoffen ja, dass du wieder gesund wirst und ein schönes Zuhause findest. Na, wie gefällt dir das, Hope?"

Die Hündin leckte ihm erneut über die Hand und Jason ging davon aus, dass das ein *JA* war. Er blieb noch eine Weile bei dem kleinen Labrador, dann füllte er die Wasserschüssel noch einmal auf und legte ein wenig Hundefutter daneben. Es wurde Zeit, zu gehen, bevor sein Vater Verdacht schöpfte.

Wie erwartet hatte sich dieser schon gewundert, wo sein Sohn abgeblieben war und blickte ihn wütend an. „Wo bleibst du denn, Junge?"

„Entschuldige Papa. Der Boden war so hart."

„Ach, quatsch nicht rum. So kalt ist es doch heute

26

nicht. Hast wieder geheult, das sehe ich doch an den Spuren in deinem Gesicht." Jason erschrak, er hatte vergessen, sich das Gesicht zu waschen, doch im nächsten Moment hatte ihn sein Vater bereits am Arm gepackt und zerrte ihn zum alten Brunnen. Der Junge versuchte, sich zu wehren, hatte jedoch keine Chance gegen den groben Griff seines Vaters. Als dieser ihn in den zwei Meter tiefen Schacht stieß, wie er es schon oft getan hatte, passte er aufgrund seiner Gegenwehr nicht richtig auf und landete auf seinem Handgelenk. Jason ließ einen Schrei los, doch sein Vater kümmerte sich nicht darum und ging einfach fort, während der Junge mit schmerzverzerrtem Gesicht auf den Bohlen saß, die schon vor vielen Jahren dort angebracht worden waren. Durch eine Ritze in den Balken konnte man das schwarze Loch erkennen, das sich darunter befand und das, wie Jason wusste, noch viele Meter weiter in die Tiefe führte. Vorsichtig betastete er sein linkes Handgelenk und stieß erneut einen Schmerzensschrei aus. Er konnte die Hand nicht mehr bewegen und die Tränen liefen dem kleinen Jungen erneut über das Gesicht.

Stundenlang kauerte der Junge in dem dunklen Schacht. Er hatte Hunger und Durst, doch sein Vater ließ sich nicht blicken. Als es dunkel wurde, gab er schließlich die Hoffnung auf, heute noch aus dem Schacht heraus zu dürfen. Er zog seine Jacke enger um die Schultern, versuchte sich so gut es ging zusammenzurollen und sich so hinzulegen, dass ihm das Handgelenk möglichst wenig wehtat. Schlafen konnte er jedoch immer noch nicht. Ihm war kalt und der Arm wurde auch nicht besser. Sobald er sich bewegte, durchzuckte ihn ein stechender Schmerz. Irgendwann hörte er Motorengeräusche und wunderte sich, wer um diese Zeit auf den Hof kam. Dann wurde es wieder still, doch schon wenig später hörte er das wütende Kläffen von Hunden. Jason vermutete, dass es die beiden Pitbulls seines Vaters waren, war sich jedoch nicht sicher.

Irgendwann nickte er dann doch ein, wachte aber immer schon nach kurzer Zeit wieder auf. Als die Sonne aufging, fühlte er sich völlig erschöpft und durchgefroren. Sein Vater ließ ihm die Strickleiter herunter, doch Jason brauchte eine Weile, bis er mit nur einer Hand hinaufgeklettert war. „Warum nimmst du nicht beide Hände, Junge?", fragte sein Vater, als ihm das alles zu lange dauerte.

„Ich habe mich verletzt. Mein Arm tut weh."

„Ach, stell' dich nicht so an. Geh' und wasch' dich und dann ab an die Arbeit." Damit drehte sich Herr Bauer um und ließ den Jungen einfach stehen. Jason ging ins Haus und stellte sich unter die warme Dusche, um die Kälte zu vertreiben, bevor er sich umzog. Sein Handgelenk war dick geschwollen und er konnte es immer noch nicht bewegen. Vorsichtig holte er sich eine Mullbinde und versuchte, das Gelenk damit zu stützen, was ihm wieder die Tränen in die Augen trieb. Schnell wischte er sich das Gesicht ab und ging dann an die Arbeit. Da er nur einen Arm zur Verfügung hatte, brauchte er länger als normalerweise, und als er endlich die Zeit fand, den Welpen zu besuchen, war es bereits Mittag.

Vorsichtig öffnete er die Tür zur Scheune, in der er Hope am letzten Vormittag zurückgelassen hatte. Die kleine Hündin hob den Kopf und der Schwanz fing leicht an zu wedeln. Sie stand jedoch nicht auf. Jason gab ihr frisches Wasser, das sie gierig schlabberte und versuchte anschließend erneut, sie zum Fressen zu überreden. Ganz vorsichtig nahm sie ein paar Brocken aus seiner Hand, dann ließ sie den Kopf erneut auf ihr Bettchen sinken. Doch die Augen blickten den Jungen neugierig an. Er streichelte die Hündin ausgiebig und erzählte ihr Geschichten, während er ihre Wunden kontrollierte und die Verbände erneuerte. Die Verletzungen hatten aufgehört zu bluten und Jason hatte die Hoffnung, dass sie bald heilen würden.

Bevor er an diesem Abend ins Bett ging, lief er noch einmal zu der verletzten Hündin, gab ihr Wasser und einige Brocken zu fressen und redete mit ihr. Dann füllte er die Wasserschüssel erneut mit sauberem Wasser und eine zweite Schüssel mit Hundefutter, wünschte Hope eine gute Nacht und schlich sich zurück zum Haus. Müde ließ er sich in sein Bett sinken und schlief bald darauf ein, wachte aber immer wieder auf, weil er sich im Schlaf drehte und dadurch starke Schmerzen hatte.

Am nächsten Morgen war das Handgelenk noch geschwollener als vorher und er musste den

Verband lösen, weil ihm dieser den Arm abschnürte. Er war extra früher aufgestanden, um die Fütterung noch zu schaffen, kam jedoch trotzdem zu spät zum Unterricht, weil er aufgrund seiner Verletzung so lange gebraucht hatte.

Atemlos trat er ins Klassenzimmer, murmelte eine Entschuldigung und wollte an seinen Platz gehen. Herr Mengele blickte ihn streng an und wollte ihn zurückhalten, um ihm eine seiner Strafpredigten zu halten. „Jason, so geht das nicht..." Er griff nach der Hand des Jungen, der daraufhin einen lauten Schmerzensschrei ausstieß. Erschrockene Stille breitete sich im Zimmer aus, während Jason gegen die Tränen kämpfte und sich den Arm hielt.

„Ich habe dich doch nur ganz leicht berührt", stellte Herr Mengele verwirrt fest und trat einen Schritt auf den Jungen zu, der sich heftig atmend an einen Tisch gelehnt hatte. „Zeig' mal her!" Jason wollte ihm den Arm entziehen, doch der Lehrer war schneller und hinderte ihn daran. Erstaunt blickte ihn Herr Mengele an. Der Junge senkte den Blick. „Warte bitte einen Moment vor der Tür, Jason." Die Stimme des Lehrers war plötzlich ganz sanft. Er wartete, bis der Junge aus dem Klassenzimmer gegangen war und wandte sich dann seinen Schülern zu: „Daniel, du als Klassensprecher sorgst bitte für Ruhe. Auf meinem Schreibtisch liegt ein Arbeitsauftrag, den werdet ihr jetzt bitte erledigen. Ich bin in ein paar Minuten zurück." Damit folgte der Lehrer Jason aus dem Klassenraum und brachte ihn zum Krankenzimmer. Dort drückte er ihn auf die Liege und verschwand für ein paar Minuten im Sekretariat. Als er zurückkam, zog er sich einen Stuhl heran. „So und jetzt sagst du mir, was mit deinem Arm passiert ist."

„Nichts! Ich bin nur hingefallen", sagte Jason schnell.

„Wann?"

„Ich... ehm... heute Morgen", stammelte der Junge.

Der Lehrer blickte ihn überrascht an und versuchte, etwas in dem verschlossenen Gesicht zu lesen. „Warum lügst du? Hat dich ein Schüler verletzt? Oder jemand aus deiner Familie?"

Jason zuckte zusammen: „Nein, nein. Ich bin wirklich nur gefallen. Ehrlich!" Genaugenommen war das noch nicht einmal gelogen.

„Jason, diese Verletzung stammt mit Sicherheit nicht von heute Morgen. Die ist älter. Ich bin zwar kein Arzt, aber lange genug Lehrer, um eine frische Verletzung erkennen zu können. – Also? Was ist los?"

„Also gut, es war schon am Samstag." Jasons Stimme war nicht mehr als ein Flüstern.

„Das dachte ich mir fast. Und warum haben dich deine Eltern nicht zu einem Arzt gebracht?"

Jason überlegte eine Minute. Er konnte dem Lehrer ja schlecht sagen, dass sein Vater Schuld an dem Unfall war, weil er ihn in einen Brunnenschacht gestoßen hatte und dass es den Mann nicht interessierte, ob Jason verletzt war oder nicht. „Ich habe nichts gesagt", sagte er schließlich.

„Und sie haben es nicht bemerkt?" Der Lehrer war sprachlos.

„Mein Vater hat viel zu tun mit der Hundezucht. Ich habe ihn am Wochenende kaum gesehen", sagte Jason schnell.

„Und deine Mutter?"

„Ich habe keine Mutter."

Noch bevor der Lehrer darauf reagieren konnte, klopfte es an die Tür des Krankenzimmers und zwei Sanitäter kamen in den Raum, die freundlich grüßten. Herr Mengele trat aus dem Weg, damit sich die beiden um den Jungen kümmern konnten. Nach wenigen Minuten drehte sich der ältere der beiden zu dem Lehrer um. „Ich fürchte, wir müssen ihn mit ins Krankenhaus nehmen. Der Arm ist stark geschwollen und vermutlich gebrochen, muss vielleicht sogar reponiert werden. Wir werden den Arm erst einmal ruhig stellen." Und zu Jason gewandt fügte er hinzu: „Ich kann dir leider kein Schmerzmittel geben. Glaubst du, wir schaffen das auch so?"

Jason nickte, doch als der zweite Sanitäter ihm eine Schiene anlegte, bereute er diese Aussage zu tiefst. Die Tränen traten ihm erneut in die Augen und er musste sich sehr zusammenreißen, um nicht laut loszubrüllen. Nachdem der Arm endlich geschient war, fühlte sich der Junge benebelt und als sie ihn anschließend zum Krankenwagen bringen wollten, versagten ihm die Beine. Schnell griff der jüngere der Sanitäter zu und hob ihn in seine Arme. Im Krankenwagen wurde er auf die Trage gelegt und der ältere der beiden überprüfte den Blutdruck. Langsam wurde Jason wieder klarer im Kopf und schließlich setzte sich der Krankenwagen in Bewegung zum nahegelegenen Kinderkrankenhaus. Jason schloss die Augen und fühlte die schaukelnde Bewegung des Fahrzeuges.

*

Im Krankenhaus bekam Jason für die weiteren Untersuchungen ein Schmerzmittel, das schnell wirkte. Endlich fühlte er sich etwas besser und die Röntgenbilder konnten ohne Probleme durchgeführt werden.

„Wir versuchen noch, deinen Vater zu erreichen, Jason. Wir müssen mit ihm das weitere Vorgehen besprechen."

„Aber mein Vater hat keine Zeit", sagte der Junge schnell. „Können sie mir nicht einfach einen Gips verpassen und ich gehe nach Hause?"

Der Arzt lachte. „Nein, Jason, so einfach ist das leider nicht. Dein Arm ist gebrochen und muss operiert werden."

„Dann machen Sie das doch."

„Du bist noch nicht volljährig, mein Junge", erklärte der Arzt ihm. „Wir dürfen dich nicht ohne die Zustimmung deines Vaters behandeln."

Jason blickte den Arzt resigniert an. Das würde mit Sicherheit Ärger geben. Der Junge konnte sich auf was gefasst machen. Seufzend ließ er sich zurück in die Kissen sinken.

Sein Vater kam eine Stunde später, redete kurz mit dem Arzt und verschwand wieder, ohne mit seinem Sohn zu sprechen. Bald darauf kam der Arzt ins Zimmer. „Dein Vater ist nicht ganz einfach, oder?", fragte der Arzt freundlich.

„Er hat viel zu tun", entschuldigte sich der Junge für das Benehmen des Mannes.

Der Arzt verkniff sich die Bemerkung, dass Herr Bauer immerhin Zeit für einige Bier gehabt haben musste und erklärte dem Jungen das weitere Vorgehen: „Wir werden versuchen, mit Medikamenten und Kühlung die Schwellung zu verringern, bevor wir den Bruch richten können. Wenn alles klappt, sollten wir dich morgen im Laufe des Vormittages operieren können."

„Und wie lange muss ich hier bleiben?" Jason war die Hündin Hope eingefallen. Er konnte sie nicht zu lange alleine lassen. Sie hatte zwar Wasser und Futter, aber lange würde das nicht halten. Außerdem würde sein Vater nur noch wütender werden, wenn er ihn die ganze Arbeit alleine machen ließ.

„Wenn die Operation gut verläuft, solltest du morgen Abend nach Hause können", beruhigte ihn der Arzt und Jason rechnete im Kopf aus, ob Hope für diese Zeit genug versorgt war. Eigentlich sollte es reichen, auch wenn ihm der Hund leidtat, weil er ihn dann nicht besuchen konnte.

Nachdem der Arzt sich verabschiedet hatte,

bekam er noch eine Infusion und einige Kühlpacks, die dafür sorgen sollten, die Schwellung in den Griff zu bekommen. Durch die Schmerzmittel ziemlich müde, legte sich der Junge zurück und schloss die Augen.

Einige Stunden später erwachte er, als die Schwester seine Kühlpacks erneuerte. Das Medikament hatte nachgelassen und infolgedessen waren die Schmerzen wieder da. Die Schwester bemerkte das und gab ihm nach Rücksprache mit dem Arzt eine weitere Dosis in die laufende Infusion. Bald ging es ihm wieder besser und mit großem Hunger verspeiste er das Abendessen. Danach lag er noch eine Weile wach und dachte an Hope, die ihn den ganzen Tag nicht gesehen hatte und sich bestimmt fragte, wo er blieb.

Am nächsten Morgen war die Schwellung wirklich etwas zurückgegangen und als sich der Arzt seinen Arm ansah, entschied er sich, die Operation durchzuführen. Gegen elf Uhr wurde Jason von einer Schwester abgeholt. Der Junge hätte es zwar nie zugegeben, aber er hatte Angst vor der Operation. Nervös blickte er sich um und als er schließlich auf den Operationstisch gebettet wurde, bekam er einen Panikanfall. Ohne es selbst zu bemerken, fing er plötzlich an, um sich zu schlagen und es bedurfte mehrerer Personen, ihn unter Kontrolle zu bringen und ihm ein Beruhigungsmittel zu verabreichen. Erst danach war es dem OP-Team möglich, den Jungen für die Operation vorzubereiten.

Nachdem er wieder aus der Narkose erwacht war, blickte er sich erstaunt um. Er brauchte ein paar Minuten, um sich zu erinnern, was passiert war und wo er sich überhaupt befand. Langsam blickte er auf seinen Arm, der mit einem dicken Gipsverband geschient war. Doch die Schmerzen waren weg und er fühlte sich gut. Als die Schwester ins Zimmer kam, setzte er sich auf: „Darf ich jetzt nach Hause gehen?"

Die Schwester lächelte ihn an: „Ein paar Stunden

wirst du leider noch hierbleiben müssen, damit wir sicher gehen können, dass alles in Ordnung ist. Wir haben deinen Vater angerufen, er wird dich heute Nachmittag abholen."

„Danke", sagte Jason wenig begeistert und legte sich wieder zurück. Er war müde von der Narkose und schloss die Augen, um noch etwas zu schlafen.

Am späten Nachmittag kam sein Vater tatsächlich ins Krankenhaus, klärte die Formalitäten und schob seinen Sohn ohne ein einziges Wort ins Auto. Den Gips beachtete er gar nicht. Wenig später fuhren sie auf den Hof und Jason hatte die Hoffnung, nun nach Hope sehen zu können, als sein Vater auf die Ställe deutete. „Die Hunde müssen noch sauber gemacht werden. Kümmere dich drum!", befahl er und verschwand im Haus. Etwas verloren blickte Jason vom Haus auf den Stall und wieder zurück. Dann ging er seufzend zu den Hunden, um die Käfige zu säubern. Als er gegen acht Uhr abends endlich mit der Arbeit fertig wurde, die seit zwei Tagen liegengeblieben war, wie er feststellen musste, fand er seinen Vater in der Küche sitzend vor. „Bekomme ich heute auch noch etwas zu essen, Junge?", fuhr er seinen Sohn an und ohne ein Wort machte sich Jason daran, das Abendessen vorzubereiten.

Erst gegen neun Uhr fand er endlich Zeit, sich aus dem Haus zu stehlen und zu der alten Scheune zu laufen. Er hatte Wasser und Futter für das Tier dabei und konnte es kaum erwarten, die kleine Hope wiederzusehen. Als er die Tür öffnete, kam sie ihm humpelnd entgegen und wedelte mit dem Schwanz. Der Junge registrierte erfreut, dass sie wieder aufstehen konnte und dass sie das ganze Futter aufgefressen hatte. Schnell versorgte er sie mit Wasser und Hundefutter, auf das sie sich gierig stürzte.

„Es tut mir leid, meine Kleine. Aber ich konnte nicht früher kommen. Ich war im Krankenhaus, musst du wissen." Die Hündin schleckte ihm glücklich die Hand, während er sprach. Nachdem er noch ihre Hinterlassenschaften weggeräumt hatte, ging er mit ihr nach draußen, damit sie sich die Beine vertreten konnte. Hope lief langsam und humpelte noch, doch es machte ihr sichtlich Spaß, mit ihm durch die Wiese und den Wald zu laufen. Schweren Herzens trennte er sich schließlich von dem Tier, um ins Bett zu gehen. Inzwischen war es fast elf Uhr und morgen früh war Schule. Vorsichtig schlich er zurück, damit sein Vater ihn nicht bemerkte. Als er in die Nähe des Hauses kam, kam sein Vater gerade aus der Haustür – zusammen mit einem Mann und einem großen Hund. Schnell duckte sich der Junge hinter einen Bretterstapel.

„Und was ist mit deinem Sohn?", fragte der Fremde, während sie weitergingen.

„Der bekommt schon nichts mit. Der schläft sicher längst. Hat noch nie was gerafft. Da brauchst du dir keine Sorgen zu machen."

Mehr konnte Jason nicht verstehen, denn die Männer waren zu der großen Scheune gegangen, die er nicht betreten durfte. *Was* würde er nie raffen? Was hatte sein Vater nur gemeint?

Als die beiden außer Sicht waren, schlich der Junge ins Haus und ging ins Bett, doch die Worte seines Vaters ließen ihn nicht zur Ruhe kommen.

*

In der nächsten Woche kümmerte sich Jason intensiv um den jungen Hund. Jeden Morgen und jeden Abend besuchte er Hope, kümmerte sich um die Verletzungen und versorgte sie mit Wasser, Futter und Streicheleinheiten. Wenn möglich, machten sie kleine Spaziergänge, doch nie sehr lang, da der Junge Angst hatte, sein Vater könnte ihn erwischen. Zwei Wochen später waren Hopes Wunden dann soweit verheilt, dass sie keiner Behandlung mehr bedurften. Doch jetzt stand der Junge vor einem anderen Problem. Was sollte mit Hope geschehen? Seinem Vater durfte sie nicht unter die Augen kommen, er würde sofort wissen, woher der Hund kam und Jason war sich nicht sicher, was er dann mit ihm und dem Tier machen würde. Immerhin hatte er sich seiner Anweisung widersetzt, den Hund zu erschlagen. Aber sie konnte auch nicht für immer in der Scheune bleiben. Hope war ein großer Hund, wenn sie einmal ausgewachsen war und brauchte entsprechende Bewegung. Ins Tierheim wollte er sie aber auch nicht bringen. Er hatte einmal gelesen, dass Tiere, die nicht vermittelt werden konnten, dort getötet werden und dieses Schicksal hatte er ja gerade erst von ihr abgewendet.

Er musste sich etwas einfallen lassen.

*

Inzwischen kam Jason mit seinem Gips ganz gut zurecht. Er war flinker geworden bei der täglichen Arbeit und schaffte es dennoch, Schule, Arbeit und Haushalt zu bewältigen und trotzdem Zeit zu finden, sich um seinen Hund zu kümmern. Doch die Anstrengungen gingen nicht spurlos an ihm vorbei. Er war noch dünner geworden, als er sowieso schon war und hatte dunkle Ringe unter den Augen, was natürlich auch seinen Lehrern und Mitschülern nicht verborgen blieb.

Drei Wochen nachdem er sich den Arm gebrochen hatte, bat ihn der Klassenlehrer Herr Mengele, nach der Stunde noch zu bleiben, da er mit ihm sprechen wollte. Jason fragte sich, was er denn angestellt hatte, und setzte sich wieder auf seinen Platz, während seine Mitschüler den Raum verließen und es allmählich ruhiger im Gebäude wurde. Herr Mengele saß am Lehrerpult und korrigierte noch eine Hausaufgabe, während der Junge nervös auf die Uhr schaute. Er würde zu spät nach Hause kommen und seinem Vater würde das mit Sicherheit nicht gefallen. Schließlich stand der Lehrer auf, kam zu ihm und zog sich einen Stuhl heran.

„Willst du mir nicht sagen, was mit dir los ist, Jason? Vielleicht kann ich dir helfen", fragte er freundlich und betrachtete nachdenklich das Gesicht des Jungen.

„Gar nichts, Herr Mengele. Was soll denn los

sein? Mir geht es gut."

„Da bin ich aber ganz anderer Meinung. Du hast abgenommen und bist ständig übermüdet. Im Unterricht schläfst du fast ein und es ist vermutlich nur eine Frage der Zeit, bis deine Noten auch in den Klausuren abfallen werden. – Bekommst du nicht genug Schlaf?"

Jason dachte nach. Seine letzten Arbeiten waren alle sehr gut gewesen. Deshalb sagte er schnell: „Ich lerne viel."

Der Lehrer blickte ihn skeptisch an. „Angesichts deiner Noten in den letzten Klausuren würde ich dir das sogar glauben, aber das kann nicht alles sein. Lernen ist gut und schön, sollte aber nicht so ausarten, dass deine Gesundheit darunter leidet. Ist da nicht noch etwas Anderes? Du hast mal erzählt, dass du mit deinem Vater alleine lebst, ist das richtig?" Jason nickte. „Kann es dann vielleicht sein, dass du im Haushalt helfen musst?" Wieder ein Nicken. „Wieviel?"

Jason überlegte schnell, was er sagen konnte, damit es kein schlechtes Licht auf seinen Vater warf. „Das ist unterschiedlich", meinte er schließlich ausweichend. „Aber nicht viel. Mein Vater kümmert sich um das Meiste." Das war eine glatte Lüge und aus Angst, der Lehrer könnte sie durchschauen, blickte er aus dem Fenster.

Herr Mengele blickte immer noch nachdenklich. So ganz wollte er dem Jungen nicht glauben. „Dann werde ich wohl mal ein ernstes Wort mit deinem

Vater reden. Wenn es das nicht ist, muss es ja einen anderen Grund geben, warum du immer so müde bist."

„Muss das wirklich sein?", fragte der Junge schüchtern.

„Wenn du mir nicht die Wahrheit sagst – Ja!" Die Stimme des Lehrers war nun streng. Jason senkte den Blick. Das konnte ja etwas werden. Herr Mengele ging zurück zu seinem Pult und kam kurz darauf mit einem Brief in der Hand zurück. „Gib das deinem Vater. Ich erwarte ihn morgen Nachmittag nach der Schule. Sag' ihm das, bitte." Zögernd nahm Jason den Brief in die Hand und nickte. „Du kannst jetzt gehen."

Ohne ein Wort zu sagen, schnappte sich der Junge seine Tasche und lief aus dem Gebäude. Zügig machte er sich auf den Heimweg und dachte darüber nach, was er wohl tun sollte. Unterschlagen konnte er den Brief wohl nicht, das würde nur noch mehr Ärger geben, also entschied er sich dafür, ihn abzugeben. Als er auf den Hof kam, wurde er bereits von seinem Vater erwartet: „Du bist zu spät, Junge."

„Ich weiß, Papa. Herr Mengele wollte noch mit mir reden."

„Wer ist Herr Mengele?"

„Mein Klassenlehrer. Er wollte, dass ich dir diesen Brief gebe und er möchte morgen nach der Schule mit dir sprechen." Als Jason ihm den Brief hinhielt, traf ihn eine Ohrfeige, die ihm den Brief aus der Hand fallen ließ.

„Was hast du angestellt?"

Jason hielt sich die schmerzende Wange. „Nichts. Er möchte nur mit dir reden." Seine Stimme klang leise und eingeschüchtert. Wortlos hob er den Brief wieder auf und hielt ihn seinem Vater erneut hin. Dieser nahm ihn, zündete ein Streichholz an und hielt es an eine Ecke des Briefes. „Dein Klugscheißer von Pauker kann mich mal!", sagte er wütend und warf den brennenden Umschlag in den Aschenbecher. „Und jetzt mach' dich endlich an die Arbeit!"

Schnell brachte der Junge seine Tasche ins Haus und ging dann zum Stall hinüber, um sich um die Hunde zu kümmern. Danach erledigte er den Haushalt und bereitete das Abendessen vor. Auch an diesem Abend kam er erst spät ins Bett, versuchte jedoch am nächsten Tag in der Schule einen munteren Eindruck zu machen, was ihm allerdings nicht ganz gelingen wollte. In der großen Pause nickte er kurz ein und wenn Daniel ihn nicht geschüttelt hätte, hätte er glatt das Ende der Pause verschlafen.

Nach der Mathestunde fragte Herr Mengele Jason, ob er seinem Vater den Brief gegeben hätte und ob dieser wie gewünscht heute Nachmittag kommen würde. Jason wusste nicht so recht, was er antworten sollte – er konnte ja schlecht wiederholen, was sein Vater ihm gesagt hatte. „Nein, Herr Mengele. Mein Vater hat im Moment so viel zu tun. Er schafft es leider nicht, heute Nachmittag zu kommen", log er schließlich und senkte verlegen den Blick. Der

Lehrer musterte ihn von oben bis unten.

„Hat dein Vater den Brief gelesen?"

„Ich denke schon", schwindelte der Junge.

„Also gut." Der Lehrer entließ ihn und Jason hoffte, dass die Angelegenheit damit erledigt sein würde. Doch da kannte er seinen Klassenlehrer schlecht.

Als Jason am nächsten Tag nach der Schule gerade mit dem Reinigen der Hundezwinger beschäftigt war, fuhr ein kleines, rotes Auto auf den Hof. Neugierig blickte Jason aus der Stalltür und stellte mit Schrecken fest, dass aus dem Fahrzeug sein Klassenlehrer stieg. Aufmerksam blickte sich der Pädagoge auf dem heruntergekommenen Hof um und entdeckte schließlich Jasons Vater, der mit einem Bier und einer Zigarette im Mund vor dem Haus an einem Tisch saß. Zielstrebig ging er auf ihn zu. „Herr Bauer?"

„Ja?"

„Guten Tag, mein Name ist Mengele. Ich bin der Klassenlehrer Ihres Sohnes Jason."

„Und was wollen Sie dann hier? Die Schule ist woanders."

Der Lehrer wirkte etwas irritiert. Jasons Vater war ihm sofort unsympathisch, doch darauf konnte er keine Rücksicht nehmen. „Das ist mir bewusst, Herr Bauer. Ich bin hier, weil Sie meiner Einladung nicht nachgekommen sind."

„Was für eine Einladung?"

Herr Mengele dachte schon, Jason hätte ihn ange-

44

logen, als er ihm erzählt hatte, er hätte den Brief seinem Vater ausgehändigt. „Den Brief, den ich Jason mitgegeben habe."

„Ach den – den hab' ich verbrannt. Ich rede nicht mit Paukern." Herr Bauer wirkte zufrieden und der Lehrer schüttelte nur den Kopf. „Ihnen wird leider nichts anderes übrigbleiben. Ich muss dringend mit Ihnen über Ihren Sohn sprechen. Der Junge ist völlig übermüdet. Er braucht mehr Schlaf, sonst kann er sich in der Schule nicht konzentrieren. Hilft er viel im Haushalt?"

„Ein bisschen Arbeit hat noch niemandem geschadet", antwortete Jasons Vater unwirsch. „Und jetzt verlassen Sie gefälligst mein Grundstück."

So schnell wollte der Lehrer aber nicht aufgeben und folgte daher dem Mann, der sich erhob und in Richtung einer großen Scheue ging. „Ich muss Sie darauf aufmerksam machen, dass ich das Jugendamt informieren werde, wenn sich nicht bald etwas ändert." Der Lehrer klang entschlossen, doch als sich Herr Bauer drohend zu ihm umdrehte, schrumpfte Herr Mengele um einige Zentimeter zusammen und schien gar nicht mehr so sehr davon überzeugt zu sein.

„Tun Sie das. Meine Hunde wissen schon, was sie mit solchen Leuten machen müssen." Damit deutete er auf seinen beiden Pitbulls, die nur wenige Meter entfernt an einer Kette hingen und mit gefletschten Zähnen den Fremden anknurrten. Herr Bauer ging zu einem der Tiere und fingerte an der Kette herum.

„Ich glaube, Sie wollten jetzt gehen", sagte er leise und es klang wie eine Drohung. Mit eiligen Schritten entfernte sich der Klassenlehrer und ging zu seinem Fahrzeug. Kurz darauf war er in einer Rauchwolke verschwunden.

„Bursche!" rief Herr Bauer wütend, woraufhin der Junge mit gesenktem Kopf aus dem Stall geschlichen kam. Drohend ging der Mann auf seinen Sohn zu. „Wie kommt dein Lehrer dazu, hier aufzutauchen und irgendwelche Gerüchte in den Raum zu stellen? Was hast du ihm erzählt?"

„Nichts, wirklich nicht", wimmerte der Junge ängstlich. „Deshalb wollte er ja mit dir reden. Er hat mir nicht geglaubt, dass ich einfach viel für die Schule lerne und deshalb so müde bin."

„Lüg' mich nicht an!", schrie Herr Bauer nun aus vollem Halse, holte aus und schlug dem Jungen ins Gesicht. Jason fühlte, wie ihm etwas Warmes von der Stirn tropfte, während er versuchte, sich zu verteidigen: „Ich lüge nicht, Papa. Bestimmt nicht."

„Geh' mir aus den Augen. Ich will dich heute nicht mehr sehen!"

Schnell drehte sich der Junge um und rannte ins Haus. Im Badezimmer betrachtete er sein Spiegelbild und stellte fest, dass ihm Blut aus einer kleinen Risswunde an der Stirn tropfte. Schnell holte er sich ein Pflaster, säuberte die Wunde und verband sie. Danach schnappte er sich seine Schultasche und frische Klamotten und schlich dann wieder aus dem Haus, um zu Hope zu gehen. Den restlichen

Nachmittag verbrachte er mit der Hündin im Wald. Während der kleine Hund um ihn herumhüpfte, machte er seine Hausaufgaben und als es dunkel wurde, rollte sich der Junge neben dem Hund im Heu zusammen und schlief bald darauf ein, während sich die Hündin glücklich an ihr Herrchen schmiegte. Am nächsten Morgen hätte er fast verschlafen. Schnell verabschiedete er sich von Hope, rannte zum Stall, um die Tiere zu füttern und machte sich dann auf den Weg zur Schule.

Vor dem Klassenzimmer zog Herr Mengele den Jungen zur Seite. „War das dein Vater?" Er deutete auf das Pflaster an Jasons Stirn.

Schnell schüttelte dieser den Kopf. „Nein, ich bin heute Nacht im Dunkeln gegen ein Regal gelaufen, als ich etwas trinken wollte. Ist nicht so schlimm, nur ein kleiner Kratzer." Langsam wurde er richtig gut im Ausreden erfinden, denn der Lehrer schien ihm die Geschichte abzunehmen.

Jason hatte in der letzten Nacht besser und mehr geschlafen, als in den letzten Wochen und fühlte sich daher fit und ausgeruht. Sein Lehrer nahm das zur Kenntnis und ging davon aus, dass sein Besuch bei Herrn Bauer doch etwas gebracht hatte, obwohl er bei seinem überstürzten Aufbruch tags zuvor einen ganz anderen Eindruck gehabt hatte. Zufrieden beobachtete er den Jungen während der Stunde, konnte jedoch nichts Verdächtiges bemerken und war daher mit dem Ergebnis zufrieden.

Da die letzte Stunde entfiel, unterhielt sich Jason nach dem Unterricht noch mit Daniel, der auf seine Mutter wartete, die versprochen hatte, ihn abzuholen. Als die beiden das Schulgelände verließen, um an einem Feldweg auf Daniels Mutter zu warten, blieb Jason plötzlich abrupt stehen. Vor ihnen auf dem Weg saß ein junger Labrador brav neben einem Busch und schien auf etwas zu warten.

„Hope!", rief der Junge überrascht. „Wo kommst du denn her?" Schnell lief er dem Hund entgegen, der freudig aufsprang und schwanzwedelnd an ihm hochhüpfte.

„Kennst du ihn?", fragte sein Freund überrascht.

„Es ist eine *Sie*", verbesserte Jason den Jungen, „Sie heißt Hope." Vorsichtig trat Daniel näher und als er sich bückte und sie streicheln wollte, schleckte ihm der junge Hund quer über das Gesicht. Lachend kraulte er die Hündin hinter den Ohren. „Sie mag dich", stellte Jason fest.

„Gehört sie dir?"

Jason dache eine Minute nach: „Na ja, nicht so wirklich. Genaugenommen gehört sie meinem Vater. Aber er weiß nicht, dass sie noch lebt."

Überrascht blickte ihn sein Freund an. „Was ist los?"

„Na ja, Hope muss sich mit ein paar anderen Hunden angelegt haben und hatte schwere Bissverletzungen. Mein Vater dachte, sie wäre tot und ich sollte sie begraben. Aber Hope war noch am Leben und obwohl mir mein Vater befahl, ihrem Leiden ein Ende zu machen, habe ich es nicht getan. Ich konnte es einfach nicht."

Daniel blickte seinen Freund geschockt an. „Er wollte, dass du sie tötest?"

Jason nickte. „Mein Vater hat nicht die Mittel, sich um verletzte Hunde zu kümmern, die er dann doch nicht verkaufen kann. Er lebt von der Zucht. – Aber mir tat der kleine Hund leid. Ich habe sie in den letzten Wochen gesund gepflegt und sie hat sich prächtig entwickelt. Man sieht zwar die Narben noch auf der Haut, aber das Fell wird sie hoffentlich irgendwann überdecken."

„Und was hat dein Vater gesagt?" Daniel streichelte immer noch den freundlichen Vierbeiner, der die Zuneigung der beiden Jungen sichtlich genoss.

Jason senkte den Blick. „Er weiß es nicht. Ich habe Hope vor ihm versteckt. Aber ich kann sie nicht behalten. Wenn mein Vater sie irgendwann entdeckt, ist die Hölle los. Er wird es nicht verstehen und er wird nicht begeistert sein, wenn er einen Hund durchfüttert, der ihm keinen Cent einbringt. – Ich trenne mich zwar nur ungern von Hope, aber ich muss irgendwie ein neues Zuhause für sie finden." Traurig blickte Jason den Hund an und Daniels graue Zellen fingen an zu arbeiten. Sie hatten ein großes Haus, viel Platz und einen Garten. Bestimmt könnte er seine Eltern überreden, den Hund zu sich zu nehmen.

„Vielleicht habe ich eine Idee, Jason. Wie wäre es, wenn ich sie nehme? Vorausgesetzt natürlich, meine Mutter stimmt zu. Ich hatte sowieso mit meinen Eltern gesprochen und mir zu meinem dreizehnten Geburtstag einen Hund gewünscht. Das sind zwar noch zwei Wochen und wir wollten eigentlich ein Tier aus dem Tierheim holen, aber wenn wir schon einen Hund retten, der dringend ein Zuhause braucht, warum dann nicht Hope?"

Jason strahlte den Schulfreund an. „Glaubst du, das geht?"

„Wieso nicht? Meine Mutter holt mich in einer viertel Stunde ab. Dann kann ich sie gleich fragen. Hast du noch so lange Zeit?"

„Die nehme ich mir", grinste der Junge glücklich und beugte sich zu dem Hund hinunter. „Hörst du,

Hope? Daniel will sich vielleicht um dich kümmern. Dann musst du nicht mehr in der Scheune leben. Apropos, wie bist du da überhaupt rausgekommen und wie hast du den ganzen Weg zu meiner Schule gefunden?" Der Hund blickte ihn treu an und legte den Kopf schief.

„Sie sieht aus, als würde sie jedes Wort verstehen", grinste Daniel.

„Manchmal glaube ich das auch", stimmte ihm Jason zu.

Bis zur Ankunft von Daniels Mutter spielten sie noch ein wenig auf der nahe gelegenen Wiese mit dem Tier und als Frau Arent schließlich auf den Parkplatz fuhr, lief Daniel aufgeregt auf sie zu. Jason beobachtete, wie dieser auf seine Mutter einredete und schließlich zusammen mit ihr auf ihn und den Hund zukam.

„Hallo Jason. Schön, dass ich dich mal kennenlerne. Daniel hat mir schon so viel von dir erzählt." Sie reichte dem Jungen die Hand, die dieser zögernd ergriff. Die Frau wirkte sympathisch und lächelte ihn freundlich an. „Und das ist Hope?" Sie ging in die Hocke, um den Hund zu streicheln, der sich zutraulich an sie schmiegte. Jason nickte nur.

Daniels Mutter betrachtete nachdenklich den Hund, während ihr Sohn aufgeregt vor ihr herumhüpfte und sie bittend anblickte. „Also gut", sagte sie schließlich. „Wir nehmen den Hund übers Wochenende mit und schauen, wie wir mit ihr zurechtkommen. Ist das ein Angebot?"

Daniel fiel seiner Mutter um den Hals und Jason strahlte sie dankbar an. Er half der Frau, die Hündin in den Kofferraum des großen Kombis zu bringen und sie schleckte ihm zum Abschied über das Gesicht. „Sei schön lieb, Hope", flüsterte er ihr zu und streichelte sie ein letztes Mal. Traurig und gleichzeitig froh blickte er schließlich hinter dem Fahrzeug her, das sich langsam entfernte.

Zu Hause angekommen, war er wieder einmal zu spät, was er auch gleich zu spüren bekam. Grob stieß ihn sein Vater vor sich her in den Stall, damit er seine Arbeit machen konnte. Den Rest des Tages war er damit beschäftigt, einige Welpen für den Verkauf am nächsten Tag herzurichten, Laufzäune aufzustellen und Rasen zu mähen. Die Maisonne lachte vom Himmel und erwärmte die Luft, sodass ihm bald der Schweiß von der Stirn lief und er seine Jacke schließlich ins Haus brachte. Sein Vater fand immer neue Aufgaben für den Jungen und er war froh, dass er sich nicht auch noch um Hope kümmern musste. Erschöpft ließ er sich an diesem Abend ins Bett fallen und träumte von der jungen Hündin.

*

Am nächsten Tag präsentierten sie die zum Verkauf stehenden Welpen und viele von ihnen fanden ein neues Zuhause. Zufrieden blickte Herr Bauer über die leerer werdenden Laufkäfige und als auch das letzte Tier einen neuen Besitzer gefunden hatte, war er so gut gelaunt, dass er seinem Sohn den Rest des Tages frei gab. Jason ging ins Haus und wusste nicht so ganz, etwas mit seiner Freizeit anzufangen. Es kam nicht oft vor, dass er die Möglichkeit hatte, zu tun, was ihm gefiel. Schließlich nahm er sich ein Buch mit und ging in den Wald, um sich ein schönes Plätzchen zu suchen und ein wenig zu lesen. Eine große Lichtung schien ihm dafür der geeignete Ort zu sein. Die Sonne hatte den Boden bereits erwärmt, er setzte sich auf einen alten Baumstamm und schlug sein Buch auf. Ab und zu kamen Spaziergänger oder Hundebesitzer vorbei, die das schöne Wetter genossen. Jason kümmerte sich nicht um sie, sondern konzentrierte sich auf die spannende Geschichte in seinen Händen.

Plötzlich wurde er sanft angestupst und als er den Blick hob, traute er seinen Augen nicht. Schwanzwedelnd stand die junge Hündin vor ihm und schleckte ihm die Hand.

„Hope! Wo kommst du denn her?", rief der Junge überrascht und legte sein Buch zur Seite.

„Wir sind spazieren gegangen", antwortete Daniel, der etwas außer Atem angelaufen kam. „Und plötzlich zog sie so heftig, dass ich sie nicht mehr halten konnte. Sie hat mir die Leine einfach aus der Hand gerissen."

„Das ist aber nicht nett", sagte Jason mit strengem Blick zu der Hündin, die sofort die Ohren anlegte und den Kopf senkte.

„Ich glaube, sie hat dich gewittert und wollte unbedingt zu dir", nahm Daniel sie in Schutz, „Hast du Zeit, uns zu begleiten? Hope würde sich bestimmt freuen?"

Erfreut stand Jason auf und nahm sein Buch in die Hand. „Super gerne. – Sag' mal, was hat eigentlich der Rest der Familie gesagt?"

„Du, meine Geschwister sind total im Dreieck gesprungen. Die haben sich tierisch gefreut. Und meinen Vater hatten wir auch ganz schnell auf unserer Seite, als Hope ihm auf den Schoß gesprungen ist und ihn abgeschlabbert hat." Daniel grinste bei der Erinnerung.

„Ich glaube, das musst du ihr abgewöhnen. Sie ist eben ein sehr junger Hund und hat noch keine wirkliche Erziehung bekommen."

„Das macht nichts. Ich habe schon mit meinen Eltern gesprochen und sie gebeten, dass wir in eine Hundeschule gehen dürfen. Meine Mutter will sich am Montag darum kümmern."

„Heißt das, sie darf bleiben?" Jason tat einen kleinen Freudensprung, als Daniel nickte.

Gemeinsam gingen sie noch eine ganze Weile spazieren, spielten mit dem Hund und unterhielten sich über alles Mögliche. Jason genoss die Zeit mit dem anderen Jungen. Sie hatten sich zwar in der Schule angefreundet, aber bisher nie privat miteinander ihre Zeit verbracht. Daniel versprach Jason auch, dass seine Mutter die Hündin mit zur Schule bringen würde, wenn sie ihn ab und zu abholte. Dann konnte Jason sie wenigstens manch-mal sehen, da dieser leider zu wenig Zeit hatte, um sie besuchen zu kommen.

Glücklich ging Jason an diesem Abend nach Hause und bereitete das Abendessen zu. Danach ging er früh zu Bett und schlief bald darauf ein.

Daniel hielt Wort. Immer, wenn ihn seine Mutter mit dem Auto von der Schule abholte, was in der Regel immerhin zwei- bis dreimal wöchentlich vorkam, brachte sie Hope mit zur Schule. Die Hündin freute sich immer riesig, wenn sie den Jungen begrüßen durfte. Sie war gewachsen und gehorchte inzwischen Daniels Befehlen. Auch das Fell war dichter geworden und verdeckte fast vollständig die Narben, die sie von dem Kampf davongetragen hatte. Glücklich streichelte er den Vierbeiner und war immer ein wenig traurig, wenn sie wieder gehen musste.

Jasons Arm war inzwischen vollständig verheilt und der Gips entfernt worden, sodass er sich wieder besser bewegen konnte. Die Temperaturen wurden immer wärmer und der Frühling trumpfte mit bereits hochsommerlichen Temperaturen auf. Deshalb ging Jason auch eines Nachts nach draußen, um sich ein wenig abzukühlen, da sich sein Zimmer während des vergangenen Tages extrem aufgeheizt hatte. Er atmete tief die frische Abendluft ein, als er einen Schatten bemerkte, der sich näherte. Schnell versteckte er sich hinter einem Vorsprung und beobachtete, wie der Mann auf die große Scheune zuging. Sein Vater trat aus der Scheune und begrüßte den Fremden, dann verschwanden beide hinter der großen Holztür. Jason blickte sich um… es war sonst niemand zu sehen. Langsam schlich er auf die Scheune zu, die er noch nie betreten hatte, und legte sein Ohr an die Tür. Er hörte Männerstimmen, die durcheinander riefen, konnte jedoch nicht verstehen, was gesprochen wurde. Auch ein leises Knurren konnte er hören. Was machten die da drinnen bloß? Warum kamen nachts fremde Menschen zu ihnen und trafen sich mit seinem Vater in der Scheune?

Jason legte die Finger auf die Türklinke, um einen kurzen Blick zu riskieren. In diesem Moment spürte er eine Hand auf seiner Schulter, die ihn festhielt. „Na, wen haben wir dann da?", fragte eine tiefe, furchteinflößende Stimme. Jason versuchte, herum-zuwirbeln, doch die Finger hielten ihn so stark fest, dass er sich nicht rühren konnte. Er sah nur eine kräftige Hand, die an ihm vorbei den Türgriff nach unten drückte und die Tür einen Spalt breit öffnete. Sofort drang der Lärm nach draußen, der vorher nur gedämpft an sein Ohr gedrungen war. „Martin! Wir haben unerwünschten Besuch", rief der Fremde in den Raum und sofort verstummte es in der großen Scheune. Jason versuchte, etwas durch den Spalt zu sehen, konnte jedoch nur eine Wand erkennen. Kurze Zeit später tauchte das Gesicht seines Vaters in dem Spalt auf und blickte ihn zornig an. „Ich kümmere mich darum", sagte er zu dem Fremden, drehte Jason den Arm auf den Rücken und stieß ihn vor sich her – weg von der Scheune. Jason machte sich auf eine Standpauke gefasst, als sein Vater ihn auch schon wütend anbrüllte: „Du hast es nicht anders gewollt, Bursche. Ich habe dir immer wieder eingeschärft, dass du an der Scheune nichts zu suchen hast. Aber scheinbar interessiert dich nicht, was ich sage. Vielleicht muss ich es erst in dich reinprügeln, bevor du mir gehorchst."

Jason zuckte zusammen, als ihn sein Vater anfunkelte und seinen Arm los ließ. „Aber ich wollte doch nur…", fing er zu seiner Verteidigung an, als ihn der erste Schlag mitten ins Gesicht traf. Jason taumelte rückwärts und versuchte, auf den Beinen zu bleiben, als ihn auch schon der nächste Fausthieb gegen eine Wand schleuderte. Er schlug mit dem Kopf gegen den Beton, fiel wie ein nasser Sack zu Boden und blieb bewegungslos liegen. Nur aus weiter Ferne bekam er mit, wie ihn jemand am Arm über den Boden schleifte und irgendwo hinunter rollte. Hart schlug er auf dem Boden auf und verlor nun vollständig die Besinnung.

Als er erwachte, brauchte er ein paar Minuten, um sich an das zu erinnern, was geschehen war. Um ihn herrschte tiefe Dunkelheit. Jason lag auf einem harten Untergrund und als er die Augen aufschlug, spürte er sofort den Schwindel, der ihn ergriff. Er atmete tief durch, um das Drehen in seinem Kopf zu beruhigen. Es roch modrig und als er sich schließlich unter Schmerzen aufrichtete, bemerkte er, dass er auf Holzbohlen saß. Vorsichtig tastete er sich in der

Dunkelheit vorwärts und stieß gegen eine Wand aus groben Steinen. Der Brunnen – er befand sich in dem alten Brunnenschacht!

Der Junge lehnte sich resigniert an die Wand und versuchte, gleichmäßig Luft zu holen. Er hatte starke Schmerzen in der Brust beim Atmen und sein Kopf fühlte sich an, als wenn jemand mit einem Presslufthammer darin herumbohrte. Ihm war schlecht und schwindelig und er hatte Durst. Erschöpft ließ er sich zurück auf die Holzbohlen sinken und schloss die Augen.

Als er erwachte, ging es ihm nicht viel besser, als vorher. Es war noch immer extrem dunkel in seinem Gefängnis und er wunderte sich, warum das so war. Es musste doch langsam Morgen werden. Doch da er keine Uhr hatte, hatte er jedes Zeitgefühl verloren. Erneut schloss er die Augen und versuchte zu schlafen.

Durch einen stechenden Schmerz in der Brust wurde er erneut geweckt. Er hatte sich im Schlaf umgedreht und nun hinderte ihn der Schmerz, Luft zu bekommen. Nach Atem ringend versuchte er, sich aufzurichten und endlich konnte er wieder Luft holen. Schweiß stand ihm auf der Stirn. Langsam blickte er sich um. Es war etwas heller geworden, und er konnte nun die Wände erkennen. Dennoch kam es ihm zu dunkel vor. Er war schon oft hier eingesperrt gewesen, hatte aber immer etwas sehen können. Langsam hob er den Kopf, konnte aber den Himmel nicht erkennen. Etwas lag auf dem

Brunnenschacht und nur durch kleine Ritzen erreichte ihn ein wenig Tageslicht. Warum hatte sein Vater den Brunnen abgedeckt? Er wusste doch, dass Jason viel zu klein war, um alleine herauszukommen. Es war also völlig überflüssig, den Schacht auch noch zu verschließen.

Im Laufe des Tages rief der Junge immer wieder nach seinem Vater, in der Hoffnung, er würde ihn endlich aus seinem Gefängnis lassen. Doch niemand ließ sich blicken. Jason hatte Hunger und Durst, ihm war immer noch schlecht und sobald er sich zu schnell bewegte, ergriff der Schwindel von ihm Besitz. Als es dunkel wurde, gab es Jason schließlich auf, nach seinem Vater zu rufen. Seine Stimme war sowieso kaum noch zu hören vom vielen Rufen.

Mitten in der Nacht wurde der Junge durch ein Grummeln und Plätschern geweckt. Zuerst konnte er sich die Geräusche nicht erklären und sehen konnte er aufgrund der Dunkelheit auch nichts. Doch dann spürte er, wie neben ihm etwas von oben heruntertropfte. Gierig öffnete er den Mund und ließ das Wasser hineinrieseln. Die Flüssigkeit tat ihm gut und er hörte erst auf, als er nicht mehr konnte. Das Wasser füllte auch seinen knurrenden Magen ein wenig und er fühlte sich etwas besser, als er schließlich wieder die Augen schloss. Der Regen dauerte noch einige Stunden an und als er am Morgen erwachte, trank er erneut gierig die Tropfen, die noch von den Brettern in den Schacht fielen.

Auch an diesem Tag bekam Jason seinen Vater

nicht zu Gesicht. Hin und wieder versuchte er einen krächzenden Ruf, der aber kaum die Kraft hatte, nach draußen zu dringen.

*

Herr Mengele blickte nachdenklich durch die Reihen in seiner Klasse, während die Schüler in ihre Stillarbeit vertieft waren. An Jasons leerem Platz verharrte er für einige Sekunden. Der Junge war bereits seit drei Tagen nicht in der Schule gewesen und eine Entschuldigung lag bis heute nicht vor. Der Lehrer musste an den unsympathischen Vater seines Schützlings denken und machte sich langsam Sorgen um den Jungen. Er hatte bereits gestern versucht, mit dem Vater Kontakt aufzunehmen, aber nur den Anrufbeantworter erreicht und auf seine Nachricht darauf bisher keinerlei Reaktion erhalten. Vielleicht sollte er nach der Schule einfach mal bei der Familie vorbeifahren, um nach dem Rechten zu sehen.

Nach dem Unterricht setzte der Lehrer seinen Vorsatz in die Tat um. Als er aus dem Fahrzeug stieg, blickte er sich suchend um. Herr Bauer kam gerade aus dem alten Pferdestall, erblickte den Klassenlehrer seines Sohnes und kam mit großen Schritten auf ihn zu. „Was wollen Sie denn schon wieder hier?"

Herr Mengele zuckte unwillkürlich zusammen, als er sich dem Mann gegenüber sah. „Ich wollte zu Ihrem Sohn, Herr Bauer", brachte er schließlich hervor.

„Der ist krank."

„Kann ich ihn bitte sehen?"

„Nein, das können Sie nicht. Verschwinden Sie von meinem Hof und kommen Sie nie wieder! Lassen Sie mich gefälligst endlich in Ruhe!" Drohend kam er auf den Klassenlehrer zu, der ängstlich zurückwich.

„Sorgen Sie dafür, dass uns morgen ein ärztliches Attest vorliegt, sonst informiere ich die Polizei", sagte Herr Mengele mit zitternder Stimme und als Jasons Vater ihm wüste Beschimpfungen hinterherjagte, verzog er sich schnell zu seinem Fahrzeug.

*

Jason war nur halb bei Bewusstsein, als er das Fahrzeug auf den Hof fahren hörte. Er erkannte die Stimme seines Vaters und seines Lehrers, hatte jedoch weder die Kraft, noch die Stimme, sich bemerkbar zu machen. Mit letzter Kraft versuchte er, gegen die Bohlen zu schlagen, doch der dumpfe Ton wurde von dem Wutanfall seines Vaters übertönt. Erschöpft hörte der Junge auf, als er bemerkte, wie sich das Fahrzeug entfernte. Das war vielleicht seine letzte Chance gewesen.

*

Auch Daniel machte sich Sorgen um seinen Freund. Niemand hatte etwas von ihm gehört und Jason war eigentlich nie krank, sodass es merkwürdig erschien, dass er bereits den vierten Tag in der Schule fehlte. Am Freitagnachmittag, als Herr Mengele sich gerade mit den Behörden in Verbindung setzte, die den Vorgang jedoch erst einmal prüfen mussten, bevor sie etwas unternehmen würden, machte sich der Junge zusammen mit Hope auf den Weg zum Grundstück der Bauers. Als er aus dem Wald trat, blickte er sich neugierig um.

Jason hatte ihm ein wenig von seinem Zuhause erzählt, sodass er in etwa abschätzen konnte, wo welche Gebäude lagen. Aufmerksam beobachtete er das Gelände eine Weile und nachdem er schließlich Herrn Bauer in einer großen Scheune verschwinden sah, schlich er sich in Richtung Haus. Er wollte das Wohnhaus heimlich betreten und nach Jason sehen. Doch auf dem Weg dorthin zerrte Hope an der Leine und winselte leicht. „Leise, Hope. Was hast du denn?", fragte der Junge und gab etwas Leine nach. Der Hund hatte die Nase am Boden und zog ihn zielstrebig auf einen alten Brunnenschacht zu. „Was sollen wir denn hier?", fragte der Junge verwirrt, als Hope mit den Vorderpfoten auf die Holzbretter sprang und daran herumkratzte. Vorsichtig hob der Junge eines der Bretter an und glaubte seinen Augen nicht zu trauen. Im Lichtstrahl, der durch die nun entstandene Öffnung fiel, sah er in etwa zwei Metern Tiefe eine Gestalt am Boden liegen. Sie bewegte sich nicht und sah fürchterlich aus. Die Haare waren blutverschmiert und vom Schweiß verklebt. Die Haut wirkte fast durchsichtig in dem fahlen Licht und die Wangen waren eingefallen.

„Jason", rief er leise. „Jason, hörst du mich?"

Er bemerkte, wie sich der Körper leicht bewegte, dann öffneten sich die Augen, zu mehr war der

Junge nicht mehr im Stande. Daniel blickte sich um. Er konnte zwar die Bretter entfernen, aber er würde Jason niemals aus dem Brunnen bekommen und schon gar nicht hier wegschaffen können. „Jason, halte durch. Ich hole Hilfe", rief er leise, schob das Brett wieder an seinen Platz und zog den Hund mit sich hinter einen Bretterstapel, damit ihn Herr Bauer nicht sehen konnte, falls er wieder aus der Scheune kam.

Daniel zog sein Handy aus der Hosentasche und wählte den Notruf. „Mein Name ist Daniel Arent und ich bin auf dem ehemaligen Pferdehof in Neuenhain. Der Hof der Familie Bauer. Mein Freund wird in einem alten Brunnenschacht gefangen gehalten. Er sieht aus, als wenn er schwer verletzt wäre. Bitte kommen sie schnell, ich weiß nicht, wie lange er noch durchhält."

„Wie alt bist du Daniel?"

„Zwölf, aber was tut das zur Sache?"

„Hör mal zu, Junge. Das hier ist eine Notrufnummer. Wir haben keine Zeit für irgendwelche Kinderstreiche."

„Aber ich sage die Wahrheit! Jason war seit vier Tagen nicht in der Schule. Ich wollte ihn besuchen und mein Hund hat ihn im Brunnen entdeckt. Mein Vater ist Chefarzt Dr. Michael Arent in der Kinderklinik. Und ich weiß sehr wohl, dass man keinen Notruf aus Spaß absetzen darf. Bitte, sie müssen meinem Freund helfen. Ich weiß nicht, wie lange er noch durchhält." Seine Stimme klang vollkommen verzweifelt und das bemerkte auch der Mann in der Notrufzentrale.

„Entschuldige bitte. Aber wir hatten heute schon mehrere Fehl-Einsätze. Ich werde sofort jemanden zu dir rausschicken, in Ordnung?"

„Danke", seufzte der Junge erleichtert und legte auf. Vorsichtig schlich er zum Brunnen zurück und versuchte erneut, ein Brett wegzuschieben.

„Jason? Ich habe Hilfe geholt. Gleich holt dich jemand raus." Mit seiner ganzen Kraft versuchte er, ein schweres Brett nach dem anderen zu bewegen und ließ sie auf den Boden neben dem Brunnen fallen. Hope stand mit den Vorderpfoten auf dem Brunnenrand und schaute winselnd zu ihrem Freund hinunter. Nachdem Daniel schon einige Bretter entfernt hatte, hörte er endlich in der Ferne leises Sirenengeheul, das näher zu kommen schien. ‚*Na endlich*', dachte er erleichtert.

„Was machst du da?" schrie plötzlich eine drohende Stimme und der Junge wirbelte erschrocken herum. Herr Bauer kam wütend und mit erhobenen Händen auf ihn zu gestapft. Daniel blickte sich ängstlich um. Wann kamen die Einsatzkräfte denn endlich?

Als Herr Bauer nur noch wenige Meter von ihm entfernt war, stellte sich plötzlich Hope vor ihr Herrchen und knurrte den Mann zähnefletschend an. Überrascht verharrte der Mann in der Bewegung. Er kannte sich gut genug mit Hunden aus, um zu wissen, dass es dieser hier ernst meinte und auf ihn losgehen würde, wenn er auch nur einen Schritt weiterlief.

Langsam wich er zurück, den Hund im Auge behaltend. Daniel drehte sich wieder dem Brunnen zu und setzte seine Arbeit fort, doch kurz darauf fing Hope ängstlich an zu winseln. Daniel fuhr erneut herum und sah zu seinem Entsetzen, dass der Mann mit einem Pitbull zurückkam. Hope hatte das Tier als ihren damaligen Angreifer erkannt, der sie fast getötet hatte, und klemmte ängstlich den Schwanz zwischen die Beine. Wie in Zeitlupe registrierte der Junge, wie der Mann das Tier losließ und die Kampfmaschine auf ihn zugestürmt kam. Daniel war wie versteinert und schaffte es nicht, sich zu bewegen. Er hörte ein Fahrzeug, das rutschend zum Stehen kam, das Winseln seines Hundes und das Knurren des Angreifers. Jetzt war das Tier nur noch wenige Sprünge von ihm entfernt. Daniel wusste, dass er keine Chance gegen es hatte und starrte ihm nur mit vor Angst geweiteten Augen entgegen.

Plötzlich ertönte ein lauter Knall, der ihn zusammenfahren ließ. Das angreifende Tier brach nur zwei Meter von ihm entfernt zusammen und blieb bewegungslos liegen. Daniels Beine versagten ihm den Dienst und er klappte zusammen. Ein paar starke Arme griffen nach ihm und verhinderten, dass er auf dem Boden aufschlug. Wie aus weiter Ferne hörte er schnelle Schritte, die an ihm vorbei auf den Besitzer des Tieres zu rannten.

„Alles okay mit dir, Junge?", fragte eine freundliche Stimme und als Daniel den Kopf hob, blickte er in das erleichterte Gesicht eines jungen Polizisten, der ihn immer noch stützte. Er versuchte, mit dem Kopf zu nicken, als ihn die Übelkeit überkam und er sich schnell wegdrehte, um seinem Retter nicht ins Gesicht zu spucken. Nachdem er seinen Magen entleert hatte, fühlte er sich etwas besser. „Bist du Daniel? Der Junge, der den Notruf gewählt hat?"

„Ja", sagte er schwach. „Mein Freund – er liegt im Brunnen – bitte, sie müssen ihm helfen."

„Das werden wir." Der junge Polizist blickte zu seinen Kollegen und als er sah, dass diese den Mann fest hatten, winkte er der Besatzung des Rettungsfahrzeuges, die sich bisher noch zurückgehalten hatte. „Kümmert euch bitte um den Jungen. Er steht vermutlich unter Schock", sagte er zu einem der Sanitäter, der Daniel übernahm und zum Krankenwagen brachte, wo er ihn auf die Stufen setzte und ihm eine Decke umlegte. Hope war seinem Herrchen mit eingezogenem Schwanz gefolgt. Der Notarzt, ein weiterer Sanitäter und der Polizist waren derweil an den Brunnen getreten. Nach einem Blick in die Tiefe rief der Polizist auch die Kollegen von der Höhenrettung näher, die aufgrund Daniels Aussage, dass Jason in einem Brunnen festgehalten wurde, direkt mit zum Einsatzort geschickt worden waren. Gemeinsam entfernten sie die restlichen Bretter und dann ließen die Feuerwehrleute den Notarzt und seine Ausrüstung in den Schacht hinunter.

*

Jason hatte die Stimme seines Freundes gehört und als er die Augen öffnete, bemerkte er den schmalen Lichtstreifen, der auf ihn hinabfiel. Im grellen Licht konnte er Daniel erkennen, der ihm etwas zurief – dann wurde es wieder dunkel. Er war müde und fühlte sich schwach, Schmerzen und Hunger spürte er jedoch nicht mehr. Ihm war einfach nur noch alles egal.

Dann wurde es plötzlich wieder heller, das konnte er durch die geschlossenen Augenlieder erkennen. Jason wollte sie öffnen, schaffte es aber nicht mehr, die Lider anzuheben. Er hörte Stimmen, die irgendwo miteinander sprachen, auch ein Funkgerät meinte er rauschen zu hören. Was war denn hier los? Dann spürte er plötzlich, wie jemand sein Handgelenk griff und nach seinem Puls tastete. Seine Lider wurden hochgehoben und etwas blendete ihn stark. Dann war es wieder verschwunden. Etwas stach ihn in die Hand und dann fuhr jemand mit den Händen über seinen Körper, drückte auf seine Schultern und seinen Brustkorb, was ihm ein Stöhnen entlockte. Weiter fuhren die Hände an seiner Hüfte und seinen Beinen entlang.

Er hörte, wie der Mann neben ihm etwas rief, konnte jedoch nicht verstehen, was er sagte. Etwas wurde um seinen Hals gelegt und danach spürte er, wie Hände irgendwas mit seinem Kopf machten, bevor ihm plötzlich wieder schwarz vor Augen wurde.

*

Die Feuerwehrleute hatten einige Schwierigkeiten, den schwer verletzten Jungen aus dem engen Schacht zu bergen. Der Notarzt hatte ihn erstversorgt und versucht, ihn soweit zu stabilisieren, dass er nach oben gebracht werden konnte. Mit vereinten Kräften lag der Junge schließlich auf einer Vakuum-Matratze und wurde in den Krankenwagen geschoben.

Daniel starrte mit weit aufgerissenen Augen auf seinen Freund, der im Tageslicht noch viel schlimmer aussah, als unten im Schacht. Er trug eine Halskrause und einen Verband um den Kopf und hatte inzwischen an jeder Hand einen Infusionsbeutel hängen, um ihm genug Flüssigkeit zuzufügen. Der Junge wirkte wie eine Leiche und Daniel konnte seinen Blick nicht von ihm abwenden. Der junge Polizist, der den Pitbull erschossen hatte, kam auf Daniel zu und kniete sich vor ihm nieder. Hope legte ihm den Kopf auf den Schoß und der Mann streichelte lächelnd den Kopf des Tieres.

„Komm', ich setze dich vorne in den Krankenwagen. Du solltest besser auch mit ins Krankenhaus, junger Mann."

Daniel blickte von seinem Freund zu dem Polizisten und schließlich zu seinem Hund. „Ich kann nicht, ich muss doch Hope nach Hause bringen", widersprach der Junge. Er zitterte noch immer am ganzen Körper.

„Mach' dir keine Sorgen. Ich bringe deine Freundin schon sicher nach Hause. Kannst du mir die Adresse sagen?"

Daniel nickte und nannte dem Mann seine Anschrift. Dann setzte ihn dieser auf den Beifahrersitz, zog die Decke um den Jungen und schnallte ihn an. Inzwischen waren auch die Kollegen vom Rettungsdienst soweit, dass der Krankenwagen mit Jason, Daniel und der Besatzung starten konnte.

„Wo bringt ihr sie hin?", fragte er noch den Notarzt, bevor er die Hecktüren des Fahrzeuges zu machte.

„In die Kinderklinik", war die Antwort und mit einem dumpfen Knall schlossen sich die Flügeltüren. Im nächsten Moment fuhr der Wagen mit Blaulicht und Martinshorn vom Hof.

Der junge Polizist griff die Leine des Labradors und brachte ihn zu seinem Fahrzeug, um ihn dort auf die Rückbank zu setzten.

„Guter Schuss", sagte eine Stimme hinter ihm und jemand klopfte ihm auf die Schulter.

Der Polizist drehte sich zu seinem Kollegen um, mit dem er zusammen hergekommen war. „Ich hatte keine andere Wahl. Das Vieh hätte den Jungen zerfleischt."

„Das glaube ich auch. Der war scharf."

„Was ist mit dem Besitzer?"

„Ist schon auf dem Weg aufs Revier. Während ihr euch um den Jungen gekümmert habt, haben ihn die

Kollegen abtransportiert. Komm', ich will dir etwas zeigen."

ERMITTLUNGSARBEIT

Sein Kollege führte den jungen Polizisten zu der großen Scheune, die etwas abseits auf einem Feld stand. Auf dem Weg kamen sie an einem zweiten Pitbull vorbei, der sie wütend anknurrte und an seiner Kette zerrte. Alarmiert legte der junge Mann die Hand an seine Waffe und behielt das Tier im Auge, während sie in einigem Abstand an ihm vorbeigingen.

„Ich habe schon den Tierfänger benachrichtigt, damit das Vieh abgeholt wird. Da drüben in dem alten Pferdestall gibt es noch einige anderer Hunde – keine Kampfhunde, scheinbar handelt es sich um einen Zuchtbetrieb, aber die Tiere wirken ausgelaugt und benötigen dringend medizinische Hilfe. Es sieht alles recht verwahrlost aus."

Der junge Polizist nickte und folgte seinem Kollegen durch eine große Scheunentür, die inzwischen weit offen stand. Aufmerksam blickte sich der Mann um. In der Mitte der Scheune befand sich ein mit Brettern abgetrennter Bereich, ähnlich einer kleinen Arena, der mit Sand gefüllt war. Die Bretter und auch der Sand wiesen viele, dunkle Flecken auf. Um diesen Bereich herum waren Sitzbänke angebracht und an der Wand stand ein Tisch, auf dem Maulkörbe und Klammergeräte lagen, wie sie der Tierarzt zur Versorgung von großen Wunden benutzte. Im hinteren Bereich befanden sich einige Zwinger mit schweren Eisenstäben, in denen sich noch weitere Kampfhunde befanden. Sprachlos schüttelten die beiden Beamten den Kopf und forderten Verstärkung an, um alle Spuren zu sichern.

*

Als der Krankenwagen in der Kinderklinik ankam, wurden sie bereits von zwei Ärzten erwartet. Einer von ihnen blickte erstaunt auf den Jungen, der immer noch zitternd auf dem Beifahrersitz saß. „Daniel? Was machst du denn hier?"

Der Junge hob den Kopf: „Papa, du musst Jason helfen."

Der Arzt nickte und winkte einer Schwester. „Kümmern sie sich bitte um meinen Sohn." Dann trat er zu der Trage, die gerade ausgeladen wurde und folgte den Kollegen in die Notaufnahme.

Daniel blieb aufgrund seiner Schocksymptomatik über Nacht ebenfalls in der Klinik. Als seine Mutter dort eintraf, befand er sich bereits in einem Zimmer. Nach einer Infusion ging es ihm wieder besser und er lächelte seine Mutter matt an, als diese den Raum betrat. „Hallo Mutti. Ist Hope gut nach Hause gekommen?"

„Das ist mal wieder typisch. Mein Herr Sohn liegt im Krankenhaus und alles, was ihn interessiert, ist sein Hund", lächelte Frau Arent. „Ja, sie ist zu Hause und deine Geschwister kümmern sich um sie. Aber wie geht es dir?"

„Gut. Ich habe mich nur so erschrocken, als der Pitbull auf mich los ist."

„Der Polizist hat mir schon erzählt, was passiert ist, als er Hope nach Hause gebracht hat. Was hast du eigentlich da gemacht?"

Daniel senkte den Blick. „Ich habe mir Sorgen um Jason gemacht. Niemand hat etwas von ihm gehört und ich wollte ihn eigentlich nur besuchen. Hope hat mich dann zum Brunnen geführt und als ich dort reingeblickt habe, habe ich ihn unten liegen sehen. Weißt du, ob er… ist er…" Daniel traute sich nicht, den Satz zu beenden.

Seine Mutter blickte ihn traurig an. „Ich kann es dir nicht sagen, mein Junge. Du musst wohl warten, bis dein Vater Zeit hat. Er kommt dich bestimmt nachher besuchen. Aber jetzt solltest du dich ein bisschen ausruhen, damit du morgen vielleicht wieder nach Hause kannst." Sie drückte ihm noch einen Kuss auf die Wange und ließ den Jungen dann alleine.

Gegen Abend bekam Daniel endlich Besuch von seinem Vater, der dem dösenden Jungen sanft über den Kopf strich. Daraufhin öffnete er die Augen und blinzelte verschlafen, doch als er seinen Vater erkannte, war Daniel sofort wach und setzte sich im Bett auf. „Papa, wie geht es Jason? Ist er okay? Wird er es schaffen?", prasselten die Fragen auf den Chefarzt ein und der lächelte verständnisvoll auf seinen Sohn hinab.

„Ganz ruhig, Daniel. Erst einmal möchte ich wissen, wie es dir geht."

„Mir geht es gut, mir ist nichts passiert", sagte der Junge schnell.

„Unterschätze nicht, was ein Schock auslösen kann. Das sollte man nicht herunterspielen", mahnte der Arzt, registrierte aber erleichtert, dass es dem Jungen tatsächlich recht gut ging.

„Mir geht es wirklich gut, Papa. Bitte sage mir endlich, was mit meinem Freund ist. Kann ich ihn besuchen?"

„Also gut", gab der Mann schließlich lächelnd nach, „du gibst ja sonst keine Ruhe und nervst mich vermutlich die ganze Nacht." Dann wurde sein Gesicht ernst und Daniel blickte ihn erwartungsvoll an. „Jason geht es nicht besonders gut. Er hat eine schwere Kopfverletzung, einige gebrochene Rippen und Prellungen. Doch das ist nicht das Schlimmste. Hast du eine Ahnung, wie lange er in dem Brunnen war?"

Daniel schüttelte den Kopf. „Er war seit Dienstag nicht in der Schule, aber ob er auch schon seit diesem Tag eingesperrt war, kann ich dir nicht sagen."

„Dann ist es fast ein Wunder, dass er noch lebt, bei den Temperaturen der letzten Tage. Ich kann es mir nur so erklären, dass er irgendwie an Wasser gekommen ist. Auf jeden Fall ist er stark ausgetrocknet und hat mit Sicherheit eine Weile nichts gegessen. Wir versuchen gerade, ihn mit

Flüssigkeit zu versorgen, aber wir wissen noch nicht, ob wir ihn durchbekommen."

Daniel riss bei den Worten seines Vaters die Augen auf. „Du meinst, er könnte wirklich…?"

Dr. Arent legte seinem Sohn beruhigend die Hand auf den Arm. „Das wollen wir alle nicht hoffen, mein Sohn. Im Moment ist er stabil und wir hoffen alle, dass er sich erholt. Aber eines ist sicher: ohne deinen Einsatz würde er vermutlich nicht überlebt haben. Du hast eine kleine Heldentat vollbracht, obwohl ich natürlich nicht toll finde, dass du dich dabei selber in große Gefahr gebracht hast."

„Das konnte ich ja wirklich nicht ahnen", verteidigte sich der Junge. „Darf ich Jason besuchen?"

„Heute noch nicht. Aber wenn du morgen entlassen wirst, bringe ich dich zu ihm. Einverstanden?" Daniel nickte und sein Vater ließ ihn wieder allein, um sich seiner Arbeit zu widmen.

*

Jason hatte keine Ahnung, wo er sich befand. Seiner letzten Erinnerung nach zu urteilen, war er im Brunnenschacht gewesen. Doch er spürte, dass er auf einem weichen Untergrund lag. Es fühlte sich wie eine Matratze an, und er hörte ein leises Piepsen irgendwo in der Nähe. Jemand tupfte ihm die Stirn ab und sprach leise mit ihm. Vorsichtig versuchte der Junge, seine Augen zu öffnen, doch seine Lider waren immer noch viel zu schwer. Er fühlte sich müde und ausgelaugt und nach wenigen Minuten war er wieder eingeschlafen.

Als er das nächste Mal erwachte, fühlte er sich schon etwas besser und schaffte es nach einiger Zeit sogar, die Augen zu öffnen. „Willkommen zurück", wurde er von einer freundlichen Stimme begrüßt. An seinem Bett stand ein Mann Mitte vierzig, der ihm irgendwie bekannt vorkam. Jason wollte etwas sagen, brachte aber nur ein Krächzen zustande.

„Deine Stimme ist noch ein wenig angegriffen, Jason. Das wird in den nächsten Tagen besser werden. Möchtest du etwas trinken?"

Der Junge nickte und vorsichtig flößte ihm der Mann etwas Wasser ein. Das Schlucken fiel ihm schwer und er konnte nur sehr kleine Schlückchen zu sich nehmen. Als der Mann die Schnabeltasse wieder abstellte, kontrollierte er die Geräte und nickte zufrieden. „Ruh' dich jetzt aus. Ich komme später wieder vorbei." Damit drehte er sich um und verließ den Raum. Jason drehte den Kopf und endlich begriff er, dass er sich im Krankenhaus befand. Wie war er nur hierhergekommen? Vorsichtig hob er die Hand und führte sie zu seinem schmerzenden Kopf, der mit einem großen Verband umwickelt war. Auch um seine Brust spürte er einen festen Verband. In seinem Handrücken steckte eine Kanüle, von der Schläuche zu einer Infusion und einem Gerät führten, das mit mehreren großen Spritzen bestückt war. Müde schloss der Junge wieder die Augen und war bald darauf eingeschlafen.

Eine Hand legte sich auf seinen Arm und die Berührung weckte Jason auf. Langsam drehte er den Kopf zu deren Besitzer. „Daniel?", fragte er leise und seine Stimme klang immer noch rau und krächzend.

„Jason", rief sein Freund erfreut, „toll, dass du wieder wach bist. Ich hatte schon Angst, ich wäre zu spät gekommen."

Jason schaute den Jungen verständnislos an. Dann wanderte sein Blick zu dem Mann, der hinter Daniel stand. Er erkannte den Arzt, der ihm etwas zu trinken gegeben hatte und als er von ihm wieder zu Daniel blickte, wurde ihm plötzlich klar, wer das war. „Dr. Arent?"

Der Mann nickte und legte seinem Sohn die Hand auf die Schulter. „Nicht zu lange, Daniel. Er ist noch sehr schwach und braucht Ruhe. Ruf' mich, wenn etwas ist."

„Klar Papa", sagte Daniel und wandte sich wieder dem Jungen zu, der immer noch bleich in seinem Bett lag. Er sah wesentlich besser aus, als noch vor einigen Tagen, aber es würde noch eine Weile dauern, bis er wieder gesund war. „Wie geht es dir, Kumpel?"

Jason überlegte. „Ich glaube, ganz gut", sagte er stockend. „Was ist passiert?"

„Das würden wir auch gerne wissen. Das Einzige, was ich weiß ist, dass du vier Tage nicht in der Schule warst und als ich dich besuchen wollte, hat Hope mich zu deinem Gefängnis im Brunnen geführt. Du warst schwer verletzt und ich konnte dich alleine nicht befreien. Deshalb habe ich Hilfe geholt." Vor Jasons Augen huschten Bilder vorbei. Daniels Gesicht neben dem des Hundes, ein Lichtstrahl und eine Stimme, die er nicht verstand. „Die Feuerwehr hat dich dann zusammen mit dem Notarzt da rausgeholt und seitdem bist du hier."

„Wie lange..." Jasons Stimme versagte ihm den Dienst und Daniel griff nach der Schnabeltasse, um ihm etwas zu trinken zu geben, während er antwortete: „Gefunden habe ich dich am Freitagnachmittag. Inzwischen bist zu seit drei Tagen im Krankenhaus. Kannst du dich erinnern, warum du in dem Brunnenschacht warst und wie du da hineingekommen bist?"

Nachdem Jason einige kleine Schlucke getrunken und Daniel die Tasse wieder abgestellt hatte, versuchte sich der Junge daran zu erinnern, was passiert war. Sein Freund beobachtete ihn genau. „Wir haben am Montag eine Arbeit geschrieben, kannst du dich daran erinnern?" Jason nickte. „Und was hast du am Nachmittag gemacht? Oder am nächsten Morgen? Du warst am Dienstag nicht in der Schule, das heißt irgendetwas muss zwischen Montagmittag und Dienstagmorgen passiert sein." Jason dachte nach. Er war ganz normal nach Hause gegangen, hatte seine Arbeiten verrichtet, Hausaufgaben gemacht und Abendessen gekocht. Soweit konnte er sich erinnern. Dann war er in sein Bett gegangen und mehr wusste er nicht. Enttäuscht schüttelte er den Kopf.

„Du wirst dich bestimmt bald wieder erinnern, Jason."

In diesem Moment öffnete sich die Zimmertür und Daniels Vater trat an das Bett. „Ich glaube, du solltest jetzt besser gehen. Wenn du willst, kannst du morgen nach der Schule wiederkommen", sagte er leise und nachdem die beiden den Raum verlassen hatten, schloss Jason wieder die Augen. Das Reden hatte ihn angestrengt und er schlief bald darauf erneut ein.

*

Am nächsten Tag besuche Daniel den Schulfreund erneut, der inzwischen wach und auf ein normales Zimmer verlegt worden war. Als der Junge das Zimmer betrat, saß Jason aufrecht im Bett und blätterte in einer Zeitschrift, die er zur Seite legte, als der Klassenkamerad eintrat. Jason wirkte ausgeruht und sah viel besser aus, auch wenn er immer noch blass wirkte. Für eine knappe Stunde unterhielten sich die Jungen über die Schule und Daniel erzählte ihm von Hope und seinen Fortschritten mit der Hündin. Irgendwann klopfte es an die Tür und ein Polizist betrat langsam das Zimmer. Daniel erkannte den jungen Mann sofort wieder, der auf das Bett zukam. „Hallo, ihr beiden. Darf ich mal stören?"

Jason nickte und Daniel blickte zu dem Mann hoch: „Sie sind doch der Polizist, der mir…"

Der Mann unterbrach ihn mit einem warnenden Blick. „Ja genau. Wir haben uns am Freitag kennengelernt, Daniel. Mein Name ist übrigens Thomas Baum. Ich hätte einige Fragen an dich Jason. Glaubst du, dass du schon mit mir reden kannst?"

Jason fühlte sich unwohl. Er hatte noch nie mit der Polizei zu tun gehabt. Doch er nickte tapfer. „Kann Daniel hierbleiben?"

Herr Baum blickte von einem zum anderen. „Wenn er verspricht, dass er das, was hier besprochen wird, für sich behält und du dich dann besser fühlst, kann er gerne bleiben", sagte er schließlich und Jason wirkte ein wenig erleichtert. Daniel erhob sich und überließ dem Polizisten seinen Stuhl, während er sich an den kleinen Tisch in der Ecke setzte. Herr Baum nickte ihm zu, zog einen Block aus der Tasche, auf dem er sich einige Fragen notiert hatte, und nahm seinen Stift in die Hand, um sich Notizen zu machen.

„Stimmt es, dass du mit deinem Vater alleine auf dem Hof lebst, Jason?" Der Junge nickte. „Und was ist mit deiner Mutter?"

„Ich weiß es nicht. Sie ist schon sehr lange fort. Ich kann mich nicht mehr an sie erinnern. Meinem Vater gegenüber durfte ich sie nicht erwähnen. Ich habe keine Ahnung, ob sie lebt oder gestorben ist oder wo sie sich befindet."

Der Polizist schrieb etwas in seinen Block. „Und wie ist das Leben so mit deinem Vater?"

„Was meinen Sie? Normal, denke ich."

„Ich möchte wissen, ob ihr euch gut versteht, oder ob er oft mit dir schimpft. Unternehmt ihr manchmal etwas zusammen? Oder hilft er dir bei den Hausaufgaben? Vielleicht musst du auch im Haushalt helfen – solche Sachen halt."

Jason dachte nach. „Ich glaube, wir verstehen uns ganz normal. Natürlich schimpft er, wenn ich etwas falsch mache – und ich mache oft etwas falsch. Unternehmen tun wir aber nichts zusammen, dafür habe ich keine Zeit."

Der Polizist wurde hellhörig: „Wieso?"

„Na ja, vor der Schule füttere ich die Hunde. Mein Vater ist Züchter, müssen Sie wissen. Und nach dem Unterricht mache ich normalerweise die Ställe sauber. Manchmal spiele ich auch mit den Welpen. Und im Haushalt fällt auch immer wieder etwas an: Wäsche waschen, putzen, kochen und so."

Daniel wollte etwas einwerfen, doch der junge Mann bedeutete ihm mit einer Handbewegung, leise zu sein. „Und wann machst du deine Hausaufgaben?"

„Meistens abends nach dem Essen, wenn alles fertig ist."

Der Gesichtsausdruck des Mannes wirkte zornig, als er seine nächste Frage stellte: „Und was macht dein Vater während der Zeit, in der du diese Sachen machst?"

Jason überlegte einen Augenblick und zuckte dann mit den Schultern: „Ich weiß nicht. Manchmal ruht er sich aus und trinkt ein Bier."

Der Polizist schrieb erneut in seinen Block und für ein paar Minuten herrschte Stille, bevor er schließlich fragte: „Hat dich dein Vater jemals geschlagen?" Jason senkte den Blick und für den jungen Mann war das eine eindeutige Antwort. „Jason, es ist wichtig, dass du mir die Wahrheit sagst. Dein Vater kann dir nichts mehr tun. Bitte erzähle mir, was er getan hat und wie oft."

Über das Gesicht des kleinen Jungen liefen einige Tränen, als er schließlich zu sprechen begann. „Ja, er hat mich geschlagen. Immer, wenn ich böse war, oder er schlechte Laune hatte, oder wenn ich geweint habe, wenn ich einen der Hunde begraben musste. Papa sagt immer, dass Männer nicht weinen dürfen und wenn er mich erwischt hat, hat er mich geschlagen und dann in den Brunnen gesperrt. Normalerweise musste ich mehrere Stunden dort bleiben, bevor er mich wieder raus ließ und ich mich bei ihm entschuldigen durfte. Dabei habe ich mir auch vor einigen Monaten den Arm gebrochen. Er hat mich in den Brunnen gelassen und ich bin abgerutscht und auf den Arm gefallen. Es hat furchtbar wehgetan, aber Papa meinte am nächsten Tag, dass ich mich nicht so anstellen sollte. Erst am Montag in der Schule hat mich mein Lehrer dann ins Krankenhaus bringen lassen und ich musste operiert werden."

Thomas Baum konnte nicht glauben, was er da hörte und der Junge trug das Ganze vor, als wenn es ihm alles nichts ausmachen würde. „Hat dich dein Vater auch dieses Mal geschlagen und eingesperrt?", kam er schließlich auf den eigentlichen Grund seines

Besuches zu sprechen.

Jason zuckte die Schultern. „Daniel hat mich das auch gefragt, aber ich kann mich nicht daran erinnern. Ich weiß noch, wie ich am Montagabend ins Bett gegangen bin, aber danach ist irgendwie alles ausgelöscht."

„Du hast vorhin erzählt, dass du ab und zu Hunde begraben musstest. Kam das oft vor?"

„Schon des Öfteren. Ich habe sie auf der großen Wiese am Waldrand begraben."

„Und weißt du auch, woran die Tiere gestorben sind?"

Jason schüttelte den Kopf. „Mein Vater hat die toten Tiere immer in einen Stoffsack gewickelt. Ich habe nie nachgesehen. – Na ja, bis auf einmal. Da habe ich festgestellt, dass Hope noch lebt und den Sack geöffnet."

„Hope?", unterbrach ihn der Polizist. „Ist das nicht Daniels Hund?"

Jason nickte. „Sie ist einer von unseren Welpen. Als ich sie begraben sollte, habe ich ein Winseln gehört, und als ich den Sack geöffnet habe, stellte ich fest, dass sie noch lebt. Ich wollte meinen Vater holen, aber er hat mir nur einen Baseballschläger in die Hand gedrückt und wollte, dass ich das Tier erschlage. Ich konnte es nicht! Ich habe dann einen leeren Sack begraben, Hope heimlich versteckt und gesund gepflegt."

„Was hatte sie denn?", fragte er neugierig.

„Mein Vater sagte, sie hätte sich mit einem

anderen Hund angelegt. Sie hatte überall Bisswunden und es dauerte eine Weile, bis sie wieder fit
war. Daniel hat sie dann adoptiert, weil ich Angst
hatte, mein Vater würde sie irgendwann finden."

„Vermutlich wurde sie als Köder für die Hundekämpfe missbraucht."

Die beiden Jungen blickten den Polizisten irritiert
an. „Hundekämpfe?"

Der Polizist räusperte sich: „Wir haben in eurer
großen Scheune Anzeichen dafür gefunden, dass
dort regelmäßig Hundekämpfe stattgefunden haben.
Hast du nie etwas davon mitbekommen?"

Jason schüttelte den Kopf: „Ich durfte die Scheune
nicht betreten, nicht einmal in ihre Nähe." Dann
flammten plötzlich Bilder vor seinem inneren Auge
auf. Er stand an der Tür der Scheune, jemand hielt
ihn fest, sein Vater zerrte ihn zum Haus und dann
der Schlag. Der Junge zuckte zusammen und schloss
die Augen.

„Ist alles in Ordnung mit dir?", fragte Thomas
Baum besorgt.

„Mein Vater hat mich verletzt", sagte er tonlos.
„Ich kann mich wieder erinnern." Und dann erzählte
er dem Polizisten und seinem Freund, was in der
Nacht von Montag auf Dienstag passiert war. Daniel
schlug sich die Hände vor das Gesicht, als sein
Freund von den folgenden Tagen berichtete, in
denen er, bis auf den Regen, nichts zu sich nehmen
konnte und vor Schmerzen manchmal nicht wusste,
wie er Luft bekommen sollte. Herr Baum machte

sich Notizen und als der Junge fertig war, bedankte er sich bei ihm. „Deine Aussage hat mir sehr geholfen, Jason. Ich sollte jetzt besser gehen. Gute Besserung."

Damit verließ er die Jungen und auch Daniel machte sich kurz darauf wieder auf den Weg nach Hause, damit Jason sich ausruhen konnte. Außerdem musste er selber erst einmal verkraften, was er gerade gehört hatte.

PANIKATTACKEN

Jason blieb noch ein paar Wochen im Krankenhaus, um sich von den Verletzungen zu erholen. Während dieser Zeit bekam er regelmäßig Besuch von Daniel, der oft mit ihm zusammen Hausaufgaben machte, damit der Junge nicht zu viel verpasste. Da es kurz vor den Sommerferien war, wurde sowieso nicht mehr viel Neues gemacht und Jason würde nach den Ferien wieder ganz normal mit dem Unterricht mitkommen.

Am Freitagnachmittag bekam Jason Besuch von seinem Klassenlehrer, der eine selbstgemalte Karte seiner Schüler und ein paar Süßigkeiten für ihn mitbrachte. Er hatte sich bis heute nicht verziehen, dass er nicht sofort die Behörden eingeschaltet hatte, nachdem er das erste Mal auf dem Hof der Bauers gewesen war. Als er es schließlich getan hatte, weil er sich Sorgen um den Jungen machte, war er auf eine Bürokraten-Mauer gestoßen und wäre Daniel nicht gewesen, wäre die Hilfe vermutlich zu spät gekommen. Immerhin war seine Anzeige der Grund gewesen, warum zusammen mit den Rettungs- kräften auch zwei Streifenwagen bei dem Einsatz mitgefahren waren, was vermutlich seinem zweiten Schüler das Leben gerettet hatte, wie er inzwischen wusste. Diese Erkenntnis tröstete ihn ein wenig.

Jason wirkte schon recht munter, als er in das Krankenzimmer trat. Daniel saß neben dem Bett und sprang sofort auf, während der Klassenlehrer näher kam. „Hallo Herr Mengele", grüßte Jason überrascht.

„Hallo Jason. – Daniel", grüßte der Lehrer die beiden Jungen. „Ich habe dir etwas mitgebracht, Jason. Deine Klassenkameraden wünschen dir gute Besserung und haben etwas für dich gemalt." Er reichte ihm die Karte und das kleine Päckchen mit Süßigkeiten.

„Danke", sagte der Junge gerührt und betrachtete die Genesungskarte. Der Lehrer blieb noch einige Minute, um sich mit Jason zu unterhalten, bevor er schließlich wieder zur Tür ging. „Herr Mengele?", rief ihm Jason nach, als er gerade die Tür öffnen wollte. Der Mann drehte sich noch einmal um. „Es tut mir leid, dass ich Sie wegen meinem Arm angelogen habe", sagte der Junge leise.

„Ist schon gut. Du wirst deine Gründe gehabt haben. Aber für die Zukunft solltest du ein bisschen mehr Vertrauen zu den Menschen haben, die sich um dich sorgen." Damit öffnete er die Tür und trat in den Gang hinaus.

Im nächsten Moment betrat Dr. Arent das Zimmer und schob einen Rollstuhl vor sich her. „Bereit für die Überraschung?", fragte er lächelnd und Daniel sprang von seinem Stuhl auf.

„Was für eine Überraschung?", fragte Jason neugierig, als er die Freude sah, mit der Daniel aufgesprungen war.

Daniel grinste: „Das wirst du gleich erfahren."

Dr. Arent half dem Jungen, in den Rollstuhl zu steigen. Inzwischen trug er keinen Verband mehr um den Kopf und eine Schwester hatte ihm am Morgen die Haare gewaschen, sodass diese nicht mehr mit Blut und Schmutz verklebt waren. Unter dem Schlafanzug, den Daniel ihm geborgt hatte, trug er zwar den festen Verband um den Brustkorb, doch den konnte man nicht sehen. Der Arzt befreite ihn noch von der Infusion und zog ihm ein Netz über die Nadel, damit er nicht irgendwo hängenbleiben konnte. Dann gingen die drei zusammen in den Fahrstuhl, der sie ins Foyer bringen sollte.

Jason beschlich ein beklemmendes Gefühl, als sich die Türen des Fahrstuhls öffneten und dachte, dass dies mit seinen gebrochenen Rippen zusammenhing. Als sich die Türen schlossen, bekam er plötzlich keine Luft mehr.

„Alles in Ordnung mit dir, Jason?", fragte der Arzt, der die beschleunigte Atmung registrierte, kniete sich neben den Jungen und fühlte seinen Puls. „Langsam atmen, ganz gleichmäßig aus und ein. Sieh mich an, Jason. Es ist gleich vorbei."

Jason blickte zu dem Arzt hoch und versuchte, zusammen mit ihm zu atmen, doch das Engegefühl in der Brust wurde nicht besser. Erst als der Aufzug endlich hielt und Dr. Arent ihn hinausschob, löste sich der Knoten und er bekam wieder besser Luft. Daniel war den beiden irritiert gefolgt, hatte keine

Ahnung, was eigentlich los war. Sein Vater kniete sich jetzt erneut neben den Jungen, beobachtete, wie sich die Atmung verlangsamte und fühlte erneut seinen Puls. Beruhigt nickte er. „Geht's wieder?" Jason nickte und Daniel zog seinen Vater am Kittel.

„Was war denn los, Papa? Wieso hat Jason plötzlich keine Luft mehr bekommen."

„Das kann viele Gründe haben. Möglich wäre, dass sich ein Bruch verschoben hat, aber dann hätte er sich nicht so schnell erholt. Ich tippe daher auf eine Panikattacke."

„Eine Panikattacke? Aber wieso?", keuchte Jason, der wieder frei atmen konnte.

Dr. Arent schob ihn aus dem Gebäude und in den kleinen Park, der neben dem Krankenhaus lag. „Du warst in einem Brunnen eingesperrt, richtig?" Die beiden Jungen nickten einträchtig. „Ich gehe mal davon aus, dass es da drin ziemlich eng und dunkel war. Es ist möglich, dass du eine Form der Platzangst dadurch entwickelt hast. Das würde bedeuten, dass du Angst vor engen Räumen bekommst, wie zum Beispiel in einem Fahrstuhl. Das müssen wir noch untersuchen, aber es wäre eine Erklärung."

„Heißt das, ich kann nie wieder in einem Fahrstuhl fahren? Und wie komme ich dann in mein Zimmer zurück?"

Dr. Arent lächelte. „Normalerweise gehen diese Anfälle schnell wieder vorbei. Und man kann es trainieren, sodass du in Zukunft weißt, wie du dich in solchen Situationen verhalten musst, um nicht in Panik zu verfallen. Ich kann dir leider nicht versprechen, dass wir die Angst heilen können, aber wir können zu mindestens die Auswirkungen unter Kontrolle bringen. Vielleicht könnte dir auch eine Form der Hypnose helfen, darüber hinwegzukommen. Wir werden sehen. – Aber jetzt hat Daniel erst einmal eine Überraschung für dich. Magst du sie holen, Daniel?" Der Junge nickte und rannte davon, während Dr. Arent seinen Patienten neben eine Bank schob und sich auf dieser niederließ.

Jason hörte ein Winseln hinter sich und als er sich umdrehte, kam Daniel mit der Hündin Hope auf ihn zugelaufen. „Halt sie etwas zurück, damit sie ihm nicht gegen die Brust springt", warnte Daniels Vater, während der Hund schwanzwedelnd an dem Rollstuhl hochsprang. Jason beugte sich vor und schlang seine Arme um den Hund, während Hope ihn von oben bis unten abschleckte. Es dauerte eine Weile, bis sie sich wieder beruhigte, sich schließlich neben den Rollstuhl setzte und ihren Kopf auf seinen Schoß legte. Jason streichelte ihren Kopf und strahlte über das ganze Gesicht. „Danke, dass du sie vorbeigebracht hast, Daniel. Das bedeutet mir wirklich sehr viel. Immerhin hat sie dich zu mir geführt."

„Genaugenommen habt ihr euch jetzt gegenseitig das Leben gerettet. Erst du ihr und dann sie dir." Er senkte den Kopf. „Ich weiß, dass ihr eine ganz besondere Verbindung habt, du und Hope. Ich verspreche dir, dass ich mich um sie kümmern werde, aber falls du irgendwann die Möglichkeit hast, sie zu dir zu nehmen, dann ist das in Ordnung. Ich werde sie zwar vermissen, aber ich weiß, dass ihr zusammen gehört." Der Junge hatte Tränen in den Augen und sein Vater klopfte ihm stolz auf die Schulter. „Das ist sehr anständig von dir, Daniel. Es gibt nicht viele, die Hope wieder hergeben würden."

Auch Jasons Augen waren feucht geworden. Er streckte Daniel die Hand entgegen. „Dank dir, Daniel. Aber vermutlich wird das sowieso nicht geschehen. Ich werde nach meinem Aufenthalt hier in ein Heim kommen, da darf ich sowieso keinen Hund mitnehmen. Mein Vater ist im Gefängnis und meine Mutter kenne ich nicht. Deshalb ist es gut, so wie es ist. Hope ist bei dir und deiner Familie gut aufgehoben und ich wäre schon froh, wenn ich sie ab und zu mal besuchen dürfte."

„Natürlich darfst du das. Aber mein Angebot bleibt trotzdem bestehen." Die Jungen hielten sich an den Händen und Dr. Arent war stolz auf die beiden – sie hatten beide wahre Größe in den letzten Minuten gezeigt.

Eine Schwester kam zu ihnen an die Bank: „Dr. Arent? Sie sind noch da?", fragte sie.

Der Arzt hob den Kopf. „Ja, ich weiß. Ich sollte eigentlich längst weg sein. Aber ich habe meinem Sohn noch geholfen, seinem Freund eine Freude zu machen. Was gibt es denn?"

„Könnte ich Sie kurz sprechen?"

Dr. Arent erhob sich. „Daniel, sag' mir bitte

Bescheid, wenn etwas sein sollte. Ich komme gleich wieder." Zusammen mit der Schwester ging er ein paar Schritte, die ihn offenbar nach einem medizinischen Problem befragte. Die Jungen spielten derweil noch ein wenig mit der Hündin, bevor Daniel sie wieder zu seiner Mutter bringen musste, die im Auto auf ihn und den Hund wartete.

„So", sagte der Arzt, als er wieder an die Bank trat, „Ich denke, für heute reicht es dann auch, Daniel. Vielleicht kannst du Hope in ein paar Tagen noch einmal vorbeibringen. Mutti wartet bestimmt schon. Kannst du ihr bitte ausrichten, dass ich etwas später komme? Ich bringe Jason noch zurück auf sein Zimmer und dann muss ich nochmal kurz nach einem Patienten schauen, bei dem es ein Problem gibt. Ich denke, in einer Stunde bin ich zu Hause."

„Alles klar Papa. Mach's gut, Jason. Wir sehen uns." Damit nahm der die Hündin an die Leine und lief mit ihr in Richtung Parkplatz davon, während sein Vater die Bremsen des Rollstuhls löste und den Jungen langsam zum Gebäude schob.

Vor dem Fahrstuhl blieb der Arzt stehen und ging in die Hocke. „Wir machen das genau wie vorhin, Jason. Langsam und gleichmäßig atmen. Schau' mir am besten ins Gesicht oder mach' die Augen zu, das ist manchmal einfacher, als wenn du den Raum siehst."

„Ich schaffe das schon, Dr. Arent. Es ist ja nur ein kurzer Moment." Er atmete tief durch, der Arzt schob ihn in die Kabine und drehte den Rollstuhl um, damit sie sich ansehen konnten.

„Alles okay?" Jason nickte und der Mann drückte den Knopf für Jasons Etage. Sobald sich die Türen schlossen, kam das beklemmende Gefühl zurück. Dr. Arent atmete mit dem Jungen zusammen und es wurde nicht mehr so schlimm, wie auf der Fahrt nach unten. Doch kurz vor ihrer Etage, blieb der Aufzug plötzlich stehen. Dr. Arent blickte von der Anzeige zu dem Jungen. Ausgerechnet jetzt! Schnell drückte er auf den Notrufknopf, während er weiterhin versuchte, zusammen mit dem Jungen zu atmen. Jasons Puls fing an zu rasen und seine Atmung wurde hektischer. „Ganz ruhig weiter atmen, Jason. Wir sind gleich draußen."

In diesem Moment meldete sich eine Stimme im Aufzug. „Wir haben eine technische Störung, aber wir arbeiten dran. In spätestens zehn Minuten geht es weiter."

Jetzt wurde der sonst so ruhige Arzt ungehalten: „Verdammt noch mal. Lasst euch gefälligst etwas einfallen. Ich habe hier einen kleinen Jungen mit Panikattacke und keine medizinische Ausrüstung dabei. Ich brauche einen Notfallwagen und Sauerstoff am Aufzug."

„Wir tun, was wir können, Dr. Arent.", kam die monotone Stimme aus dem Lautsprecher und der Arzt kümmerte sich wieder um den Jungen, der inzwischen am hyperventilieren war und nur noch verschwommen etwas wahrnahm.

„Jason, bleib' bei mir. Langsam atmen. Ganz

ruhig. Ich bin bei dir." Daniels Vater fühlte sich hilflos. Ohne Ausrüstung konnte er nicht viel tun, als mit dem Jungen reden, ihn dazu zu bewegen, langsamer zu atmen. Nicht einmal eine Tüte hatte er in seiner Tasche. Er merkte, wie der Junge immer apathischer wurde. In dem Moment, als Jason bewusstlos wurde, setzte sich der Aufzug wieder in Bewegung und keine zwanzig Sekunden später hielt er an. Dr. Arent hob den Jungen hoch und legte ihn auf das bereitgestellte Bett, wo er eine Sauerstoffmaske bekam. Dann gab er ihm ein Beruhigungsmittel und brachte Jason zurück auf sein Zimmer. Der Junge öffnete die Augen und blickte verwirrt um sich.

„Du hast mir einen ganz schönen Schrecken eingejagt, junger Mann. Geht's wieder?"

Jason nickte und zog die Maske von seinem Gesicht. „Was ist passiert?"

„Du hattest wieder einen Anfall und als der Aufzug stecken geblieben ist, hast du dich so in deine Panik reingesteigert, dass du bewusstlos geworden bist. Aber jetzt ist alles gut. Versuche zu schlafen."

Der Junge schloss gehorsam die Augen. Er fühlte sich, wie nach einem Marathon, und schlief binnen weniger Minuten ein. Der Arzt blieb noch eine Weile, kontrollierte Atmung und Puls und entfernte sich schließlich leise.

*

In der kommenden Woche erholte sich Jason

immer mehr von seinen Verletzungen. Zusätzlich bekam er eine psychologische Betreuung und lernte dabei, wie er sich im Falle einer Panikattacke verhalten musste. Von nun an trug er auch immer eine kleine Plastiktüte mit sich herum. Zusammen mit Daniel und seinem Vater, der nun jedoch immer einen Notfallkoffer dabei hatte, fuhren sie im Aufzug und am letzten Schultag schaffte Jason es das erste Mal, ohne Anfall die Fahrt hinter sich zu bringen. Nur das beklemmende Gefühl blieb, aber damit konnte er leben. Zur Belohnung wartete im Park wieder Hope auf ihn und er verbrachte eine schöne halbe Stunde mit der Hündin. Nach dem Wochenende würde er entlassen werden und vermutlich in ein Heim kommen. Niemand wusste, wann er den Hund das nächste Mal wiedersehen würde.

Am nächsten Vormittag bekam er Besuch von einer Frau, die von Dr. Arent begleitet wurde. „Jason? Hier ist jemand, der dich besuchen möchte."

„Guten Tag, Jason", grüßte ihn die Frau, die Anfang dreißig sein mochte, freundlich und streckte dem Jungen die Hand hin. Jason nahm sie und erwiderte ihren Gruß, während er sie neugierig betrachtete. Sie war eher klein und zierlich, hatte lange, blonde Haare und ein freundliches Gesicht. Ihre grünen Augen blickten ein wenig traurig, als sie den Jungen ebenso betrachtete, wie er sie.

„Mein Name ist Nicole… Nicole Weiland. Und ich war gestern beim Jugendamt. – Mein Mann Matthias und ich wohnen auf einem kleinen Ponyhof nicht weit von hier. Und wenn du möchtest, würden wir dich gerne zu uns einladen."

„Mich einladen? Wieso?", fragte Jason verwirrt.

Die Frau wirkte nervös, als wenn sie nicht so genau wissen würde, was sie sagen sollte. „Wir haben von deinem... ehm... Unfall gehört und dachten, dass du ein wenig Erholung gut gebrauchen könntest. Du magst doch Tiere?"

Jason nickte. „Schon, aber ich verstehe immer noch nicht, wieso Sie das tun. Sie kennen mich doch gar nicht."

„Das stimmt allerdings", gab die Frau zu. „Ich kenne dich leider nicht. Aber ich würde dich gerne kennenlernen, wenn du nichts dagegen hast." Sie blickte hilfesuchend zu dem Arzt hinüber.

„Ich würde das Angebot annehmen, wenn ich du wäre, Jason. Man bekommt nicht allzu oft die Möglichkeit, auf einem Ponyhof Urlaub zu machen. Und die frische Luft wird dir guttun nach der langen Zeit im Krankenhaus."

Jason blickte zu dem Arzt, der ihm aufmunternd zunickte. „Haben Sie auch Hunde?", fragte er schließlich.

Die Frau lächelte: „Ja, im Moment zwei Stück, einen Rüden und eine Hündin, aber wenn du Glück hast, werden es bald mehr sein."

„Wieso", fragte der Junge, jetzt doch neugierig geworden.

„Tja, das ist eine besondere Geschichte", lachte die

Frau und Jason fand ihr Lächeln richtig sympathisch. „Strolch, unseren Labrador-Schäferhund-Mix, haben wir schon einige Jahre und vor einiger Zeit haben wir dann noch Bella, eine Golden-Retriever-Hündin, bekommen, die von ihren Besitzern ausgesetzt worden war. Leider war die Hündin noch nicht kastriert und bevor wir das nachholen konnten, war es schon passiert. Jetzt erwarten wir in den nächsten Wochen einen Wurf Golden-Retriever-Labrador-Schäferhund-Welpen."

„Und Sie möchten wirklich, dass ich zu Ihnen auf den Hof komme?"

„Wir würden uns sehr darüber freuen."

Jason nickte. „Ich glaube, ich auch." Seine Stimme war leise, reichte jedoch aus, dass ein erfreutes Lächeln über das Gesicht der Frau glitt.

„Dann holen wir dich Montagmittag ab, wenn das in Ordnung ist." Sie blickte zu dem Arzt hinüber, der zustimmend nickte.

Dann verließen beide den Raum, damit Frau Weiland noch mit dem Arzt besprechen konnte, auf was sie besonders Acht geben musste. Immerhin war der Junge noch nicht vollständig genesen.

DIE PONYBURG

Nach einer abschließenden Untersuchung und der Mahnung von Dr. Arent, sich noch ein wenig zu schonen, durfte Jason am Montag das Krankenhaus verlassen. Nicole und Matthias Weiland kamen wie versprochen gegen Mittag, um den Jungen abzuholen. Etwas eingeschüchtert blickte Jason auf den großen, kräftigen Mann, der neben Nicole das Zimmer betrat. Seine kurzen, braunen Haare waren korrekt geschnitten, doch allein seine Figur flößte dem Jungen Respekt und sogar ein bisschen Angst ein, obwohl er den Jungen freundlich begrüßte.

„Hallo, junger Mann. Ich bin Nicoles Mann. Mein Name ist Matthias. Am besten duzt du uns. Das ist einfacher als ein förmliches *SIE*."

Der Junge nickte, tat sich aber ein bisschen schwer bei dem Gedanken, wildfremde Personen einfach zu duzen.

Auf dem Weg zum Ausgang begleitete sie der Arzt zur Sicherheit noch in den Aufzug, doch inzwischen hatte der Junge seine Angst so weit unter Kontrolle, dass er die Fahrt zwar ein wenig ver-krampft, doch mit fast normaler Atmung hinter sich brachte. Zufrieden klopfte Dr. Arent dem Jungen auf die Schulter: „Mach's gut, Jason. Wir kommen dich bald mal besuchen und bringen auch Hope mit, versprochen." Jason umarmte den Arzt dankbar, der in den letzten drei Wochen mehr Vater für ihn gewesen war, als es sein eigener Vater in den letzten zwölf Jahren geschafft hatte.

Da Jason bis auf einen geborgten Schlafanzug sowie einer Shorts und einem T-Shirt von Daniel nichts zum Anziehen hatte, fuhren ihn die Weilands zum Hof der Bauers. Den Schlüssel hatten sie von den Behörden bekommen, damit sich der Junge seine Sachen packen konnte. Als Matthias den Wagen in der Nähe des alten Brunnens parkte, fluteten Erinnerungen an die Tage in Gefangenschaft, den Hunger und den Durst auf den Jungen ein. Mechanisch stieg er aus dem Fahrzeug und ging auf den Schacht zu, während sich die Weilands neugierig auf dem verwahrlosten Gelände umschauten. Es herrschte Stille auf dem Hof – die Tiere waren alle weggebracht worden und seit drei Wochen hatte niemand mehr das Gelände betreten. An der Mauer des Brunnens blieb der Junge stehen und starrte in die Dunkelheit, als sich eine Hand plötzlich auf seine Schulter legte: „Ist das, wo du…?", fragte Matthias leise und Jason nickte. Dann drehte er sich zu den beiden um und bemerkte zu seinem Erstaunen, dass Nicole Tränen in den Augen hatte, die sie schnell wegwischte. Seufzend riss sich der Junge von dem Gemäuer los und lief auf das alte Bauernhaus zu. Die Weilands folgten ihm in das Haus.

„Brauchst du Hilfe?", fragte Nicole, als sie das

kleine Zimmer unter dem Dach betraten.

„Nein danke. Das schaffe ich schon." Jason besorgte sich eine alte Reisetasche und fing an, seine Sachen einzupacken. Als er kurze Zeit später mit seiner Tasche an der Küche vorbeiging, stellte er diese ab, nahm sich eine Mülltüte und leerte den Kühlschrank aus. Die Lebensmittel entsorgte er in der Mülltonne vor der Tür. Anschließend kam er zurück in die Küche, spülte das Geschirr sorgfältig ab, das sein Vater achtlos hatte stehen lassen und auf dem sich bereits ein Eigenleben gebildet hatte, und stellte es zum Abtropfen in den Geschirrkorb. Die beiden Erwachsenen schauten ihm sprachlos zu, während er wie selbstverständlich seine Arbeit verrichtete. Niemand sagte ein Wort: Jason hatte keinen Grund zu sprechen und die Weilands bekamen vor Erstaunen keines heraus. Erst als der Junge seine Tasche wieder aufhob, fand Matthias seine Sprache wieder: „Warum hast du das gemacht?", fragte er irritiert.

„Ich kann doch die Lebensmittel nicht verrotten und das Geschirr wochenlang dreckig in der Küche stehen lassen", antwortete dieser schlicht und drehte sorgfältig den Schlüssel im Schloss.

„Und du bist wirklich erst zwölf?", fragte Matthias erstaunt, doch Nicole legte ihm eine Hand auf den Arm.

Zusammen gingen sie zurück zu dem Auto der Weilands und während Matthias das Fahrzeug wendete, warf der Junge einen letzten Blick auf den

Hof, der ihm seit vielen Jahren ein Zuhause gewesen war. Kein schönes Zuhause, aber immerhin ein Zuhause. Jetzt hatte er keines mehr und er hatte keine Ahnung, was die Zukunft für ihn bereithalten würde.

Der Ponyhof lag etwas außerhalb, doch nicht weit von seiner Schule entfernt. Mit dem Bus konnte man in die Stadt fahren, falls er in den Ferien einmal Daniel besuchen wollte, was ihm Nicole erklärte, als sie an der Bushaltestelle vor ihrem Anwesen vorbeifuhren, auf der der Name Ponyburg stand.. Dann parkte Matthias das Fahrzeug neben dem Haus und als sie ausstiegen, blickte sich der Junge neugierig um. Der Hof war viel ordentlicher, als er es gewöhnt war. Nirgendwo lagen alte Bretter oder Müll herum, die Gebäude waren gepflegt und leuchteten in bunten Farben und die Zäune der Weiden, auf denen sich viele Ponys tummelten, waren gut in Schuss und weiß gestrichen. Auch die Tiere wirkten glücklich und gesund, wie sie über die Wiesen jagten oder sich in dem weichen Gras wälzten. Bellend kamen ihnen zwei Hunde entgegengelaufen, die schwanzwedelnd vor ihnen stehen blieben.

„Darf ich vorstellen", grinste Nicole, „Strolch und Bella."

Jason ging in die Hocke und hielt den beiden Hunden seine Hand entgegen. Man merkte sofort, dass er den Umgang mit Hunden gewohnt war. Vorsichtig schnüffelten die beiden an dem Neuankömmling, bevor sie sich von ihm ausgiebig streicheln ließen. Der Mischling Strolch sah lustig aus. Er hatte das Fell eines Labradors, jedoch den Kopf und die Schnauze eines Deutschen Schäferhundes. Auch sein Körperbau erinnerte mehr an einen Schäferhund, als an einen Labrador. Die Hündin war vermutlich eine reinrassige Golden Retriever-Dame und man sah deutlich, dass sie trächtig war. Ihr Umfang war bereits gewaltig.

Nachdem Jason die Hunde ausgiebig begrüßt hatte, nahm er seine Tasche wieder in die Hand und folgte den beiden Erwachsenen ins Haus. Durch einen kleinen Flur betraten sie ein gemütliches Wohnzimmer, in dem zwei Wände von oben bis unten mit Büchern vollgestopft waren. Staunend trat der Junge näher und betrachtete die vielen Titel, die sich dort versammelt hatten. Er kam sich vor wie in der Schulbibliothek, aber in einem Wohnhaus hatte er noch nie so viele Bücher gesehen. Eine weitere Wand war mit kleinen Fotorahmen verziert, auf denen viele Pferde aber auch Menschen abgebildet waren. Nicole hielt die Luft an, als er seinen Blick über die Fotos schweifen ließ und mit leicht zittern-der Stimme fragte sie: „Möchtest du dein Zimmer sehen?"

Jason nickte und folgte den beiden eine Treppe hinauf, bis zu einer Tür am Ende des Ganges. Als sie die Tür öffnete, kam ihm der Geruch frischer Farbe entgegen. Scheinbar musste der Raum erst vor kurzem renoviert worden sein. Das große Zimmer wurde von der Sonne durchflutet, die durch zwei Fenster hereinkam. Die Möbel passten alle zusammen, es wirkte eher wie ein Jugendzimmer, als wie ein Gästezimmer. Jason hatte so etwas einmal in einem Katalog gesehen. Es bot reichlich Platz zum Schlafen, Spielen und Arbeiten und die Möbel wirkten tadellos. Viele Gäste konnten die Weilands noch nicht gehabt haben. Nicole öffnete eines der Fenster und ließ damit die frische Luft und den Duft nach Wiese und Pferden in das Zimmer. „Wir haben dieses und noch ein anderes Zimmer erst in den letzten Wochen renoviert. Deshalb riecht es noch ein wenig nach Farbe, aber wenn du regelmäßig die Fenster öffnest, ist der Geruch bald verflogen. Ich hoffe, es gefällt dir."

„Es ist toll. So groß und sauber. Habt ihr oft Gäste hier?"

Nicole warf ihrem Mann einen Blick zu, bevor sie antwortete: „Nicht so oft. Wir haben ein paar Gästezimmer für unsere Reitgäste in einem anderen Gebäude. Das hier ist mehr ein privates Gästezimmer."

Nachdem Jason seine Tasche ausgepackt und seine Sachen in den Schrank geräumt hatte, zeigten ihm Nicole und Matthias noch den Rest des Hauses. Neben seinem Schlafzimmer gab es noch zwei weitere Schlafzimmer und ein Badezimmer und im Erdgeschoß existierte noch eine große Wohnküche mit Speisekammer und Waschküche. Alles war sauber und ordentlich.

Danach gingen sie zusammen nach draußen, damit Jason auch den Rest des Hofes kennenlernen konnte. Im hinteren Teil befanden sich noch zwei weitere Wohnhäuser. Wie ihm Matthias erklärte, handelte es sich bei einem davon um das Gästehaus, das ähnlich einer Jugendherberge mehrere Zimmer mit Doppelstockbetten enthielt. Hier konnten Kinder und Jugendliche übers Wochenende oder in den Ferien auch mal länger wohnen und tagsüber mit den Ponys arbeiten oder Ausritte mitmachen.

„In dem hinteren Haus wohnen meine Eltern", sagte Matthias gerade, als eine Frau in den End-Fünfzigern mit einem kleinen Jungen aus der Tür trat. „Sie haben den Hof aufgebaut und arbeiten auch heute noch mit uns zusammen, auch wenn wir den Hof inzwischen übernommen haben. Sie gehören sozusagen zum Inventar", lachte der Riese und rief seine Mutter zu sich. „Mutter, das ist Jason. Er wird eine Weile bei uns wohnen."

Jason gab der älteren Damen höflich die Hand, die sie einen Moment musterte und ihn dann an ihre Brust zog. „Willkommen auf der Ponyburg." Etwas verdattert über die zärtliche Umarmung schaute Jason die Frau an. Man konnte die Ähnlichkeit zu Matthias deutlich sehen, auch wenn sie um einiges kleiner als ihr Sohn war. Sie hatte braungebrannte Haut und ihren Händen sah man deutlich die jahrelange, körperliche Arbeit an. Trotz ihres Alters und der Fältchen im Gesicht machte sie einen recht rüstigen Eindruck. ‚So eine Oma hätte ich auch gern', schoss es dem Jungen durch den Kopf. Er hatte seine Großeltern nie kennengelernt und wusste nicht einmal, ob und wenn ja, wo diese überhaupt lebten. Aber so in etwa hätte er sich eine Oma vorgestellt. Etwas schüchtern lächelte er sie an.

Matthias hatte den kleinen Jungen inzwischen auf den Arm genommen, der neben der Frau aus dem Haus gekommen und Nicole um den Hals gefallen war, während die alte Dame Jason begrüßt hatte. Der Kleine mochte sechs oder sieben Jahre alt sein, hatte die gleichen dunklen Haare wie sein Vater; die Augen jedoch waren die seiner Mutter. „Und das hier ist Sebastian, unser Sohn. Er kommt nach den Ferien in die Schule."

Sebastian hüpfte aus den Armen seines Vaters und hielt Jason die Hand hin. „Hallo. Du kannst mich auch gerne Basti nennen. Machen meine Eltern auch immer", sagte er fröhlich und schüttelte dem blassen Jungen die Hand. „Kannst du reiten?" Jason schüttelte den Kopf. „Macht nix", sagte der Junge schulterzuckend, „das bring ich dir schon bei."

Jason betrachtete den kleinen Kerl amüsiert und auch dessen Eltern lächelten die beiden an: „Vielleicht solltest du das lieber uns überlassen, falls Jason überhaupt reiten lernen möchte. Aber du kannst ihm bestimmt zeigen, wie man ein Pony pflegt, führt oder füttert, wenn er damit einverstanden ist." Jason nickte schüchtern.

Sebastian schnappte sich seine Hand und zog ihn mit sich mit. „Komm', ich zeige dir die Ponys."

106

Etwas überrumpelt folgte er dem Jungen, während die Eltern den beiden lächelnd hinterher schauten. Basti hatte es wieder einmal geschafft. Der offene, kleine Junge hatte bisher noch jeden um den Finger gewickelt. Als die beiden an den Koppeln ankamen, deutete Sebastian auf die kleinere der Ponygruppen: „Das ist unsere Stuten-Herde und da drüben stehen die Wallache."

Jason hatte bisher noch nie mit Pferden zu tun gehabt und daher noch nie von einem Wallach gehört und fragte daher: „Ich dachte immer, die männlichen Tiere heißen Hengste."

Sebastian drehte sich zu ihm um und lachte: „Ich sehe schon, wir müssen ganz von vorne anfangen", grinste er frech. „Also… die weiblichen Tiere sind Stuten, die männlichen Tiere sind Hengste oder Wallache. Hengste haben ihre Eier noch und Wallache nicht mehr. Sie wurden kastriert."

„Aha", machte Jason, „Und warum werden sie kastriert?"

„Damit sie keine Babys machen können, natürlich. Außerdem sind Wallache viel ruhiger und leichter zu handhaben. Wir haben nur einen Hengst. Der gehört meinem Vater." Jason kicherte, als er sich den Zwei-Meter-Mann auf einem der Ponys vorstellte. Sebastian schaute ihn verwundert an und schien dann zu verstehen, was ihn so amüsierte. „Batman ist kein Pony, sondern ein Hannoveraner. Die Ponys sind ein bisschen zu klein für Papa. Komm', ich zeig' ihn dir." Der Junge zog Jason hinter sich her zu einem Stall mit Paddock, auf dem ein Rappe mit weißen Fesseln stand und an seinem Heu knabberte. Jason betrachtete voller Ehrfurcht das große Tier, gegen den die Ponys wie Zwerge wirkten. „Schön, nicht?", fragte Sebastian und streichelte den Hals des Pferdes. „Magst du auch mal?"

Jason schüttelte den Kopf, er hatte vor dem Tier genauso viel Respekt, wie vor seinem Besitzer. Der Kleine schien seine Unsicherheit zu bemerken und zog ihn wieder hinter sich her. „Vielleicht sollten wir erst mal mit etwas Kleinerem anfangen. Ich zeige dir meinen Pinocchio."

An der Koppel duckte er sich unter dem Zaun durch und ging zielstrebig auf die Ponys zu. Jason wartete am Zaun. „Du kannst ruhig reinkommen. Die sind alle ganz lieb."

„Bist du sicher?" Zögernd und etwas unsicher duckte sich auch Jason unter dem Zaun hindurch und folgte dem kleinen Jungen.

„Ganz sicher. Die tun dir nichts, solange du sie nicht erschreckst. – Schau, das hier ist meiner." Pinocchio war eines der kleinsten Pferde in der Herde. Sein Rücken war in etwa so groß wie der Sechsjährige und sein Fell hatte braune und weiße Flecken. Zutraulich trabte das Tier auf den kleinen Jungen zu und ließ sich von ihm mit einem Leckerli verwöhnen. Vorsichtig trat auch Jason näher und hielt dem Pony die Hand entgegen, damit er an ihr schnuppern konnte. Das machte er ganz automatisch, war er es doch von den Hunden gewöhnt.

Als das Pferdchen seine Hand anstupste, spürte der Junge die weiche Nase. „Du kannst sie streicheln, sie ist ganz weich", klärte Sebastian ihn auf und zeigte ihm, wie man es richtig machte. Pinocchio schien das zu gefallen und er schob seine Nase immer wieder in die Hand des Neuankömmlings. Langsam hob Jason die Hand und streichelte nun auch den Hals des Tieres, während Sebastian ihm ein paar Verhaltens- maßregeln mitgab: „Du darfst niemals auf ein Pferd zu rennen, dann haben sie Angst und rennen weg oder steigen. Und Pferde können hinten nichts sehen, das heißt, immer von vorne oder von der Seite auf sie zukommen. Sonst kann es sein, dass du Bekanntschaft mit ihren Hufen machst. Ist kein sehr angenehmes Gefühl, sag' ich dir. Das habe ich auf eindrucksvolle Weise feststellen müssen."

„Tut das nicht weh?"

Sebastian lachte: „Doch, ganz schön sogar. Habe mir damals eine Rippe gebrochen. Weißt du wie sich das anfühlt?"

Jason strich sich über den Verband, den er noch immer zur Unterstützung trug. „Sehr genau sogar. Ich habe mir vor ein paar Wochen mehrere Rippen gebrochen, die gerade erst verheilt sind."

„Na, dann weißt du ja, wovon ich rede. Also nie von hinten kommen. Wenn du um ein Pferd herumgehen möchtest, machst du das so." Sebastian legte eine Hand auf den Rücken des Tieres und strich, während er hinter dem Pony herumlief, mit der Hand über die Kruppe. „So weiß er genau, wo du bist, auch wenn du genau hinter ihm stehst."

Jason passte genau auf, während der Junge ihm erklärte, was man beachten musste. Hoffentlich konnte er sich das alles merken. Als er seine Bedenken äußerte, lachte Sebastian erneut. „Keine Angst, das lernst du schnell, und wenn du dir nicht sicher bist, fragst du jemanden oder gehst einfach nicht alleine in die Koppel. Aber das hat noch jeder begriffen, glaub' mir. – Hast du Lust, mir beim Eiersuchen zu helfen?"

Jason blickte sich verwirrt um. Dass Ponys Eier legten, war ihm völlig neu. Sebastian prustete los. „Hier doch nicht, du Dummkopf. Im Hühnerstall." Der Junge deutete hinter das Haus und Jason konnte es nicht verhindern, dass er in das Lachen des Kleinen einstimmte. Er mochte diesen witzigen Kerl auf Anhieb und er wurde ihm immer sympathischer. Zusammen gingen die Jungen in den Hühnerstall, der an ein mit einem Maschendrahtzaun eingegrenztes Gehege mündete. Zehn Minuten später machten sie sich mit einem halben Dutzend Eiern auf den Weg zurück zum Wohnhaus, wo sie von Nicole mit einem Glas kalten Tee empfangen wurden.

„Basti, kannst du dann gleich zu Papa gehen und ihm mit den Ponys helfen? In einer Stunde beginnt der Ausritt, es kommt eine Jugendgruppe von zehn Kindern. Wenn du willst, kannst du mit Pinocchio auch ausreiten, dann hat Papa ein bisschen Hilfe."

„Au ja, gerne", rief der Kleine begeistert. „Möchtest du mitkommen, Jason?"

Nicole blickte ein wenig besorgt auf die erschöpfte Mine des Zwölfjährigen, dem die frische Luft und die neue Umgebung ein wenig zugesetzt hatten. „Ich glaube, Jason sollte sich erst einmal ein bisschen ausruhen. Er ist gerade erst aus dem Krankenhaus gekommen und muss sich erst wieder an die Bewegung gewöhnen. Er darf sich noch nicht überanstrengen, Basti. Also übertreib' nicht gleich am ersten Tag. Jason wird noch eine ganze Weile hier bleiben."

Enttäuscht senkte Sebastian den Blick. „Na gut. Dann bis später, Jason." Damit drehte er sich um und verschwand auf dem Hof.

„Magst du dich ein bisschen nach draußen setzen oder lieber hinlegen, Jason?", fragte Nicole nun den Gast.

„Wenn ich darf, würde ich mich gerne etwas hinlegen."

„Natürlich darfst du das, mein Junge. Brauchst du noch etwas? Magst du etwas essen?"

„Nein danke. Sie haben schon so viel getan."

„Du", lächelte Nicole und der Junge blickte sie fragend an. „Wir wollten uns duzen, erinnerst du dich?"

„Entschuldigung, das hatte ich vergessen."

„Du brauchst dich nicht zu entschuldigen. Sag' mir einfach Bescheid, wenn du etwas brauchst."

Jason ging zur Tür, drehte sich im Rahmen aber noch einmal um. „Darf ich… darf ich mir ein Buch ausleihen?"

Nicole drehte sich erstaunt um. „Aber natürlich. Schau' dich einfach im Wohnzimmer um. Wir haben auch ein paar Jugendbücher – die stammen noch aus den Kindertagen von Matthias. Vielleicht findest du etwas Interessantes. Nimm dir einfach, was du möchtest."

„Danke", flüsterte der Junge und ging ins Wohnzimmer, während ihm die Frau nachdenklich hinterherblickte. Wie gerne würde sie das Kind in die Arme nehmen, ihm über den Kopf streicheln und ihm sagen, dass alles gut wird – dass sie sich um ihn kümmern würde und wie sehr sie ihn liebte. Aber ihr Gespräch mit Dr. Arent hielt sie davon ab. Der Junge musste erst einmal völlig gesund werden, bevor er einen weiteren Schock verkraften konnte.

EINGEWÖHNUNG

Jason stand minutenlang vor den vielen Büchern im Wohnzimmer und konnte sich nicht entscheiden, was er gerne einmal lesen wollte. Vorsichtig strich er über die vielen Buchrücken, während er die Titel las. Schließlich entschied er sich für ein Abenteuerbuch und zog es vorsichtig aus dem Regal. In seinem Zimmer öffnete er auch das zweite Fenster, sodass ein angenehmer Luftzug durch den Raum strömte und legte sich auf das gemütliche Bett. Neugierig schlug er das Buch auf und fing an zu lesen. Als Nicole zwei Stunden später nach dem Rechten schauen wollte, schlief der Junge fest und hielt das Buch immer noch in den Händen. Scheinbar war er während des Lesens eingeschlafen. Vorsichtig zog sie ihm das Buch aus der Hand und legte es auf den Nachttisch. Dann betrachtete sie den schlafenden Jungen eine Weile und schließlich strich sie ihm sanft über die blonden Haare. Eine Träne bahnte sich ihren Weg aus ihren Augen, die sie schnell weg-wischte, bevor sie das Zimmer wieder verließ und leise die Tür schloss.

Als Matthias mit seinem Sohn nach dem Ausritt die Küche betrat, war seine Frau gerade dabei, das Abendessen vorzubereiten. Sebastian hüpfte aufge-regt um seine Mutter herum. „Du glaubst nicht, was passiert ist, Mami. Da war so eine eingebildete Schnepfe in der Gruppe, die meinte, sie würde alles besser wissen und ich wäre ja sowieso zu klein, um ihr Befehle zu erteilen. Und dann ist Sundance mit ihr durchgegangen. Das sah vielleicht komisch aus."

„Sebastian!", tadelte die Mutter streng. „Darüber macht man keine Witze. Es kann viel passieren, wenn ein Tier durchgeht. Das weißt du doch ganz genau."

„Ist aber nicht", beruhigt sie ihr Sohn. „Papa hat die zwei wieder eingefangen, aber danach war das Mädchen so klein mit Hut." Sebastian zeigte ihr mit Daumen und Zeigefinger einen Abstand von etwa zwei Zentimetern und nun musste auch Nicole lächeln. Dann wandte sie sich an ihren Mann: „Ist wirklich nichts passiert?"

„I wo", antwortete dieser, „die Kleine ist nur ein bisschen durchgerüttelt worden. Ich habe Sundance schon nach wenigen Metern wieder erwischt. Aber beim nächsten Ausritt wird die junge Dame wohl nicht mehr so vorlaut sein." Auch er grinste vergnügt. „Was macht unser Neuzugang?"

„Er war ziemlich erschöpft und ist eingeschlafen. Kannst du ihn mal wecken? Das Essen ist bald fertig."

„Mach' ich. Ich wollte mich eh kurz umziehen." Matthias lief die Treppe hinauf und verschwand im Badezimmer, während Sebastian sich am Waschbecken in der Küche die Hände wusch und dann seiner Mutter beim Tischdecken half. Als der Mann wieder aus der Nasszelle trat, hörte er Jasons Stimme aus dessen Zimmer. Neugierig kam er näher und klopfte an die Tür. Doch er erhielt keine Antwort. Deshalb öffnete er leise das Zimmer. Jason lag im Bett und hatte die Augen geschlossen. Schweiß stand ihm auf der Stirn und er warf den Kopf hin und her. „Papa, bitte lass' mich raus. Bitte", rief er immer wieder flehend und Matthias begriff, dass der Junge einen Albtraum hatte. Vermutlich träumte er von dem Brunnen, in dem er eingesperrt gewesen war und in dem er fast verdurstet wäre.

Schnell trat der Mann näher und setzte sich auf die Bettkannte. Mit der Hand berührte er den Jungen an der Schulter: „Jason, aufwachen. Es ist alles gut", redete er auf den Jungen ein, der schließlich die Augen aufschlug. Tränen liefen ihm über die Wangen und er starrte den Mann erschrocken an. Schnell wischte er sich das Wasser weg, kroch in die hinterste Ecke des Bettes und stammelte: „Es tut mir leid, ich wollte nicht weinen." Matthias brauchte einen Moment, um zu begreifen, dass der Junge Angst vor ihm hatte. Er erinnerte sich an das, was ihm Nicole erzählt hatte. Scheinbar bekam der Junge Schläge, wenn er weinte und endlich begriff er, dass Jason vermutlich glaubte, auch er würde ihn nun schlagen.

Vorsichtig rückte Matthias ein Stückchen näher, nahm Jasons Hand und zog ihn langsam zu sich herüber. Dann schloss er ihn in seine starken Arme und strich ihm über den Kopf. „Es ist völlig in

Ordnung, wenn du weinst, Jason. Ich werde dir nichts tun." Er spürte, wie die Schultern des Jungen anfingen, zu zucken und hielt ihn einfach nur fest; strich ihm weiterhin über die blonden Haare, bis sich der Junge schließlich beruhigte.

Jason wusste nicht so genau, wie ihm geschah, als ihn der große, kräftige Mann zu sich zog. Er hatte eine Ohrfeige erwartet und nun hielt ihn der Mann liebevoll in seinen Armen. Sein Vater hatte ihn noch nie umarmt und es war ein völlig neues Gefühl. Aber es gefiel ihm; er fühlte sich geborgen und endlich versiegten die Tränen wieder. Jason war fast ein wenig traurig, als der Mann seinen Griff schließlich lockerte und ihn ein Stück von sich wegschob. „Alles okay?"

Jason nickte. „Es tut mir leid."

„Es gibt absolut nichts, was dir leidtun müsste, Jason. Jeder ist mal traurig und jeder braucht einmal eine Schulter, an der er sich ausweinen kann."

„Mein Vater nicht", sagte Jason leise und Matthias blickte ihn nachdenklich an.

„Sei mir bitte nicht böse, aber nach dem, was ich von deinem Vater bisher gehört habe, existieren Gefühle für ihn überhaupt nicht. Er hat dich jahrelang misshandelt, geschlagen und ausgenutzt, wollte dich sogar…" Matthias, wusste nicht, wie er es freundlich ausdrücken sollte.

„…umbringen?", vollendete Jason den Satz und zum ersten Mal wurde er sich der Tragweite des Tuns seines Vaters voll bewusst. Bisher hatte er

116

immer gedacht, sein Vater hätte ihn einfach vergessen, aber je mehr er darüber nachdachte, desto eindeutiger wurde es, dass dieser seinen Sohn mit voller Absicht seinem Schicksal überlassen hatte. Deshalb hatte sein Vater auch den Schacht abgedeckt, wie er es vorher noch nie gemacht hatte. „Wollte er das wirklich tun?", fragte er schließlich ungläubig.

Matthias zog ihn erneut tröstend in seine Arme. „Ich fürchte schon", sagte er tonlos.

Zehn Minuten später kamen die beiden in die Küche. Jason hatte sich zwar das Gesicht gewaschen, doch Nicole erkannte dennoch, dass er geweint hatte. Als sie zu einer entsprechenden Frage ansetzen wollte, winkte Matthias schnell ab. „Alles okay, Schatz", stellte er fest und gab ihr einen Kuss. „Wir haben Hunger."

„Na dann setzt euch mal."

Beim Essen war Jason sehr still und nachdenklich, während Sebastian die ganze Zeit von dem Ausritt erzählte. Als sie fertig waren, nahm sich der Junge einige Teller und trug sie zum Spülbecken, um das Geschirr zu spülen. Die anderen schauten ihn irritiert an. Dann stand auch Nicole auf und legte ihm eine Hand auf die Schulter. „Jason? Du musst das nicht machen."

„Aber ich spüle sonst immer das Geschirr", verteidigte sich der Junge.

Nicole lächelte. „Das mag bei deinem Vater so gewesen sein, aber hier bist du Gast, nicht Arbeitskraft. Und außerdem... haben wir eine Spül-maschine." Sie öffnete eine Tür neben der Spüle und fing an, das Geschirr hinein zu räumen. Neugierig starrte Jason das Gerät an. Natürlich wusste er, was das war, hatte aber noch nie eine gesehen. Er verfolgte genau, wie Nicole Teller, Schüsseln und Besteck in die Maschine stellte, etwas Pulver einfüllte und schließlich auf den Startknopf drückte. „Und mehr muss man nicht machen?", fragte er verwirrt.

Nicole grinste. „Nein, nur noch ausräumen, wenn sie fertig ist. Erspart eine Menge Arbeit."

Jason konnte sich noch immer nicht von der Maschine losreißen und lauschte den gleichmäßigen Geräuschen, die sie von sich gab. Sebastian kicherte leise und erhielt einen tadelnden Blick von seinem Vater, woraufhin er wieder verstummte.

„Ich muss mich noch um ein paar Rechnungen kümmern", sagte Matthias schließlich und verließ das Haus in Richtung eines der Nebengebäude, in dem das Büro untergebracht war.

„Und ich muss mich um meine Kaulquappen kümmern", rief Sebastian und verschwand auf der Treppe zu seinem Zimmer.

„Und was möchtest du tun, Jason?", fragte Nicole, die gerade dabei war, die Platten in der Küche abzuwischen.

„Darf ich noch ein bisschen an die frische Luft gehen?"

„Aber sicher. Jetzt wird es auch wieder

angenehmer. Geh' ruhig ein bisschen spazieren, das wird dir guttun."

Jason nickte und folgte Matthias nach draußen. Langsam schlenderte er über das Gelände, vorbei an den Koppeln, auf denen einige Tiere bereits dösend den Kopf hängen ließen, andere jedoch nach wie vor das saftige Gras ausrupften. Er beobachtete sie eine Weile, wie sie friedlich grasten und ging dann weiter über das Gelände. Schließlich setzte er sich in der Nähe des Stalles, in dem Matthias' Hengst stand, unter einen großen Baum, der mit Sicherheit schon lange vor den Gebäuden hier gestanden hatte. Er lehnte sich an den breiten Stamm und schloss für ein paar Minuten die Augen. Bella, die trächtige Hündin, kam aus dem Stall und trottete auf den Jungen zu. Neben ihm ließ sie sich nieder und legte ihren Kopf in seinen Schoß. Der Junge öffnete die Augen und lächelte die Hündin an. „Hallo Bella. Leistest du mir Gesellschaft?" Sanft streichelte er ihr den Kopf und betrachtete sie einige Minuten. Sie sah so ganz anders aus, als die Muttertiere, die er kannte. Die Hündinnen, mit denen sein Vater gezüchtet hatte, waren immer irgendwie ausgelaugt, ihre Zitzen hingen lang vom Bauch und ihr Fell war stumpf. Wie oft hatte er seinen Vater gebeten, ihnen mehr Zeit zwischen den Würfen zu geben, aber sobald die Jungen alt genug waren, wurden die Tiere erneut gedeckt, bis sie schließlich zu alt dafür waren. Diese Hündin wirkte kräftig, glücklich und hatte ein glänzendes Fell. Sie konnte sich auf dem Hof frei bewegen und wurde nicht in einem kleinen Zwinger gehalten. Und sie schien ihr Leben zu genießen. Sanft fuhr der Junge über den runden Bauch der Hündin und meinte, darin eine Bewegung zu spüren. Vorsichtig tastete der nach dem Gesäuge, das jedoch noch keinen Ausfluss hatte. „Ich glaube, du hast noch ein paar Tage Zeit, bis deine Babys kommen", sagte er zu dem Hund."

„Du hast ziemlich viel Ahnung von Hunden, stimmt's?", fragte plötzlich eine leise Stimme hinter ihm. Jason wirbelte herum. Matthias lehnte an der Stalltür und beobachtete die beiden.

„Mein Vater hat Hunde gezüchtet, da habe ich einiges mitbekommen. Ich war schon bei vielen Geburten dabei."

„Na, dann kann uns ja eigentlich nichts passieren, was Bella?" Matthias kniete sich neben die beiden nieder und streichelte ebenfalls den Hund. Dann blickte er Jason an: „Du vermisst bestimmt Hope, stimmt's?" Der Junge war überrascht. Woher wusste der Mann von der Hündin? Langsam nickte er. „Ich weiß, dass sie es gut hat bei Daniel", sagte er dann leise, doch der Mann spürte deutlich die Trauer, die den Jungen ergriff.

„Komm', lass' uns rein gehen. Die anderen warten sicher schon auf uns. Komm', Bella. Wir gehen schlafen."

Bella erhob sich schwerfällig und folgte den beiden ins Haus. „Was ist mit Strolch?", fragte Jason an der Tür.

„Der bleibt nachts draußen und passt auf die Ponys auf. Bella ist normalerweise bei ihm, aber in den letzten Tagen haben wir sie mit rein genommen, um sie im Auge zu behalten. Wir wissen nicht genau, wann sie gedeckt worden ist, deshalb können wir nur grob abschätzen, wann es soweit ist."

Matthias führte den Jungen und den Hund ins Haus und zeigte Jason eine Box in der Waschküche, die sie für Bella gebaut hatten. Sie hatte etwas erhöhte Wände, damit die Welpen nicht herausfallen und sich verletzten konnten, und war mit Stroh und einer Decke ausgepolstert. Zu seiner Verwunderung fand er auch mehrere T-Shirts in der Kiste und blickte den Mann fragend an. Matthias lachte: „Da musst du Bella fragen. In letzter Zeit klaut sie immer wieder Wäschestücke aus der Dreckwäsche und bringt sie in ihre Box. Scheinbar baut sie ein gemütliches Nest für die Geburt." Jason lächelte und Bella betrat die Box, rückte die Decke und die Shirts mit der Nase zurecht und rollte sich dann darauf zusammen.

*

In einem so gemütlichen Bett, wie in dieser Nacht, hatte Jason noch nie geschlafen und erst als die Sonne aufging, wachte er auf und blinzelte in das freundliche Licht, das durch eines der Fenster hereinschien. Er blieb noch eine Weile liegen und genoss die kühle Luft, die in sein Zimmer strömte. Dann stand er schließlich auf und trat an die Fensteröffnung. Nicole und Matthias waren bereits auf den Beinen und gingen gerade in Richtung Stall. Ob die immer so früh aufstanden? Kurz darauf beobachtete er, wie der Mann mit einer Heugabel und einer Schubkarre wieder herauskam und in Richtung Koppeln marschierte, wo er anfing, die Pferdeäpfel einzusammeln. Jason nahm sich aus dem Schrank frische Klamotten und ging zum Badezimmer. Nachdenklich stand er in der Tür und überlegte, ob es wohl ihn Ordnung wäre, wenn er unter die Dusche hüpfte. Während er noch darüber nachdachte, kam Nicole die Treppe hinauf. „Guten Morgen, Jason. Brauchst du etwas?"

„Darf ich…ich meine… ist es okay… wenn ich kurz duschen würde?", fragte er schüchtern.

„Natürlich ist das okay. Warte einen Moment, ich hole dir ein Badetuch." Damit ging sie an einen Schrank, der im Flur stand und zog ein Großes Handtuch heraus, das sie ihm in die Arme drückte. „Duschgel steht in der Kabine. Und Matthias kann dir anschließend mit dem Verband helfen. In ein paar Tagen können wir den zwar entfernen, aber im Moment solltest du ihn lieber noch dran lassen."

Jason nickte. „Danke."

Zehn Minuten später kam Jason frisch geduscht und angezogen aus dem Badezimmer. Das Handtuch nahm er mit und hängte es zum Trocken über das Fensterbrett. Es klopfte an der Tür und gleich darauf wurde diese geöffnet. „Ich habe gehört, hier wird ein Krankenpfleger benötigt", lachte Matthias fröhlich und Jason konnte gar nicht verstehen, wie er am Anfang eine solche Angst vor dem Mann hatte haben können. Er nickte und zog sein T-Shirt über den Kopf, damit Matthias den Verband anlegen konnte. Der Mann betrachtete den schmalen Brustkorb des Jungen. Man konnte jede einzelne Rippe sehen und merkte deutlich, dass er auch vor der Gefangenschaft vermutlich nicht ausreichend Nahrung erhalten hatte. Er nahm sich vor, seiner Frau Bescheid zu geben, damit sie ihn ein wenig aufpäppeln konnte. Dann nahm er den frischen Verband in die Hand und fing an, den abgemagerten Brustkorb damit zu umwickeln. „Geht's so oder ist es zu fest?", fragte er schließlich.

„Nein, alles gut. Danke." Jason zog das T-Shirt wieder über den Verband und folgte dem Mann ins Erdgeschoss. Sebastian war inzwischen auch schon wach und hüpfte im Schlafanzug durch die Küche.

„Lernt Jason heute reiten?", fragte er aufgeregt. „Dann können wir zusammen ausreiten und durch den Wald jagen."

Matthias hob seinen Sohn hoch. „Jetzt mal langsam mit den jungen Pferden, kleiner Mann. Erst einmal solltest du Jason fragen, ob er überhaupt reiten lernen will. Und wenn das der Fall ist, werden wir es ihm gerne beibringen, aber ausreiten werdet ihr beide nicht alleine. Du bist noch zu klein und Jason muss erst sicher im Sattel sein, bevor ich ihn ins Gelände lasse. Habe ich mich deutlich aus-gedrückt?" Seine Stimme war streng. Wenn es um die Sicherheit seiner Schützlinge ging, kannte er kein

Pardon.

Sebastian blickte seinen Vater traurig an: „Aber ich habe mir doch schon immer einen großen Bruder gewünscht, mit dem ich ausreiten kann", sagte er mit weinerlicher Stimme. Matthias warf seiner Frau einen Blick zu, dann lächelte er seinen Sohn an. „Vielleicht irgendwann einmal, Basti." Er gab dem Kleinen einen Kuss und ließ ihn wieder auf den Boden. Sebastian hatte seinen Traurigkeitsanfall sofort wieder vergessen und hüpfte zu Jason: „Und? Magst du reiten lernen?"

Jason blickte den kleinen Wirbelwind lächelnd an. „Wenn dir so viel daran liegt, muss ich es ja wohl mal versuchen, oder?" Ein Strahlen erschien auf dem Gesicht des kleinen Jungen und er drehte sich zu seinem Vater um. „Siehst du, Papa. Ich habe es ja gewusst", stellte er mit dem Brustton der Überzeugung fest und alle lachten amüsiert.

*

Nach dem Frühstück gingen die vier zusammen zur Koppel, um ein Pony für Jason auszusuchen, auf dem er seine erste Reitstunde erhalten sollte. Mitten auf der Weide blieben sie stehen. „Wenn du die freie Wahl hättest, welchen würdest du gerne haben, Jason?", fragte Matthias.

Der Junge blickte ihn erstaunt an. „Ich soll das entscheiden?"

„Warum nicht? Falls du einen erwischen solltest, der etwas zu wild für den Anfang ist, werde ich dir das sagen, aber mich würde interessieren, welcher dir gefällt. Geh' ruhig zu den Tieren, streichle sie und rede mit ihnen. Und dann sagst du uns, für wen du dich entschieden hast."

Jason war immer noch etwas verwirrt, folgte aber seinem Rat und schaute sich die einzelnen Tiere genau an. Manche Ponys standen dicht aneinandergedrängt in einer Gruppe, andere dösten in der Morgensonne und wieder andere zupften genüsslich einige Grashalme. Dann fiel sein Blick auf einen Schimmel, der abseits von den anderen in einer Ecke stand und ein wenig ängstlich beobachtete, wie der Junge durch die Reihen der Ponys ging. Jason ging langsam auf ihn zu und streckte ihm die Hand hin. Neugierig spielte das Pony mit den Ohren und streckte ihm die Nase entgegen. Als der Junge ihn streichelte, legte der kleine Wallach seinen Kopf auf die Schulter des Jungen und schmiegte sich an ihn. Ein Lächeln flog über Jasons Gesicht und Matthias kam langsam näher. „Ich hätte die Wahl nicht besser treffen können, Jason. Das ist Sindbad. Magst du es mit ihm versuchen?" Jason nickte und Matthias zeigte ihm, wie er dem Pony ein Halfter anlegen konnte, um es aus der Koppel zu führen. Der Schimmel folgte dem Jungen willig zum Sattelplatz.

In der nächsten halben Stunde zeigten ihm Sebastian und sein Vater, wie er den Schimmel putzen und seine Hufe auskratzen konnte und anschließend sattelten und zäumten sie das Pony auf. Da es keinen Reitplatz auf der Ponyburg gab, gingen sie anschließend zu einer kleinen Weide, auf der normalerweise der Hengst des Hausherrn seinen Auslauf bekam. Sebastian und Nicole setzten sich auf eine kleine Bank neben dem Zaun, während Matthias Jason erklärte, wie man nachgurtete und die Steigbügel einstellte. Und schließlich saß der Junge das erste Mal im Sattel.

„Na, wie fühlst du dich?"

„Als wenn ich vor einem Abgrund stehen würde", sagte Jason leise.

Matthias grinste. „Das geht bald vorbei. Keine Sorge, wir werden heute sowieso nur im Schritt gehen. Ich möchte sicher gehen, dass deine Rippen völlig verheilt sind, bevor wir die Geschwindigkeit erhöhen. Heute lernst du erst einmal dein Pferd kennen und übst deinen Sitz und die Hilfen für dein Pony."

Für eine gute Stunde zeigte ihm Matthias, wie er sitzen musste und die Zügel richtig hielt. Er korrigierte seine Haltung und erklärte ihm, wie er das Tier antrieb oder anhielt und lenken musste. Jason begriff schnell und Sindbad und er schienen sich auf Anhieb gut zu verstehen.

Als der Junge am Ende der Stunde aus dem Sattel sprang, lief er ein wenig merkwürdig neben dem Pferd her. „Lass' mich raten", lachte Sebastian, „dir tut der Hintern weh."

Jason nickte. „Woher weißt du das?"

„Das geht jedem so, der das erste Mal im Sattel sitzt. Wird morgen früh vermutlich erst richtig wehtun, aber das geht vorbei. Wenn du jeden Tag reitest, hast du es in ein paar Tagen vergessen."

ZUWACHS

Nach der Reitstunde setzte sich Jason mit dem Buch, das er sich ausgeliehen hatte, unter den großen, alten Baum, unter dem er schon am Abend zuvor gesessen hatte, um sich wieder ein wenig auszuruhen. Und genau, wie am Abend, kam Bella angelaufen, ließ sich neben ihm nieder und legte den Kopf auf seinen Schoß. Während er mit der einen Hand das Buch festhielt, kraulte er sie mit der anderen Hand hinter den Ohren. Aus der Entfernung konnte er sehen, wie nun Sebastian eine Reitstunde mit seinem Pony Pinocchio bekam. Nicole war zurück ins Haus gegangen, um sich um den Haushalt zu kümmern. Einige Zeit später kam sie mit einem Glas aus der Tür und ging auf Jason zu. Eine Weile beobachtete sie den Jungen mit dem Hund, bevor sie näher trat und sich räusperte. „Hast du Durst?"

„Oh ja, danke. Aber ich kann mir gerne selber etwas holen. Du musst mich doch nicht bedienen."

„Aber es macht mir Spaß, Jason. Lass' mir doch die Freude", verteidigte sich die Frau. Jason lächelte sie dankbar an und nahm ihr das Glas aus der Hand. Gierig trank er das kalte Getränk. Als er aufstehen wollte, um das Glas wieder in die Küche zu bringen, drückte sie ihn sanft zurück auf den Boden. „Ich mach das schon. – Sag' mal, kannst du eigentlich schwimmen?"

„Ja, schon. Wir haben es in der Schule gelernt. Wieso?"

„Ich habe Basti versprochen, heute Nachmittag mit ihm ins Freibad zu gehen. Und vielleicht hast du ja Lust, mitzukommen."

„Danke, aber ich habe leider keine Badehose."

„Das macht nichts. Ich habe noch eine, die Basti viel zu groß ist – Typischer Fall von ´Vater kauft Klamotten für seinen Sohn´", grinste sie. „Die kannst du nachher mal anprobieren. Und ansonsten besorgen wir in der Stadt einfach eine."

„Nein, das möchte ich lieber nicht. Ihr tut schon so genug für mich."

Nicole ging in die Hocke und blickte den Jungen an. „Wir machen das gerne und es tut uns nicht weh, wenn wir dir etwas kaufen." Sie beugte sich zu dem Jungen und gab ihm einen Kuss auf die Stirn. Etwas verwirrt blickte dieser hinter der Frau her, als sie nun wieder aufstand und zurück ins Haus ging.

Da Jason so schmal war, passte ihm die Badehose perfekt und zusammen mit Nicole und Sebastian fuhr er nach dem Mittagessen zum Freibad in der Nähe. Vater Matthias hatte erst gegen Abend einen Reitausflug und nutzte die Gelegenheit, um seinen Hengst mal richtig zu fordern, während der Rest sich im Schwimmbad vergnügte. Vor allem Sebastian hatte seinen Spaß und fand es toll, endlich jemanden zum Planschen zu haben. Und Nicole konnte die beiden auch mal alleine ins Wasser lassen und ihnen am Rand sitzend zuschauen, da sie schnell merkte, dass Jason ein guter Schwimmer war und immer ein Auge auf den kleineren Jungen hatte. Hin und wieder kam sie aber auch mit ins Schwimmbecken und lieferte sich mit den beiden eine kleine Wasserschlacht. Müde und erschöpft kamen die drei am frühen Abend zurück auf den Hof, als Matthias gerade dabei war, mit einigen Jugendlichen diesen zu verlassen. Jason hängte zusammen mit Sebastian die Handtücher und Badesachen auf eine Wäscheleine, damit sie trocknen konnten. Danach ruhte sich Jason wieder unter dem Baum aus. Mit geschlossenen Augen dachte er an die Stunden im Schwimmbad. Es hatte ihm einen Riesenspaß gemacht, mit Basti im Wasser zu planschen, fast so, als wenn er einen kleinen Bruder hätte. In Gedanken versunken streichelte er den runden Bauch von Bella, die sich wie immer zu ihm gelegt hatte. Dabei fühlte er etwas Feuchtes. Als er hinunterblickte, bemerkte er, dass aus ihren Zitzen etwas Flüssigkeit austrat. „Na, vielleicht habe ich mich doch getäuscht, und deine Babys kommen schneller, als ich dachte." Doch die Hündin machte einen völlig entspannten Eindruck. So schnell würde es wohl nicht gehen.

Nachdem Matthias zurückgekehrt war, setzte sich die Familie mit Jason für einen kleinen Grillabend zusammen. Matthias briet Hähnchen, Würstchen und Gemüse auf dem großen Schwenkgrill, während die anderen um den Grill herum saßen. Auch die beiden Hunde waren mit von der Partie und hofften, den einen oder anderen Knochen abzubekommen. Da es jedoch keine Knochen gab, die sie hätten abstauben können, stibitzten sie schließlich ein Würstchen von Sebastians Teller, der sich lautstark darüber beschwerte. Die beiden Diebe legten sich etwas abseits ins Gras und teilten ihre Beute, während Matthias seinem Sohn ein weiteres Würstchen auf den Teller legte. „Aber diesmal passt du besser auf. Zu viel davon ist nicht gut für die Hunde."

„Ich weiß, Papa, aber Strolch war einfach zu schnell."

Zufrieden registrierten die Eltern, dass Jason zwar nicht besonders viel, aber doch mit gutem Appetit aß. Der Junge brauchte dringend etwas auf die Rippen und als Nicole zum Nachtisch noch jedem ein Eis in die Hand drückte, schleckten die Jungen bald friedlich an ihren Eiswaffeln. Anschließend saßen sie noch eine Weile an dem immer kleiner werdenden Feuer. Als die Glut schließlich verlöschte, schob Matthias die letzten Glutreste auseinander, damit sie abkühlen konnten.

Müde gingen sie an diesem Abend ins Bett. Jason hatte noch einmal nach Bella gesehen, die wie am Tag zuvor in ihre Kiste geklettert war und sich zusammengerollt hatte. Immer noch keine Anzeichen einer bevorstehenden Geburt. Beruhigt ging der Junge in sein Zimmer und war bald darauf eingeschlafen.

Mitten in der Nacht wachte er jedoch auf und konnte nicht wieder einschlafen. Jason öffnete das zweite Fenster, um ein bisschen mehr Luft hereinzulassen, doch auch das half nichts. Er war irgendwie unruhig. Schließlich beschloss er, noch einmal nach der Hündin zu sehen und ging auf Zehenspitzen die Treppe hinunter. Leise öffnete er die Tür zur Waschküche, die nur angelehnt war und ging hinein. Sofort bemerkte er, dass Bella unruhig war, in ihrer Kiste herumlief, sich wieder hinlegte und dann erneut aufstand. Bella hatte sich wohl doch entschlossen, ihre Welpen noch in dieser Nacht zur Welt zu bringen. Jason setzte sich neben die Box und redete beruhigend auf die Hündin ein. Sie beruhigte sich ein wenig und legte sich neben ihn. Kurz darauf stand sie wieder auf, ging zum Wäschekorb und stibitzte ein T-Shirt, das sie anschließend in ihr Nest brachte. Jason ließ sie gewähren. Er redete weiter beruhigend auf sie ein, streichelte ihren Kopf und ihren Rücken. Wieder legte sie sich einen Augenblick hin und entspannte sich unter seinen sanften Händen, bevor sie erneut unruhig in der Box herumlief. Etwa eine Stunde später bemerkte Jason endlich eine Veränderung. Die Geburt hatte begonnen. Er spürte deutlich unter seinen Händen, wie die Hündin anfing, zu pressen. Es dauerte jedoch noch eine weitere halbe Stunde, bis sie es endlich schaffte, den ersten Welpen-Kopf herauszupressen. Stückchen für Stückchen bahnte sich der Welpe seinen Weg durch den Geburtskanal, bis er schließlich in das weiche Nest plumpste. Sofort drehte sich die Hündin zu ihm um und begann, die Fruchtblase abzulecken und aufzufressen. Ihre Zunge massierte das Baby und es fing an zu quieken. Das erste Baby war geboren.

Jason streichelte stolz ihren Kopf. „Das hast du gut gemacht, Bella. Mal sehen, wie viele noch kommen werden."

Während sich das Neugeborene seinen Weg zu den Zitzen bahnte, fing Bella erneut an zu pressen und einige Zeit später folgte der zweite Welpe, den sie ebenso fürsorglich beleckte, wie den ersten. Der nächste kam nur wenige Minuten später. Auch er wurde trockengeleckt und krabbelte wenige Minuten später in Richtung Milchbar. Bella leckte abwechselnd ihre drei Welpen, die sich erst einmal satt tranken und sich dann eng aneinander kuschelten. Erschöpft schliefen die drei ein und Jason betrachtete die Neugeborenen neugierig. Jedes von ihnen sah anders aus, als das Geschwisterchen, vermutlich eine Folge der verschiedenen Rassen, die in ihnen vereint waren. Einer der Welpen war so hell wie seine Mutter, ein anderer war rabenschwarz und der dritte wirkte eher wie ein Schäferhund-Welpe. Und doch hatten sie alle die gleichen Eltern. Als Jason die frisch gebackene Mutter streichelte, bemerkte er, wie sie erneut anfing, zu pressen. „Hast du noch einen Nachzügler?", fragte der Junge überrascht und beobachtete gespannt, ob es noch weitere Welpen geben würde. Ganz langsam schob sich noch ein Junges aus dem Mutterleib und plumpste schließlich in das Nest. Bella fing sofort wieder an, das Junge abzulecken, doch Jason merkte, dass etwas nicht stimmte. Das Kleine bewegte sich nicht. Schnell stand er auf und griff sich eines der frisch gewaschenen Handtücher, die Nicole vor dem Abendessen zusammengelegt, jedoch nicht mehr weggeräumt hatte.

Vorsichtig hob er das Junge auf und fing an, es sanft zu rubbeln, während ihn die Hündin genau beobachtete. Scheinbar schien sie zu spüren, dass er versuchte, ihrem Kind zu helfen. Aber das Kleine bewegte sich immer noch nicht. Jason hielt den Welpen mit dem Handtuch zwischen seinen Händen fest und schwang ihn mit dem Kopf nach unten, um eventuell eingeatmetes Fruchtwasser herauszuschleudern. Dann fing er wieder an, zu reiben und endlich spürte er eine ganz leichte Bewegung. Immer noch rieb er den kleinen Kerl, bis er schließlich zu quieken anfing. Während er um das Leben des kleinen Welpen kämpfte, hatte Bella noch ein fünftes Junges zur Welt gebracht; diesmal ein geschecktes. Jetzt endlich gab Jason das braune Junge, das er gerade gerettet hatte, seiner Mutter zurück, die das Kleine ebenso zärtlich ableckte, wie seine Geschwister. Dabei stellte der Junge fest, dass es kleiner war, als die anderen und es fand auch nicht so schnell seinen Weg zur Milchquelle. Sanft hob er den kleinen Kerl hoch, legte ihn an Bellas Bauch und führte seinen Kopf zu einer der Zitzen. Gierig fing das Junge an zu trinken. Auch das zuletzt Geborene hing bereits an einer der Zitzen und stillte seinen ersten Hunger, während der Junge Bella streichelte, die erschöpft den Kopf auf sein Knie gelegt hatte. „Du hast mir einen ganz schönen Schrecken eingejagt, Bella", sagte er leise. „Das hätte echt schief gehen können. Ich glaube, deinen braunen Welpen sollten wir Lucky nennen. Denn ohne eine gehörige Portion Glück hätte er wohl nicht einmal die Geburt überlebt. Jetzt musst du aber ganz besonders auf ihn aufpassen, damit die anderen ihm nicht alles wegtrinken."

Mit einem Lächeln beobachtete der Junge die fünf Welpen, die sich eng an ihre Hundemama kuschelten. Der kleine Lucky hing immer noch an der Zitze... und schlief. Er war noch beim Trinken eingeschlummert. Um ganz sicher zu gehen, dass nicht doch noch irgendein Nachzügler kam, blieb der Junge bei der Hündin und lehnte sich an den Trockner. Bella hatte ihre Nase zu ihren Welpen gedreht und schleckte immer wieder über die kleinen Körper. Durch das schmale Fenster über der Waschmaschine fielen die ersten Sonnenstrahlen, als Jason schließlich die Augen zufielen. Sein Körper rutschte halb auf den Boden und seine Hand lag immer noch auf dem Rücken der frischgebackenen Hundemutter.

*

Als Nicole eine Stunde später in die Waschküche

kam, um die Handtücher, die sie am Tag zuvor vergessen hatte, wegzuräumen, traute sie ihren Augen nicht. Jason lag noch immer vor der Box, in der Bella in letzter Zeit schlief und um sie herum wuselten fünf unterschiedliche Welpen, die sich ihren Weg zu ihrem Frühstück bahnten, während Bella mit der Nase zwischen den Kleinen hin und her schnüffelte. Ein Lächeln flog über ihr Gesicht. Sie verließ den Raum und ging zur Koppel hinüber. „Matthias, kommst du bitte mal?", rief sie ihrem Mann zu, der wie jeden Morgen damit beschäftigt war, die Pferdeäpfel zu entfernen.

„Ja, Schatz. Was ist denn?"

„Das kann ich dir nicht sagen", lächelte sie geheimnisvoll, „das musst du dir selber ansehen."

Überrascht schob der Mann die Schubkarre durch das Gatter und folgte dann seiner Frau ins Haus. Als sie die Tür zur Waschküche öffnete und sein Blick auf die Szene fiel, glitt auch über sein Gesicht ein Lächeln. „Na, was haben wir denn da?", fragte er die Hündin und streichelte ihren Kopf. „Das sind aber süße Kinder, die du da hast. Aber ich glaube, wir sollten deinen kleinen Geburtshelfer jetzt mal ins Bett bringen. Ihr scheint ja eine anstrengende Nacht hinter euch zu haben."

Ganz vorsichtig schob er einen Arm unter Jasons Knie und den anderen hinter seine Schultern und hob den Jungen hoch. Jason bemerkte das gar nicht. Matthias brachte ihn in sein Zimmer und legte ihn sanft in die Kissen. Als er seinen Arm unter ihm hervorzog, murmelte der Junge im Halbschlaf: „Wie geht es Lucky?"

„Lucky?", fragte Matthias erstaunt.

Mit immer noch geschlossenen Augen und mehr schlafend, als wach, gab der Junge Auskunft. „Der kleine, braune Welpe. Er wäre fast gestorben. Du musst sichergehen, dass er trinkt, Papa. Er ist viel schwächer als die anderen." Kaum hatte der Junge ausgesprochen, war er auch schon wieder eingeschlafen. Matthias lächelte über die Anrede, die dem Jungen im Halbschlaf herausgerutscht war.

Leise schloss der Mann die Tür und ging die Treppe hinunter. In der Waschküche schaute er sich die Welpen etwas genauer an. Tatsächlich war einer der Welpen, ein brauner, etwas kleiner als seine Geschwister. Nicole beobachtete ihn. „Ist irgendetwas?"

Matthias blickte zu ihr hoch. „Jason hat eben im Halbschlaf etwas gemurmelt und ich wollte nachsehen, ob es stimmt", sagte er und hob den kleinen Welpen hoch. „Darf ich vorstellen: das ist Lucky. Scheinbar hat der kleine Kerl letzte Nacht für etwas Wirbel gesorgt. Jason meinte, er wäre fast gestorben. Wir müssen schauen, dass er genug zu trinken bekommt und die anderen ihn nicht wegstoßen." Damit legte er den Kleinen an eine der Zitzen, an der er erneut gierig zu saugen begann. „Na ja. Wenn wir nach seinem Appetit gehen, hat er wohl gute Chancen", lachte Nicole. „Aber ich werde ein Auge darauf haben."

*

Jason schlief bis zum Mittagessen. Als er erwachte und auf die Uhr blickte, erschrak er. So lange hatte er ja noch nie geschlafen. Dann fiel ihm auf, dass er im Bett lag und hatte keine Ahnung, wie er hierhergekommen war. Noch im Schlafanzug rannte er die Treppe hinunter und an Nicole vorbei, die gerade einige Sandwiches vorbereitete. Vorsichtig öffnete er die Tür zur Waschküche. Nicole folgte ihm. „Es ist alles in Ordnung und Lucky trinkt gut."

„Woher…", begann der Junge überrascht.

„Du hast es Matthias erzählt, als er dich nach oben getragen hat", erklärte ihm die Frau. Jetzt wusste Jason auch, warum er in seinem Zimmer aufgewacht war, obwohl er sich nicht erinnern konnte, dass Matthias ihn in den ersten Stock getragen oder er sich mit ihm unterhalten hatte. „Möchtest du dich nicht erst einmal anziehen?", frage sie nun grinsend und Jason blickte an seinem Körper hinab.

„Ja, natürlich", murmelte er und verschwand auf der Treppe.

*

Den ganzen Tag über schaute der Junge nach Bella und ihren Welpen, doch der kleine Lucky schien sich gegen seine größeren Geschwister behaupten zu können. Er war ein kleiner Kämpfer und Bella versorgte ihre Kleinen, als wenn sie nie etwas anderes gemacht hätte.

Am Nachmittag bekam Jason eine weitere Reitstunde auf dem kleinen Schimmel Sindbad. Beim

Aufsteigen merkte er den Muskelkater, von dem Sebastian gesprochen hatte, doch nach einigen Runden fühlte er ihn kaum noch. Konzentriert war er bei der Arbeit und Matthias war sehr zufrieden mit seinem neuen Schüler. Nach der Stunde verwöhnte Jason den kleinen Wallach mit Karotten und einer ausgiebigen Fellpflege, bei der ihn Sebastian tatkräftig unterstützte. Zusammen striegelten sie das Pony, bis sein Fell seidig schimmerte.

„Jetzt weiß ich, was ihr morgen machen könnt", lächelte Matthias zufrieden. „Wir haben noch einige andere, die eine gründliche Rundumerneuerung gebrauchen könnten."

„Kein Problem", antwortete Jason, „ich bin dabei. Mir ist eh ein bisschen langweilig, wenn ich nichts zu tun habe."

„Also wenn ihr Lust habt, könnt ihr euch gerne austoben, aber übertreib' bitte nicht, Jason. Nicht, dass du dich überanstrengst."

„Mir geht es gut und die Arbeit macht mir Spaß."

„Also gut. Aber ihr macht regelmäßig Pausen und trinkt ordentlich."

Die beiden Jungen klatschten sich ab und brachten Sindbad zurück auf die Weide. Lächelnd blickte ihnen der Vater nach.

*

Am nächsten Morgen nach dem Frühstück machten sich Sebastian und Jason auf den Weg zur Koppel, um sich den ersten Putz-Kandidaten auszuwählen. Bis zum Mittagessen hatten sie mit zwei kurzen Pausen insgesamt sechs Ponys auf Hochglanz gebracht. Matthias kam gerade von einem Vormittags-Ausritt mit einer Gruppe Kindern zurück, als sie das siebte Pferd von der Koppel holen wollten.

„Jungs, es reicht für heute", sagte er streng, als er ihre erhitzten Gesichter bemerkte. „Holt euch bei Mutti was zu Essen und zu Trinken und dann will ich euch bis zu eurer Reitstunde nicht mehr sehen. Habe ich mich klar und deutlich ausgedrückt?" Seine Mine war ernst und die beiden Jungen wussten, dass sie es wohl etwas übertrieben hatten. Mit gesenkten Köpfen zogen sie von dannen.

Nach dem Mittagessen besuchte Jason Bella und die Welpen und ging dann zu seinem Lieblingsplatz unter dem alten Baum. Im Schatten des Baumes schlug er sein Buch auf und begann zu lesen. Irgendwann fielen ihm die Augen zu und er klappte es wieder zu, legte es neben sich und streckte sich im weichen Gras aus. Mit geschlossenen Augen lauschte er den Geräuschen um sich herum: da waren Vögel, die in den Bäumen sangen, und die Ponys, die ab und zu schnaubten oder ein Wiehern ausstießen. Außerdem hörte er das Malmen ihrer Kiefer, wenn sie grasten. Er spürte einen leichten Luftzug und es roch nach Pferden und frischem Heu. Wenn er doch nur für immer hierbleiben könnte! Das musste ein Traum sein, hier auf Dauer zu wohnen, mit den Tieren und den Menschen, die hier lebten.

Jason fiel ein, dass Nicole ihm nie gesagt hatte, wie lange er eigentlich auf dem Hof bleiben durfte, aber er traute sich nicht, sie danach zu fragen, aus Angst vor der Antwort. Deshalb beschloss er, den Mund zu halten. Er würde noch früh genug ins Heim kommen, doch jetzt wollte er seinen Aufenthalt hier einfach nur genießen.

*

„Morgen haben wir einen Termin in der Klinik, Jason", sagte Nicole beim Abendessen. „Dr. Arent möchte sich noch einmal deine Rippen ansehen. Vielleicht kannst du dann den Stützverband endlich weglassen."

„Das wäre toll. Langsam nervt er wirklich und ich komme mir die ganze Zeit vor, als wenn ich im Hochsommer mit einem Winterpullover durch die Gegend rennen würde."

„Das glaube ich. – Hast du Lust, hinterher deinen Freund Daniel zu besuchen?"

„Geht das denn so einfach?", fragte Jason ungläubig.

„Warum nicht. Daniel würde sich freuen. Ich habe heute mit seiner Mutter gesprochen. Und Hope vermisst dich sicher auch schon ganz stark."

Jason starrte die Frau an, dann stand er plötzlich auf und fiel ihr um den Hals. „Danke", flüsterte er nur und Nicole drückte den Jungen an sich.

BESUCH

Am nächsten Morgen nach dem Frühstück machten sich Nicole und Jason auf den Weg in die Kinderklinik, in der er einige Wochen verbracht hatte. Dr. Arent begrüßte sie in einem Untersuchungszimmer. „Hallo Jason. Du siehst aber schon richtig gut aus. Die frische Luft scheint dir gut zu tun."

„Ich fühle mich auch schon viel besser. Ich bin auch nicht mehr so schnell müde", antwortete der Junge.

„Na, dann werden wir mal schauen, ob deine Knochen ebenfalls wieder voll belastbar sind. Wir werden ein Röntgenbild deiner Rippen machen und sehen, ob wir dich von deinem Stützverband befreien können. Und dann würde ich mir gerne noch deinen Kopf etwas genauer anschauen."

„Warum? Meinem Kopf geht es doch gut", fragte der Junge verwundert.

„Jason, du hattest eine schwere Kopfverletzung. Wir müssen schauen, dass du nichts zurückbehalten hast."

„Dann machen sie doch auch ein Röntgenbild von meinem Kopf", schlug der Junge vor.

Dr. Arent lächelte: „Das geht leider nicht. Auf einem Röntgenbild kann ich zwar sehen, ob der

Knochen geheilt ist, nicht aber, ob es irgendein Problem in deinem Kopf gibt. Ich würde gerne ein MRT von deinem Kopf machen."

„Und was ist das?"

„Dabei werden genaue Aufnahmen vom Inneren deines Kopfes gemacht. Das tut nicht weh, aber du musst dazu in eine enge Röhre geschoben werden. Und genau da liegt mein Problem. – Wie war denn die Fahrt mit dem Aufzug heute Morgen?"

Jason überlegte. Er hatte auf dem Weg nach oben gar nicht weiter darüber nachgedacht und war einfach eingestiegen. Erst nach der Hälfte der Fahrt hatte er wieder ein beklemmendes Gefühl bekommen und etwas schneller geatmet, aber er hatte es unter Kontrolle halten können. „Eigentlich ganz gut, glaube ich", sagte er schließlich.

„Dann werden wir es versuchen", entschied der Arzt.

Jason und Nicole wurden zur Röntgenabteilung gebracht, wo als erstes ein normales Röntgenbild seines Brustkorbes hergestellt wurde. Zufrieden blickte der Arzt auf den Monitor, auf dem das Bild angezeigt wurde. „Das sieht doch schon mal sehr gut aus. Du kannst den Verband jetzt ablassen, Jason. Deine Rippen sind wieder komplett in Ordnung."

„Super, dann ist es auch nicht mehr so warm", freute sich der Junge. Nicole lächelte und nahm den Verband entgegen, den Jason für die Aufnahme abgewickelt hatte.

Als nächstes brachte ihn Dr. Arent zum MRT und legte ihm eine Kanüle in die Hand, durch die er ein Kontrastmittel erhielt. Ängstlich betrachtete der Junge das Gerät und ihm wurde mulmig, als er die enge Röhre sah. Er musste sich auf eine Liege legen, während der Arzt ihm genau erklärte, was nun passieren würde. Die sanfte Stimme des Arztes beruhigte ihn ein wenig, doch als sein Kopf mit einem Schaumstoffbogen festgeschnallt wurde, bekam er erneut Herzrasen und fing an zu hyperventilieren. Sofort entfernte der Arzt die Fixierung und fühlte seinen Puls.

„Ich gebe dir jetzt ein leichtes Beruhigungsmittel, Jason, damit wir die Untersuchung durchführen können. Du wirst davon etwas schläfrig werden. In Ordnung?"

Jason nickte und als der Arzt ihm etwas in die Kanüle spritzte, merkte er sofort die Wirkung. Er entspannte sich und ihm war plötzlich alles egal. Ein paar Minuten später versuchten es der Arzt und die Schwester erneut und diesmal hatten sie keine Probleme, seinen Kopf zu fixieren und ihm einen Kopfhörer aufzusetzen.

„Wir beeilen uns besser", warnte der Arzt, als sie ihn in die Röhre schoben und den Raum verließen. Während der Untersuchung behielt Dr. Arent den Jungen genau im Auge. Kurz vor dem Ende fing Jason wieder an, unruhig zu werden. Er blickte zu dem Röntgenarzt hinüber, der die Bilder auf einem Monitor verfolgte. „Haben wir genug?" Der Kollege nickte. „Dann brechen wir jetzt ab."

So schnell es ging, wurde der Junge aus dem Gerät geschoben und sein Kopf befreit. Er atmete heftig und sein Puls raste, trotz der Medikamente, die er bekommen hatte. Nicole durfte dazukommen und hielt den Jungen eine Weile auf ihrem Schoß, strich ihm über die blonden Haare, bis er schließlich erschöpft in ihren Armen hing. Kurz darauf entfernte der Arzt die Kanüle und sprach leise mit der Frau: „Ich habe mit dem Röntgenarzt gesprochen. Die Bilder sehen gut aus, er ist wieder völlig in Ordnung. Aber wir sollten den Besuch bei uns besser verschieben. Er wird jetzt müde sein. Vielleicht bringen sie ihn lieber nach Hause, damit er sich ausruhen kann."

Nicole nickte und Jason murmelte: „Ich möchte zu Daniel und Hope."

Dr. Arent strich ihm über den Kopf: „Heute nicht, mein Junge. Aber ich habe morgen frei. Wenn es in Ordnung ist, kommen wir morgen zu euch auf den Hof." Er warf einen fragenden Blick zu der Frau, die ihm zunickte. Dann hob er den Jungen in einen Rollstuhl, damit sie ihn zum Auto bringen konnten. Dort schnallte er ihn sorgfältig an und drehte sich zu Nicole um. „Er wird vermutlich ein paar Stunden schlafen, dann sollte er aber wieder fit sein."

Die Frau verabschiedete sich von dem Arzt und fuhr zurück zur Ponyburg. Ihr Mann half ihr, den inzwischen dösenden Jungen aus dem Auto und in sein Bett zu bringen, wo er bis zum frühen Nachmittag fest schlief.

Als er erwachte, glaubte er schon, er habe bis zum Abend geschlafen. Im Zimmer war es düster, doch als er auf die Uhr schaute, war es gerade einmal zwei Uhr. Er stand auf und blickte aus dem Fenster. Der Himmel hatte sich zugezogen und die Wolken verdeckten die Sonne. Es sah nach Regen aus.

Jason ging langsam die Treppe hinunter und fand Nicole besorgt an der Haustür stehen. „Alles in Ordnung?", fragte er und die Frau drehte sich erschrocken um.

„Oh, guten Morgen. Ausgeschlafen?"

Jason nickte. „Was ist los?", fragte er dann erneut.

„Matthias und Sebastian sind noch mit einigen Kindern draußen. Es hat sich in der letzten halben Stunde ziemlich schnell zugezogen und ich hoffe, dass sie bald wieder zurückkommen, bevor es vielleicht ein Gewitter gibt."

„Ist das schlimm, wenn es regnet?", fragte Jason.

„Regen wäre nicht tragisch, nein. Aber Gewitter kann schon schlimm werden. Sie reiten ja durch den Wald und wenn es blitzt und donnert kann das gefährlich sein. Die Tiere könnten sich erschrecken und wenn ein Blitz einschlägt, wäre das fatal."

„Aber weiß das Matthias nicht auch?"

„Doch natürlich. Ich bin mir auch sicher, dass sie sich deshalb bereits auf dem Rückweg befinden, aber ich weiß natürlich nicht, wie weit sie vorher gekommen sind, bevor sie die Wolken bemerkt und umgedreht haben. – Doch schau', da kommen sie.

Gott sei Dank."

„Ich helfe ihnen mit den Pferden", sagte Jason und lief bereits der Gruppe entgegen. Zügig sattelten sie die Tiere ab und brachten sie zurück auf die Weide, während sich die Kinder, die den Ausritt mitgemacht hatten, ins Reiterstübchen zurückzogen, bis ihre Eltern sie abholten. Der letzte verließ gerade den Hof, als der Himmel seine Schleusen öffnete. Die drei verschlossen sorgfältig das Gatter und gingen dann zurück zum Haus, wo sie bereits von Nicole erwartet wurden.

„Gerade noch geschafft", seufzte Matthias und setzte sich an den Küchentisch.

Doch das befürchtete Unwetter blieb aus, stattdessen kamen die Tropfen langsam und gleichmäßig auf die Erde gerieselt. Sebastian hüpfte in die Küche. „Mama, das ist nur ein Landregen. Darf ich raus?"

Nicole lächelte: „Na meinetwegen, du Regentanz-Indianer."

Jason blickte die beiden ein wenig verwirrt an, während der kleine Junge sich Hose, T-Shirt und Schuhe auszog und nur mit der Unterhose bekleidet aus der Tür lief. Gebannt verfolgte er, wie Sebastian durch den Regen hüpfte und dabei fröhlich lachte. So etwas hatte er noch nie gesehen. Auch die Eltern beobachteten den Jungen, während sie gleichzeitig den Himmel im Auge behielten.

Dann kam Sebastian zur Tür zurückgehüpft und nahm Jasons Hand: „Komm', Jason, das macht total

Spaß. Ist wie eine riesige Dusche im Freien. Und eine super Abkühlung bei der Hitze."

Jason blickte etwas unschlüssig von dem Jungen zu dessen Eltern. „Geh' ruhig, probiere es aus", forderte ihn nun auch Sebastians Vater auf.

Jason blickte an seinem Körper hinab. Er konnte sich doch nicht einfach vor allen ausziehen. Doch dann stellte er fest, dass er mit Unterhose auch nicht viel anders aussah, als mit einer Badehose und streifte schließlich ebenfalls sein Shirt und seine Hose ab, faltete die Kleidungsstücke ordentlich zusammen und legte sie auf seine Schuhe, die er nebeneinander neben die Tür gestellt hatte. Zögernd trat er vor die Tür und ging auf Sebastian zu, der immer noch durch den Regen tanzte. Die Tropfen fühlten sich schön auf der Haut an: ganz weich und angenehm frisch. Verträumt schloss er für eine Minute die Augen und genoss das leichte Prickeln auf seinem Körper, bis Sebastian ihn erneut an der Hand zog. „Komm', fang' mich doch", rief er lachend und rannte weg. Jason verfolgte ihn und hatte ihn bald eingeholt.

Als sie zehn Minuten später nach Luft schnappend am Koppelgatter lehnten, stellte er fest, dass die Pferde die natürliche Dusche ebenfalls genossen. Sie standen dösend im Regen und nur ganz wenige von ihnen hatten sich unter den Unterstand ins Trockene gestellt. Irgendwann hatten die beiden Jungen dann doch genug und gingen zurück zum Haus, wo sie von Nicole mit zwei

148

großen Badetüchern empfangen wurden, die sie ihnen um die Schultern legte, damit sie sich abtrocknen konnten.

„Na, wie war's?", fragte sie lachend.

„Ungewohnt", stellte Jason fest

Sebastian blickte ihn fragen an: „Bist du noch nie durch den Regen getanzt?"

Jason schüttelte den Kopf, er konnte sich nicht vorstellen, dass sein Vater ihm so etwas erlaubt hätte, selbst wenn er es einmal hätte ausprobieren wollen.

Während der Regen weiterhin vom Himmel fiel, setzte sich die Familie an den Küchentisch, um ein Gesellschaftsspiel zu spielen. Auch das war etwas, was Jason bisher nicht kannte, doch es machte ihm riesigen Spaß. Das erste Mal fühlte er sich, als hätte er eine richtige Familie mit Vater, Mutter und sogar einem kleinen Bruder.

In der Nacht träumte er davon, für immer auf dem Hof bleiben zu können, zusammen mit Sebastian aufzuwachsen und zur Schule zu gehen. Doch als er die Augen aufschlug, wusste er, dass das nur ein Traum war, der irgendwann zu Ende sein würde. Und er spürte deutlich die Angst davor, was dann mit ihm passieren würde.

Würde er überhaupt noch in seine alte Schule gehen dürfen oder musste er vielleicht in eine andere Stadt ziehen? Würde Daniel ihm ab und zu mal schreiben und ihm von Hope erzählen? Oder würde er vielleicht sogar irgendwann zu seinem Vater zurück müssen, wenn dieser aus dem Gefängnis kam? Er hatte ja sonst niemanden mehr.

Das wollte er auf keinen Fall. Am liebsten würde er seinen Vater nie wiedersehen. Er hatte ihn immer in Schutz genommen, niemandem etwas von den Misshandlungen erzählt, und was hatte ihm das gebracht? Er wäre fast gestorben, wenn Daniel und Hope ihn nicht gerade noch rechtzeitig gefunden hätten. Nein, dieser Mann war nicht mehr sein Vater, war es genau genommen auch nie gewesen. Er wollte nichts mehr mit ihm zu tun haben!

Jason war gerade dabei, nach seiner Reitstunde Sindbad zu versorgen, als ein großer Kombi auf den Parkplatz des Ponyhofs fuhr. Neugierig blickte er zu dem Fahrzeug, aus dem ein Mann, ein Kind und ein Hund ausstiegen. Der Junge fing an zu strahlen, legte das Putzzeug in die Kiste und stürmte den dreien entgegen. Er wurde durch ein lautes Bellen begrüßt und Hope warf ihn fast von den Füßen, als sie an ihm hochsprang und ihre Vorderpfoten auf seine Schultern legte. Sie war schon wieder gewachsen. Dr. Arent und sein Sohn beobachteten lächelnd, wie sich Hund und Kind freuten, einander wiederzusehen. Dann endlich riss sich Jason von dem Vierbeiner los und begrüßte auch Daniel und seinen Vater. Auch Matthias tauchte plötzlich auf und lud den Arzt auf eine Tasse Tee in die Küche ein, während Jason seinem Freund den Hof zeigen wollte. „Ich muss nur noch schnell Sindbad zurück auf die Koppel bringen."

„Sindbad?", fragte Daniel neugierig.

„Da drüben, der Schimmel. Ich hatte gerade eine Reitstunde und muss ihn nur kurz versorgen. Magst du ihn mal streicheln?"

„Gerne."

Langsam gingen die Kinder mit Hope zu dem Pferd. Der Hund hatte noch nie ein Pony gesehen und blickte neugierig, aber mit eingezogenem Kopf, auf das große Tier. Sindbad senkte den Kopf, um den Hund zu begrüßen. Für ihn waren Hunde ja nichts Neues. Vorsichtig näherte sich die Labrador-Hündin und schnüffelte an der großen Nase. Dann fing ihr Schwanz schließlich an zu wedeln und sie entspannte sich wieder. Daniel klopfte ihr lobend den Rücken. „Das hast du fein gemacht, Hope."

Jason nahm das Pony am Halfter und brache es zurück zu seinen Artgenossen. Hope beobachtete gespannt die vielen Tiere, machte jedoch keine Anstalten, zu bellen oder in irgendeiner Form aggressiv zu werden – der geborene Hofhund.

Anschließend zeigte Jason seinem Freund den Hof. Als sie vor dem großen Batman standen, kam plötzlich Strolch aus dem Stall getrottet und beschnüffelte neugierig den neuen Hund. Die beiden schienen sich sofort zu verstehen. „Vorsicht, Daniel. Der hat es faustdick hinter den Ohren. Als das letzte Mal eine Hündin auf den Hof kam, hat er sie gleich gedeckt und seit ein paar Tagen sind die Welpen auf der Welt. Also pass' lieber auf."

„Keine Angst, Jason. Wir haben Hope inzwischen

kastrieren lassen, damit genau das nicht passiert. Schließlich ist sie kein Zuchthund."

„Das ist gut", stellte Jason fest, der insgeheim froh darüber war.

„Darf ich die Welpen einmal sehen?", fragte Daniel vorsichtig.

„Ja klar. Komm' mit. Aber Hope sollten wir lieber draußen lassen. Ich weiß nicht, wie Bella auf einen anderen Hund reagiert, der ihren Welpen zu nahe kommt."

Sie brachten Hope zu Daniels Vater und betraten dann leise die Waschküche. Bella war gerade dabei, die Kleinen zu säugen, die bereits ein wenig gewachsen waren, und hob neugierig den Kopf. Jason kniete sich neben sie nieder. „Alles gut, meine Schöne. Ich bin es nur. Daniel wollte gerne mal deine Babys sehen." Er streichelte der Hündin beruhigend den Kopf, die seinen Freund zwar etwas misstrauisch beäugte, sonst jedoch ruhig blieb. Die Jungen beobachteten, wie die fünf Welpen über-einander krabbelten und versuchten, den besten Platz zu ergattern. Als sie schließlich getrunken hatten, nahm Jason den kleinsten der Rasselbande vorsichtig heraus und reichte ihn seinem Freund. „Das ist Lucky, der kleinste des Wurfs. Er hätte die Geburt fast nicht überlebt. Aber er ist ein kleiner Kämpfer. Wenn er so weitermacht, hat er die anderen bald überholt."

Daniel hielt das Hundebaby zärtlich in seinen Armen und der Kleine kuschelte sich an seine warme Brust. „Ist der niedlich", stellte der Junge fest und streichelte sanft über das kurze Fell. „Wann machen sie denn die Augen auf?", fragte er interessiert.

„So in einer guten Woche, denke ich." Jason hatte sich einen weiteren Welpen genommen und streichelte ihn sanft. „Kaum zu glauben, dass aus denen mal ziemlich große Hunde werden, nicht?" Daniel nickte.

Bella wurde nun doch etwas unruhig und Jason beeilte sich, ihr die Kleinen wieder an ihren Bauch zu legen. Sofort legte sich die Hündin hin und beschnupperte ihre Jungen. Zärtlich leckte sie über das Fell der Welpen.

„Ich glaube, wir lassen sie jetzt besser wieder allein", sagte Jason und ging mit seinem Freund zurück in die Küche.

Zusammen mit Sebastian und Hope gingen sie wieder nach draußen und spielten mit dem Hund, bis es Zeit für Dr. Arent und seinen Sohn wurde, wieder nach Hause zu fahren.

„Wir kommen bald mal wieder vorbei", versprach Daniel. „Sobald wir aus dem Urlaub zurück sind. Versprochen."

Jason nickte und blickte dem Fahrzeug traurig hinterher. Daniel würde in den nächsten zwei Wochen mit seiner Familie in ein Ferienhaus nach Holland fahren. Hope nahmen sie natürlich auch mit. Der Junge freute sich für die beiden, würde sie jedoch vermissen. In den letzten Wochen war ihm

Daniel ein richtiger Freund geworden.

FERIENBETRIEB

Am Sonntagvormittag wurde es hektisch auf dem Hof. Die ersten Ferienkinder wurden gebracht. Insgesamt sollten fünfzehn Kinder im Alter von acht bis fünfzehn Jahren ankommen und ihre Zimmer beziehen. Der bisher so ruhige Hof fing plötzlich an, sich in einen Bienenstock zu verwandeln. Überall rannten Kinder mit ihren Eltern umher, luden Gepäck aus, verabschiedeten sich oder wollen unbedingt jetzt sofort zu den Ponys. Jason und Sebastian versuchten so gut es ging, Sebastians Eltern zu helfen und ein bisschen Struktur in den wilden Haufen zu bringen. Jason hatte einen Zettel mit den Namen der Neuankömmlinge in der Hand sowie den dazugehörigen Zimmernummern. Sebastian beantwortete Fragen zu den Ponys und hielt die Gäste davon ab, unerlaubt auf die Koppeln zu stürmen. Nachdem Matthias endlich für Ruhe gesorgt hatte und Nicole immer noch damit beschäftigt war, besorgte Eltern zu beruhigen, sammelten sich die Kinder und Jugendlichen endlich auf dem Sattelplatz.

„Hört mir bitte kurz zu. Ihr werdet alle heute noch ein Pflegepony bekommen, um das ihr euch während des Aufenthaltes kümmern dürft – und natürlich auch reiten. Aber wenn ihr alle durcheinanderwirbelt und einen solchen Krach macht, bekommen die Tiere Angst und dadurch kann es zu Unfällen kommen. Und das will keiner von uns. Also nehmt euch ein bisschen zurück und brüllt nicht alle durcheinander. Jason…", er zeigte zu dem Jungen, der das Geschehen neugierig beobachtete, „hat eine Liste mit euren Zimmernummern. Wenn ihr euch gleich von euren Eltern verabschiedet habt, geht ihr bitte nacheinander zu ihm und er wird euch sagen, wo ihr schlafen werdet. Danach bringt ihr bitte eure Sachen ins Zimmer und richtet euch ein. Um zwölf, also in etwa eineinhalb Stunden, treffen wir uns alle im Speiseraum, der im Erdgeschoss des Gästehauses liegt. Meine Frau und ich", er deutet zu Nicole hinüber, „werden euch dann in verschiedene Gruppen einteilen. Und heute Nachmittag verteilen wir für jede Gruppe die Pferde. Wenn ihr Fragen habt, könnt ihr euch jederzeit an einen von uns wenden und wenn jemand vor dem Mittagessen Durst hat, wendet euch bitte an Sebastian. Er wird gleich in den Speisesaal gehen und dort einige Getränke bereithalten. Hat jemand noch eine Frage?"

Ein kleines Mädchen hob die Hand: „Darf ich mit meiner Schwester zusammen in ein Zimmer?"

„Du bist Amina, richtig? Eure Eltern haben uns schon gesagt, dass ihr gerne zusammenbleiben möchtet. Wir haben das bereits berücksichtigt. – Na dann, sagt euren Eltern bitte auf Wiedersehen." Erneut fing es an zu wuseln und schließlich kamen die ersten Kinder zu Jason, der sie nach ihren Namen fragte und ihnen dann die Zimmer anwies. Dabei stellte er fest, dass es nur wenige Jungen gab. Das meiste waren Mädchen. Aber es störte ihn nicht besonders.

*

Am gemeinsamen Mittagessen, für das Matthias' Mutter verantwortlich war, nahmen auch Sebastian und Jason teil. Sie setzten sich mitten unter die anderen, beantworteten Fragen und unterhielten sich mit den Neuankömmlingen.

„Ihr habt es echt gut", sagte eines der Mädchen gerade. „Ich hätte auch gerne Eltern wie ihr. Dann könnte ich den ganzen Tag reiten." Jason und Sebastian warfen sich einen Blick zu und grinsten, ließen das Mädchen jedoch in dem Glauben, dass sie Brüder wären.

Während des Essens gingen Nicole und Matthias durch die Reihen, verteilten kleine Namensschilder und befragten die Kinder nach ihren Reitkünsten, damit sie anschließend die Gruppen zusammenstellen konnten. Zum Schluss hatten sie drei Gruppen isoliert: eine Anfängergruppe bis elf Jahre, eine Gruppe mit Reiterfahrung bis elf Jahre und eine Gruppe mit den Zwölf- bis Fünfzehnjährigen, die ebenfalls bereits Reiterfahrung hatten. Die letzte Gruppe würde am Nachmittag einen kleinen Ausflug mit Matthias machen, während die Jüngeren mit Reiterfahrung auf der Hengstkoppel mit Nicole arbeiten würden. Um die Anfänger wollten sich die beiden Jungs kümmern und sollten dabei von Sebastians Großvater unterstützt werden, der die Aufsicht übernehmen würde. Jason und Sebastian sollten den Kindern erst einmal ein paar Grundregeln beibringen und ihnen zeigen, wie man ein Pferd putzte und aufzäumte, bevor auch diese Gruppe später dann ihre erste Reitstunde von Matthias bekommen würde, sobald er mit den Älteren wieder zurück war.

Nach dem Essen gingen die Erwachsenen mit der mittleren Gruppe nach draußen, um ihnen ihre Ponys zuzuteilen und hielten ein wachsames Auge auf deren Versuche, die Tiere zu satteln. Währenddessen halfen die restlichen Gäste Jason, Sebastian und dessen Großmutter, das Geschirr wegzuräumen und die Tische abzuwischen. Anschließend begaben sie sich auch nach draußen. Nicole führte ihre Gruppe zu der Koppel, die als Reitplatz diente und Matthias teilte den restlichen Kindern ihre Ponys zu. Die Gruppe, die mit ihm einen Ausritt machen sollte, bereitete ihre Ponys vor und er bat seinen Vater, ein Auge auf die jungen Leute zu haben, während er Batman startklar machte, der abseits in seinem Stall stand. Sebastian führte die vier Anfänger auf die Weide und erklärte ihnen ein paar Grundregeln, genau wie er es vor einer knappen Woche mit Jason getan hatte. Obwohl die anderen alle älter als er waren, hörten sie ihm aufmerksam zu, stellten Fragen und streichelten die Ponys. Matthias hatte seinem Sohn bereits gesagt, welches der Tiere für welchen Gast vorgesehen war und dem Jungen machte es richtig Spaß, den Kindern das jeweilige Tier genau zu beschreiben und seine Eigenarten oder Vorlieben zu erklären. Jason beobachtete ihn genau. Der kleine Kerl schien jedes der Tiere genau zu kennen, obwohl er erst sechs Jahre alt war.

Als Matthias mit dem großen Rappen aus dem Stall kam, drehten sich alle nach dem schönen Tier um. Bewundernde Rufe waren zu hören und nicht ganz ohne Stolz schritt Matthias zu seiner Gruppe. „Ihr habt nicht wirklich geglaubt, dass ich mit meiner Größe noch auf einen Isländer steige, oder?", lachte er und ließ seine Truppe aufsitzen. Im Schritt ging es in den Wald.

Nun halfen Jason und Sebastian den Anfängern, die Ponys einzufangen und zum Sattelplatz zu bringen. Während der nächsten halben Stunde erklärten sie geduldig, wie die Kinder die Ponys pflegen mussten und worauf man achten sollte. Herr Weiland Senior behielt alles im Blick und achtete darauf, dass es keine unerwarteten Unfälle gab. Jason und Sebastian hatten Sindbad und Pinocchio ebenfalls auf den Sattelplatz gebracht, damit sie an ihnen die richtige Handhabung der Putzutensilien demonstrieren konnten. Jason würde später auch in der Anfängergruppe mitreiten. Er hatte inzwischen das Go von Dr. Arent bekommen, dass er voll einsatzfähig wäre und freute sich schon auf seinen ersten Trab.

*

Zwei Stunden später war es dann endlich so weit. Jason saß zusammen mit zwei Mädchen und zwei Jungen in seiner ersten Gruppenreitstunde. Bei den anfänglichen Übungen im Schritt hatte er natürlich einen Vorteil. Immerhin trainierte er seit einer knappen Woche bereits und Matthias hatte nur wenig an seiner Haltung zu korrigieren. Dafür gab es bei den anderen vier Kindern mehr als genug Korrektur-Bedarf. Als er schließlich mit seinen Schülern zufrieden war, ließ er sie anhalten und einzeln antraben. Er wollte nicht riskieren, dass sie im Team von den Ponys purzelten. Jason wurde bei seinem ersten Versuch ganz schön durchgeschüttelt, aber nach mehreren Runden hatte er den Dreh raus und sah lange nicht mehr so unbeholfen aus, wie am Anfang. Auch die restlichen Reitschüler gewöhnten sich bald an die unbequeme Gangart und als sie ihre Ponys absattelten, waren alle zufrieden mit ihrer Reitstunde.

Bis zum Abendessen vertrieben sich die meisten mit Gesellschaftsspielen die Zeit oder lagen im Gras und unterhielten sich. Auch diesmal aß die Familie mit den Gastkindern zusammen im Speiseraum. Nicole erklärte Jason, dass sie während des Ferienbetriebes so gut wie nie in ihrer Küche kochten. Es machte einfach keinen Sinn, sich die doppelte Arbeit zu machen. Für das leibliche Wohl war Frau Weiland, Matthias' Mutter, zuständig und Nicole half ihr, so gut es ging. Wer wollte, durfte natürlich gerne mithelfen und Kartoffeln schälen oder Nachtisch vorbereiten. Meist gab es einige Kinder, die Spaß daran hatten, in der geräumigen Küche des Gästehauses mitzuhelfen.

Nach dem hektischen Tag fielen die beiden Jungen todmüde ins Bett und waren bald darauf fest eingeschlafen.

*

Am nächsten Vormittag gab es für alle eine Theoriestunde, an der auch Sebastian und Jason teilnahmen. Dabei erfuhren Jason und die anderen einige nützliche Hinweise zum Umgang mit den Ponys. Auch an diesem Tag gab es wieder Reitstunden für die Anfänger und Ausritte für die beiden Fortgeschrittenengruppen.

Jason hatte irgendwie das Gefühl, dass Sebastian nicht so fröhlich war wie sonst, doch als er ihn danach fragte, versicherte ihm der kleine Junge, dass alles in Ordnung wäre. Beim Abendessen stocherte er jedoch nur lustlos auf seinem Teller herum und ging direkt danach ins Haus, während Nicole und Matthias sich noch um die Gäste kümmerten, die sie den ganzen Tag auf Trab gehalten hatten.

Jason folgte dem Jungen in dessen Zimmer, der sich sofort auszog und in sein Bett krabbelte. Dabei bemerkte er die Schweißperlen, die Sebastian auf der Stirn standen. Vorsichtig legte er die Hand auf die Stirn des Jungen – sie fühlte sich ziemlich warm an. Deshalb holte er einen feuchten Waschlappen aus dem Badezimmer und legte ihn Sebastian auf die Stirn. Der Junge wurde von Minute zu Minute apathischer und Jason machte sich richtig Sorgen um den kleinen Kerl. Ängstlich rannte er zum Gästehaus und zupfte Nicole am T-Shirt. „Nicole, bitte komm' schnell. Basti geht es gar nicht gut."

Die Mutter blickte den Jungen besorgt an, warf ihrem Mann einen Blick zu und folgte Jason ins Haus. Er beobachtete genau, wie sie bei ihrem Sohn die Temperatur maß und anschließend Wadenwickel machte, um das Fieber zu senken. Er bemerkte auch den besorgten Blick auf ihrem Gesicht. „Was hat er denn?", fragte Jason ängstlich. Er kannte Sebastian bisher nur fröhlich und als kleinen Wirbelwind, doch nun lag der kleine Junge teilnahmslos in seinem Bett, hielt ein Kuscheltier im Arm und rührte sich nicht.

„Basti hat immer mal wieder plötzliches Fieber. Meist dauert es ein bis zwei Tage an und danach ist er wieder genauso fit wie vorher. Die Ärzte konnten noch keine Ursache dafür finden, aber in der Regel kommt es ein bis zweimal im Jahr vor. Wir müssen versuchen, das Fieber im Rahmen zu halten, damit er nicht anfängt zu krampfen."

„Deshalb die Wadenwickel?"

„Genau. Damit kühlen wir das Blut, das durch die Beine fließt. Sie müssen nur hin und wieder gewechselt werden."

„Ist das ansteckend oder darf ich hierbleiben?"

Nicole blickte den Jungen lächelnd an. „Nein, es ist nicht ansteckend. Wenn du magst, bleib ruhig noch ein bisschen, aber dann solltest du auch ins Bett

162

gehen."

Jason setzte sich leise auf die Bettkannte und nahm Sebastians Hand. Auch sie fühlte sich heiß an. Sebastian wurde nach einer Weile unruhig und Nicole fing an, ihm leise etwas vorzusingen. Ihre Stimme löste in Jason ein merkwürdiges Gefühl aus. Er sah, wie sie ihren Sohn liebevoll anblickte, während sie sang und Jason fragte sich, ob ihn seine Mutter früher wohl auch in den Schlaf gesungen hatte. Er konnte sich nicht mehr daran erinnern, doch das Lied wirkte irgendwie vertraut. Verwirrt schüttelte er den Kopf. Sebastian wurde durch das Lied wieder ruhiger und schlief schließlich ein. Matthias trat hinter Jason und legte ihm die Hand auf die Schulter. „Du solltest dich jetzt auch besser hinlegen. Sonst haben wir noch zwei kranke Kinder im Haus."

Jason nickte, warf noch einen letzten Blick auf Nicole und ihren Sohn und verließ dann leise das Zimmer. In der Nacht träumte Jason seit vielen Jahren wieder von seiner Mutter. Sie hielt ihn zärtlich in ihren Armen, während er an ihrer Brust saugte und sie ihm das Lied vorsang, mit dem Nicole heute Abend Sebastian in den Schlaf gesungen hatte. Für eine Weile war er sich sicher, ihren Geruch deutlich in der Nase zu haben, der Geruch, der für ihn Geborgenheit bedeutete. Er blickte zu seiner Mutter hoch, doch ihr Gesicht lag im Dunkeln. Er konnte nur die langen, blonden Haare erkennen, die ihren Kopf umrahmten.

Mit einem Lächeln auf dem Gesicht wachte Jason am frühen Morgen auf. Es war ein schöner Traum gewesen, auch wenn ihm klar war, dass es sich dabei wohl kaum um eine Erinnerung, sondern eher um eine Laune seines Geistes gehandelt hatte, der Wunschdenken und die Szene gestern Abend zusammengeworfen und daraus einen Traum gebastelt hatte. Aber er war trotzdem froh, dass er ihn geträumt hatte. Es war eine schöne Vorstellung, dass er einmal von einem Menschen so geliebt worden war, wie Sebastian von seiner Mutter geliebt wurde.

Als er auf Zehenspitzen zum Zimmer des kranken Jungen ging, hörte er leise Stimmen durch die Tür dringen. „Ich kann ihn doch nicht alleine lassen, Matthias", sagte Nicole gerade. „Was, wenn das Fieber wieder steigt?"

„Ich verstehe dich ja. Aber ich bin mir nicht sicher, ob ich mit fünfzehn Kindern alleine klar komme. Mein Vater hat heute einen Arzttermin in der Stadt und wir tragen die Verantwortung für alle Kinder."

Jason öffnete leise die Tür und die beiden drehten sich zu ihm um. „Entschuldigt bitte, ich wollte nicht lauschen, aber wenn es hilft, könnte ich doch bei Basti bleiben. Ich kann ihm vorlesen oder wir können etwas spielen und Fiebermessen kann ich auch."

Matthias blickte den Jungen dankbar an. „Willst du das wirklich machen?" Jason nickte und Nicole erhob sich vom Bett ihres Sohnes und nahm den

164

Jungen dankbar in den Arm. „Du bist ein toller Junge, Jason. Vielen Dank."

Nachdem er sich gewaschen und angezogen hatte, setzte sich Jason zu Sebastian auf die Bettkannte. Nicole hatte den beiden noch etwas zu Trinken und eine Kleinigkeit zu Essen gebracht und Jason Anweisungen gegeben, bei welcher Temperatur er wieder Wadenwickel machen und wann er sie sofort holen sollte. „Ich komme zwischendurch mal vorbei, um nach euch zu sehen", versprach sie noch, bevor sie das Zimmer endgültig verließ. Sebastian wirkte lange nicht mehr so krank, wie noch am Abend zuvor, eher ein bisschen müde und erschöpft.

„Worauf hast du Lust, Basti", fragte Jason, als sie alleine waren.

„Liest du mir was vor?", bat der kranke Junge.

„Wenn du magst. Hast du ein Lieblingsbuch oder soll ich eines aussuchen?"

Sebastian öffnete eine Schublade von seinem Nachttisch und zog ein dickes Märchenbuch hervor. „Wir sind gerade bei Schneewittchen", sagte er matt.

Jason öffnete das schwere Buch, suchte die entsprechende Stelle heraus und fing an zu lesen. Für ihn waren die Geschichten auch interessant. Er kannte so gut wie keine Märchen, hatte lediglich in der Schule mal das eine oder andere angesprochen, aber er konnte sich nicht daran erinnern, jemals ein Märchen erzählt oder vorgelesen bekommen zu haben.

Zwischendurch kontrollierte er Sebastians Temperatur und als das Fieber gegen Mittag etwas stieg, machte er ihm frische Wadenwickel, die schnell anschlugen, sodass er Nicole nicht einmal rufen musste. Um halb eins hörte er Schritte auf der Treppe und als sich die Tür leise öffnete, legte er warnend den Finger auf den Mund. Sebastian war gerade erst eingeschlafen.

Nicole trat näher und reichte ihm einen Teller. „Ich dachte, ihr habt vielleicht Hunger."

„Danke", flüsterte Jason und fing hungrig an, die Nudeln in den Mund zu schieben.

„Wie geht es ihm?"

„Ganz gut, glaube ich. Vor einer Stunde ist das Fieber auf 39 gestiegen, aber mit den Wadenwickeln ist es schon wieder auf 38,2 gesunken. Er ist vor einer viertel Stunde eingeschlafen."

„Dann lassen wir ihn lieber schlafen. Brauchst du noch etwas?"

Jason schüttelte den Kopf und Nicole ging wieder zurück an ihre Arbeit. Während der kleine Junge sich gesund schlief, blätterte Jason durch das Märchenbuch und las noch weitere Geschichten. Am späten Nachmittag wachte Sebastian wieder auf und als Jason seine Temperatur überprüfte, war diese sogar fast wieder normal. Er ging in die Küche, um ihm ein Brot zu schmieren, das dieser genüsslich verspeiste, während er ihm wieder eine Geschichte vorlas. Als seine Eltern das Zimmer betraten, lachte ihr Sohn bereits wieder und diskutierte mit Jason über die Möglichkeit, ob ein Wolf wirklich sieben

Geißlein am Stück verschlingen konnte.

Jason hatte die Krankenpflege richtig Spaß gemacht, aber er war doch froh, als er nun seinen Posten aufgeben und zum Abendessen in das Gästehaus gehen durfte. Matthias würde bei seinem Sohn bleiben, während Nicole sich um die Wäsche kümmerte. Die beiden hatten schon gegessen und da Sebastian auch gerade erst etwas bekommen hatte, wollte er heute Abend nichts mehr haben.

Als Jason nach dem Essen zurück ins Haus kam, schaute er noch einmal nach den Welpen, die sich prächtig entwickelten. Lucky holte stetig auf und man sah kaum noch einen Unterschied zwischen ihm und seinen Geschwistern. Nachdem er eine Weile mit den Hundebabys und ihrer Mutter verbracht hatte, ging er ins Wohnzimmer, um sich ein neues Buch auszusuchen, da er nur noch wenige Seiten bei dem anderen hatte und noch ein wenig lesen wollte. Als er ein interessantes Buch gefunden hatte, fiel sein Blick erneut auf die Fotos an der Wand. Neugierig trat er näher. Es gab viele Bilder von Ponys, aber auch Bilder von der Familie. Eines der Bilder zeigte Matthias als Kind mit seinen Eltern und die Ähnlichkeit zwischen ihm und seinem Sohn heute war nicht zu übersehen. Auch Bilder mit Sebastian und seinen Eltern gab es und sogar ein Bild von dem kleinen Jungen auf Pinocchio, bei dem er höchsten drei gewesen sein konnte. Dann gab es noch einige Babybilder, die Jason neugierig betrachtete. Ein Bild zeigte Sebastian mit dem gleichen Kuscheltier, dass er heute den ganzen Tag im Arm gehalten hatte: einem Stoffhasen mit unheimlich langen Beinen. Der gleiche Hase war auch auf einem anderen Bild zu sehen, doch irgendetwas irritierte den Jungen. Nachdenklich blickte er zwischen den Bildern hin und her und endlich begriff er: das war nicht dasselbe Baby. Eines der Kleinkinder hatte dunkle Haare, das war wohl Sebastian. Aber das andere Kind hatte blonde Haare, genau wie Nicole. Hatte Sebastian noch einen Bruder oder eine Schwester? Und wenn ja, wo war das zweite Kind?

In diesem Moment betrat Nicole das Wohnzimmer und Jason drehte sich zu ihr um. „Darf ich dich etwas fragen?"

„Aber natürlich. Was möchtest du wissen?"

„Ist Sebastian euer einziges Kind?" Er deutete auf das Baby mit den blonden Haaren. Als er sich wieder zu ihr umdrehte, bereute er seine Frage. Nicole wirkte traurig und er bemerkte deutlich den Glanz in ihren Augen. „Entschuldige. Ich wollte dich nicht traurig machen", sagte er leise und die Frau zog ihn kurz an sich.

„Ist schon gut, mein Junge. Es stimmt ja. Ich hatte noch einen anderen Sohn, den ich vor vielen Jahren verloren habe. Er war damals knapp zwei."

„Das tut mir leid", flüsterte der Junge und strich der Frau tröstend über den Arm. Sie blickte auf das Foto und schien in Erinnerungen zu verfallen, sodass sich der Junge diskret entfernte und in sein Zimmer ging. „Entschuldige", sagte er nochmal leise, wusste aber nicht, ob sie es hörte.

Als kurze Zeit später Matthias das Wohnzimmer betrat, saß seine Frau immer noch auf der Lehne der Couch und starrte auf das Bild. Tränen liefen ihr über das Gesicht und er trat auf sie zu, zog sie hoch und schloss sie liebevoll in die Arme. „Er hat mich nach dem Foto gefragt", schluchzte sie an seiner Schulter.

„Jason? Und was hast du ihm gesagt?"

„Die Wahrheit. Dass ich meinen Sohn vor vielen Jahren verloren habe."

Tröstend streichelte er ihr den Rücken, bis ihre Tränen versiegten, während Jason in seinem Bett lag und an die Decke starrte. Er hatte ein schlechtes Gewissen, dass er Nicole mit seiner Frage wehgetan hatte. Er hatte den Schmerz in ihrem Blick deutlich gespürt und es tat ihm unendlich leid.

In dieser Nacht träumte er wirres Zeug. Von Kuscheltieren, Babys mit unterschiedlichen Haarfarben, die auf merkwürdige Weise ums Leben kamen und immer wieder tauchte das weinende Gesicht von Nicole vor seinem Auge auf, wie sie an einem kleinen Grab saß und um ihr Kind weinte. Unruhig warf er sich in seinem Bett herum und versuchte, die Bilder abzuschütteln, um dann von den Welpen zu träumen, die er bei seinem Vater vergraben musste. Eines der Bündel bewegte sich und als er den Sack vorsichtig öffnete, blickte ihm sein eigenes Gesicht entgegen. Panisch schrie er im

Schlaf, sodass Matthias aus seinem eigenen Traum schreckte und mit schnellen Schritten das Zimmer des Jungen betrat, um nach ihm zu sehen. „Du hattest einen Albtraum, Jason. Es ist alles gut." Jason klammerte sich hilfesuchend an ihn und fing an zu weinen. Der große Mann strich ihm zärtlich über den Kopf und hielt in fest, bis er sich langsam wieder beruhigte. Matthias blieb noch eine Weile neben ihm sitzen, bis Jason endlich wieder eingeschlafen war und kehrte schließlich in sein eigenes Bett zurück.

UNGEWOHNTES TERRAIN

Sebastian war wieder der alte und Jason hatte seine Albträume ebenfalls gut überstanden, als sie am nächsten Morgen aufstanden. Sie halfen den anderen beim Vorbereiten des Frühstücks und Jason nahm wieder an der Reitstunde teil. Die Anfänger wurden immer besser, sodass Matthias es am nächsten Tag wagen wollte, einen Ausflug mit der gesamten Truppe zu machen. Nicole und seine Eltern würden ebenfalls mitkommen, damit es genug Aufsichtspersonal gab. Die Kinder nahmen diese Ankündigung mit Freuden auf und fieberten dem nächsten Tag entgegen.

Aufgrund des heißen Wetters bauten die älteren Kinder zusammen mit Großvater Weiland und Matthias am frühen Nachmittag ein großes Schwimmbecken auf und die jüngeren befüllten es anschließend mit Wasser. Gegen Abend durften die Kinder dann unter Aufsicht ein wenig in dem Wasser herumtollen und sich abkühlen, was viele von ihnen aus vollen Zügen genossen.

*

Am nächsten Vormittag herrschte auf dem Hof ein ziemliches Durcheinander, bis siebzehn Kinder und vier Erwachsene ihre Pferde gesattelt und aufgetrenst hatten. Matthias würde wie immer vorneweg reiten, um die anderen daran zu hindern, sich an die Spitze zu setzen oder notfalls einen Ausreißer schnell wieder einfangen zu können, da sein Pferd mit den langen Beinen natürlich schneller als die Ponys war. Jeweils nach fünf bis sechs Kindern kam einer der Großeltern und Nicole machte das Schlusslicht. Es war das erste Mal, dass Jason Nicole und deren Schwiegereltern im Sattel sah, aber sie ritten genauso gut wie Matthias, auch wenn sie nur selten die Ausritte begleiteten.

Im Gänsemarsch ging es in den Wald. Jason und die anderen Anfänger waren ein wenig nervös, doch er vertraute dem Mann auf dem Rappen genug, um ihm zu folgen. Sindbad entpuppte sich als die Ruhe selbst, während sie unter den Bäumen durchritten. Ihn konnte weder ein Rascheln im Gebüsch noch eine Gruppe von Joggern oder Fahrradfahrern aus der Ruhe bringen und Jason entspannte sich ein wenig.

„Lust auf einen kleinen Galopp?", fragte Matthias an einer langen Geraden und erntete allgemeine Zustimmung. „Okay. Jason, Amina, Sophie, Thomas und Lars: ihr haltet euch bitte am Sattel fest. Auf keinen Fall an den Zügeln reißen. Tief im Sattel sitzen, Knie an den Pferdekörper. Ihr braucht nicht zu lenken, die Tiere werden dem Rest folgen. Alles startklar?"

Matthias trieb sein Pferd an und sofort folgten die Ponys einer nach dem anderen. Jason hielt sich am Sattel fest, hatte aber kaum Schwierigkeiten, das

Gleichgewicht zu halten. Als ihr Führer wieder langsamer wurde, folgten auch die Ponys ohne Probleme. „Nochmal", riefen die Kinder durcheinander und Matthias drehte sich grinsend um. „Auf dem Rückweg vielleicht."

Fast zwei Stunden ritt die Truppe durch Wald und Felder, mal im Schritt, dann wieder im Trab. Und auf dem Rückweg durften sie wieder ein kleines Stück galoppieren. Diesmal hielt sich Jason gar nicht mehr am Sattel fest und genoss den schnellen Ritt. Als sie endlich wieder auf dem Hof ankamen, versorgten sie die Tiere und brachten sie schließlich zurück auf die Weide. Danach lagen die meisten Kinder erschöpft auf der Wiese. Nicole ließ ihren Blick lächelnd über die müden Gesichter wandern. „Das sollten wir öfter machen. Jetzt wissen wir wenigstens, wie wir sie ruhig bekommen."

*

Den Nachmittag verbrachten sie mit verschiedenen Spielen im Garten und im Schwimmbecken. Währenddessen kümmerte sich Jason um Sindbad und striegelte sein helles Fell, bis es glänzte. Er hatte keine Lust auf die vielen anderen Kinder. Der Traum der letzten Nacht hing noch in seinen Gedanken nach und er wollte gerne ein bisschen alleine sein.

Auch nach dem Abendessen verließ er schnell wieder den Speisesaal und setzte sich auf seinen Lieblingsplatz, um nachzudenken. Gerade dachte er daran, dass es schön wäre, wenn Bella sich wie letzte Woche neben ihn legen würde, als die Hündin auch schon aus dem Haus gelaufen kam. Es war das erste Mal seit der Geburt der Jungen, dass sie nicht nur nach draußen kam, um ihr Geschäft zu erledigen, sondern sie kam zielstrebig auf den Jungen zugelaufen, legte ihren Kopf auf seinen Schoß und ließ sich im Gras nieder. Lächelnd kraulte sie der Junge hinter den Ohren. Sie war viel schmaler geworden, nur das Gesäuge war größer als vor der Geburt. Sie blieb still neben dem Jungen liegen, während er nachdachte und leckte ihm ab und zu die Hand. Nach einer halben Stunde stellte sie plötzlich die Ohren auf, hob den Kopf und lauschte. Dann stand sie auf, gab ihm einen letzten Stups mit der Nase, als wenn sie sich verabschieden wollte und trottete zurück ins Haus. Vermutlich hatte sie ihre Jungen gehört, die bestimmt schon wieder Hunger hatten. Sie waren jetzt eine Woche alt und hielten ihre Mutter ganz schön auf Trab. Vermutlich war Bella froh gewesen, mal eine halbe Stunde Pause gehabt zu haben.

Seufzend erhob sich der Junge auch und ging zurück zum Haus. Als er einen Blick in die Waschküche warf, stellte er fest, dass er Recht gehabt hatte. Alle fünf Jungen saugten gierig an der Milchbar. Er ließ die kleine Familie allein und ging in sein Zimmer. Kurz darauf klopfte es und Sebastian lugte durch den Türspalt. „Bist du auch krank?", fragte er vorsichtig.

Jason schüttelte den Kopf. „Nein, wie kommst du denn darauf?"

„Du siehst so traurig aus und bei den Spielen hast du auch nicht mitgemacht."

Der Junge klopfte neben sich auf das Bett und wartete, bis Sebastian sich gesetzt hatte. „Weißt du, Basti, manchmal brauche ich einfach ein bisschen Zeit zum Nachdenken. Das heißt aber nicht, dass ich traurig oder gar krank bin. Ich möchte dann einfach ein bisschen alleine sein. Kannst du das verstehen?"

Der kleine Junge dachte nach: „Eigentlich nicht. Ich bin immer froh, wenn hier richtig was los ist. Aber ich bin ja auch nicht du. Mama hat erzählt, dass du früher ganz oft alleine warst. War das nicht schlimm?"

„Manchmal schon, aber manchmal war es auch schön, alleine zu sein. – Kannst du dich noch daran erinnern, wie es war, als wir draußen im Regen standen?" Sebastian nickte. „Stell' es dir nochmal vor. Da waren die Regentropfen, die leise auf den Boden fielen und der Duft nach Wasser und frischem Gras. Sonst war fast nichts zu hören und doch war es ein schönes Gefühl. So ähnlich fühle ich mich, wenn ich nachdenken muss. Ich konzentriere mich auf die Geräusche, die Gerüche und auf das, was ich fühle. Und das geht eben nicht, wenn so viele Menschen um einen herumrennen."

Sebastian hatte die Augen geschlossen und versuchte sich vorzustellen, von was der Junge sprach. Dann nickte er schließlich. „Vielleicht kann ich es doch ein bisschen verstehen." Er öffnete die Augen und blickte Jason an. „Aber du sagst mir doch, wenn du krank wirst."

„Ganz bestimmt", antwortete Jason und nahm den Kleinen in den Arm.

*

Für den folgenden Tag wurden die Gäste in neue Gruppen eingeteilt. Die jüngeren würden mit den Großeltern und Nicole einen Ausflug in den Zoo machen, während die Älteren auf dem Hof blieben. Sie würden am nächsten Tag in einen Freizeitpark fahren, den man mit dem Bus erreichen konnte. Sebastian schloss sich der Zoogruppe an, während Jason Matthias mit den Pferden helfen wollte.

Am Vormittag erhielten sie eine Reitstunde, an der auch Jason teilnahm, obwohl die anderen viel erfahrener waren, als er. Doch der Junge hielt sich tapfer und konnte viele der Übungen mitmachen. Bei schwierigeren Übungen gab ihm Matthias eine Sonderaufgabe, sodass er nicht warten musste, bis die anderen die Übung beendet hatten. „Du wirst immer besser, Jason", lobte ihn der Mann am Ende und der Junge lächelte: „Ich habe ja auch einen super Lehrer." Damit wendete er das Pony und ritt zum Sattelplatz. Matthias blickte ihm nach und schüttelte lachend den Kopf.

Nach dem Mittagessen machten sie noch einen Ausritt durch den Wald, diesmal jedoch etwas kürzer, als am Vortag. Als sie schließlich zurückkamen, waren auch die Zoobesucher wieder auf dem Hof und erzählten den Zurückgebliebenen aufgeregt, was sie erlebt hatten. Jason hörte

Sebastian zu, wie er von Ziegen, Löwen und Seehunden berichtete. Scheinbar hatte der Kleine eine Menge im Zoo gesehen und wollte seine Erlebnisse mit ihm teilen.

Später gingen sie noch eine Runde schwimmen und spritzten Sebastians Großvater nass, der die Aufsicht führte. Doch der alte Herr freute sich über die Abkühlung und hatte keinerlei Probleme damit. Als Jason schließlich in der Badehose zum Haus zurücklief, kam ihm der Postbote entgegen. „Sag' mal, Junge. Gibt es hier eigentlich auch Erwachsene? Bisher habe ich nur Kinder gefunden."

„Doch natürlich", lachte Jason, „Warten Sie, ich hole jemand." Schnell hüpfte er ins Haus, schnappte sich ein Handtuch und ging in die Küche. „Nicole? Draußen ist ein Postbote, der etwas von dir möchte."

„Danke dir. Ich komme."

Später am Abend, als Sebastian und Jason bereits im Bett lagen, fand Matthias seine Frau am Küchentisch vor. Sie hatte einen Brief in den Händen und starrte auf das Blatt Papier. Schweigend setzte er sich neben sie und legte ihr die Hand auf den Arm. „Alles in Ordnung?" Anstatt einer Antwort schob sie ihm den Brief zu. Matthias nahm ihn in die Hand und las ihn aufmerksam durch. „Und das wirft dich so aus der Bahn? Sei doch froh, dann wird er endlich für lange Jahre weggesperrt."

„Das ist es nicht."

„Sondern?", fragte Matthias verständnislos.

„Willst du Jason da etwa alleine hingehen lassen?

177

Der Junge ist gerade mal zwölf."

„Natürlich nicht. Für wen hältst du mich? Ich dachte, wir…"

Seine Frau unterbrach ihn: „Sei mir nicht böse, aber ich kann diesem Monster nicht unter die Augen treten. Er wollte ihn umbringen."

Endlich begriff Matthias ihr Problem. Sie wollte Jason bei seiner Aussage gegen seinen Vater zur Seite stehen, diesem aber unter keinen Umständen begegnen. Sie war in einer Zwickmühle. „Mach' dir keine Sorgen, Schatz. Ich gehe mit ihm zu der Verhandlung. Wir schaffen das schon zusammmen."

„Aber ich bin doch…"

„Ich weiß", unterbrach er sie und nahm sie in die Arme. „Aber er wird es verstehen. Sobald er die ganze Geschichte kennt, wird er es verstehen."

Nachdem er seine Frau wieder losgelassen hatte, nahm er den Brief und steckte ihn ein. Sie würden Jason noch nichts von dem Gerichtstermin sagen. Er musste sich jetzt noch keine Sorgen darüber machen. Sie hatten noch ein paar Tage Zeit, ihn darauf vorzubereiten.

Sechs Kinder und ein Erwachsener betraten am nächsten Vormittag den Freizeitpark, zu dem sie am frühen Morgen mit dem Bus aufgebrochen waren. Die drei 14- und 15-Jährigen hatten die Erlaubnis ihrer Eltern erhalten, sich in einer Dreiergruppe frei im Park bewegen zu dürfen. Deshalb verabredeten sie sich für eine bestimmte Zeit und dann zogen die drei von dannen. Die drei Zwölfjährigen würden in der Begleitung von Matthias durch den Park gehen. Nicole hatte es nicht so mit Fahrgeschäften aller Art, daher war diese Aufgabe ihrem Mann zugefallen. Derweil kümmerte sie sich um den Reitunterricht auf dem Hof.

Während die beiden anderen noch wild diskutierten, welche Achterbahn sie denn als erstes bezwingen wollten, stand Jason mit offenem Mund vor den riesigen Stützpfeilern und blickte ein wenig verloren auf einen der Züge, der mit hoher Geschwindigkeit durch die Kurven raste. Er war noch nie in einem Freizeitpark gewesen und kannte Achterbahnen nur von Bildern in einem Schulbuch. Matthias nahm ihn an der Hand. „Komm', es wird dir gefallen."

Amina und Lars liefen zielstrebig auf eine Holzachterbahn zu. „Können wir hier zuerst drauf?", fragte Amina aufgeregt.

Matthias blickte ein wenig besorgt auf den Jungen an seiner Hand. „Ich mache euch einen Vorschlag. Ihr beide fahrt alleine mit der Holzachterbahn. Aber ihr müsst mir versprechen, zusammen zu bleiben. Und ich warte mit Jason am Ausgang. Dann kann er erst einmal zuschauen und entscheiden, ob er die nächste Runde mitfahren möchte. Ist das ein Angebot?"

„Super", rief Lars, nahm das Mädchen an die Hand und wollte schon losstürmen.

„Halt", rief Matthias und die beiden blieben abrupt stehen. „Ihr braucht noch euren Ausweis."

Matthias hatte für alle einen Fast Pass besorgt, damit sie nicht so lange anstehen mussten. Er drückte den beiden ihren Ausweis in die Hand und schickte sie dann zum Eingang. Anschließend zog er Jason mit sich zu einem Platz, an dem er die Fahrt ganz gut beobachten konnte. Jason blickte ihn fragend an: „Du denkst bestimmt, dass ich ein Feigling bin, oder?"

Matthias beugte sich zu ihm hinunter: „Ganz bestimmt nicht, mein Junge. Ich weiß, dass du kein Feigling bist, wenn es darauf ankommt. Achterbahnen machen vielen Kindern in deinem Alter ein bisschen Angst, auch wenn sie nicht wie du das erste Mal in einem Freizeitpark sind. Ein bisschen Angst gehört außerdem dazu. Sonst wäre es langweilig. Schau' es dir in Ruhe an und wenn du denkst, du magst es mal probieren, gehen wir alle zusammen. Aber gehe auf keine Bahn, nur weil die anderen dich überreden. Du musst es selber wollen, okay?"

Jason nickte und beobachtete, wie der Zug immer wieder an ihnen vorbeidonnerte. „Da – da sind Amina und Lars. Ganz vorne", rief er plötzlich. Die beiden jauchzten vor Freude und als sie schließlich aus dem Ausgang auf sie zuliefen, strahlten sie über das ganze Gesicht. „Ich würde am liebsten gleich nochmal fahren", lachte Lars. „Hast du es dir überlegt, Jason? Es ist wirklich toll, wenn einem der Wind um die Nase weht. Fast ein bisschen wie galoppieren, nur dass ein Pferd ein bisschen sanfter in die Kurven geht." Matthias lachte über seinen

Vergleich.

Jason blickte zu ihm hoch. „Kommst du mit?"

„Wenn du möchtest", antwortete er und der Junge nickte unsicher.

Zu viert stellten sie sich erneut an und Matthias setzte sich neben den Jungen, während die beiden anderen vor ihnen Platz nahmen. Er hatte einige Probleme, seine langen Beine unterzubekommen, aber schließlich klappte es doch. Als sich der Zug in Bewegung setzte, klammerte sich der Junge an dem Sicherheitsbügel fest. In einer besonders steilen Kurve griff er nach Matthias' Hand, der sie sanft drückte, doch als sie schließlich am Ziel ankamen, strahlte der Junge über das ganze Gesicht.

Zufrieden machten sich die vier auf den Weg zur nächsten Attraktion. Einige der Fahrgeschäfte durften die Kinder noch nicht fahren, da sie zu klein waren, aber die restlichen wurden alle ausprobiert. Jason wurde nach der ersten Fahrt mutiger. Er schaute sich zwar die Fahrgeschäfte immer erst vom Boden aus an, bevor er eine der Achterbahnen bestieg, probierte aber fast alle aus und hatte einen riesen Spaß dabei. Schließlich standen sie vor einem der letzten, die sie noch nicht getestet hatten, einem Flying Coaster.

„Kommt schon", rief Lars ungeduldig, nachdem Jason wieder zugesehen hatte, und wollte die anderen hinter sich herziehen.

„Tut mir leid, Kinder. Aber hier kann ich nicht rein."

„Wieso nicht?", fragte Amina verwundert.

„Ich bin leider zu groß. Ich könnte mir den Kopf anstoßen. Wenn ihr möchtet, könnt ihr gerne fahren, ich warte so lange am Ausgang."

Jason blickte ein wenig unsicher von Lars zu Matthias. Amina ergriff seine Hand: „Komm', Jason. Wir helfen dir. Es sind Reihen mit vier Sitzplätzen, da kannst du gerne zwischen uns." Jason überlegte kurz. Es sah schon interessant aus und schließlich folgte er den beiden anderen in die Warteschlange.

Eine halbe Stunde später trafen sie die drei Jugendlichen vom Hof vor einer Wildwasserbahn und beschlossen, alle zusammen eine Abschlussrunde zu fahren. Der große Reifen bot Platz für insgesamt neun Personen, sodass sie alle zusammen in eine Gondel passten.

Lachend und leicht durchnässt machten sie sich wenig später auf den Weg zum Bus, um zurück zur Ponyburg zu fahren. Da sie auf den Bus etwas warten mussten, gab Matthias noch ein Eis für jeden aus, das sie bei der Hitze dankend annahmen. „Danke, dass du mich mitgenommen hast, Matthias. Es war wirklich toll", sagte Jason leise, als sie ihr Eis schleckten.

Der Mann strich ihm sanft über die blonden Haare. „Gern geschehen, mein Lieber."

GERICHTSTERMIN

Erschöpfte kamen sie an diesem Nachmittag auf dem Hof an. Jason verschwand nach dem Abendessen direkt in sein Zimmer, weil er kaum noch die Augen offen halten konnte, und als Nicole wenig später nach ihm sehen wollte, schlief der Junge bereits tief und fest. Auch Matthias ging früh zu Bett, die drei Kinder hatten ihn ganz schön durch den Park gejagt. Das war er einfach nicht gewohnt.

*

Am Freitag machte die komplette Gruppe wieder einen Wald-Ritt, diesmal sogar mit einem kleinen Picknick. Es war ein gelungener Abschluss, da die Gäste am Samstagmorgen von ihren Eltern abgeholt werden würden. Da sie alle Erwachsenen für die Aufsicht der Kinder benötigten, hatte ein Freund der Familie das Picknick mit dem Auto an einen vorher bestimmten Ort gebracht. Als sie dort eintrafen, wurden sie von Getränken und jeder Menge Leckereien empfangen. Auch für die Pferde war gesorgt worden. An einem kleinen Bach durften sie ihren Durst stillen und erhielten einige Karotten und Äpfel, die sie genüsslich verspeisten.

Nach dem Picknick ging es zurück zum Hof, während der Bekannte die Reste verlud und dann ebenfalls zurück zum Hof fuhr. Als die Pferde versorgt waren und zufrieden auf ihren Koppeln standen, gab es noch einige Spiele und wer wollte, durfte noch einmal ins Schwimmbecken springen.

Am nächsten Morgen ging es noch einmal hektisch zu, als sich alle auf dem Hof versammelten und die Eltern ihre Kinder abholten. Gegen zehn Uhr waren alle verschwunden und auf dem Hof kehrte wieder Ruhe ein. Sebastian war bei seinen Großeltern und seine Eltern nutzten die Gelegenheit, um mit Jason zu sprechen. Als sie zusammen am Küchentisch saßen, blickte Jason in die Runde. „Ihr wollt mir bestimmt sagen, dass ich jetzt ins Heim muss. Das ist okay – ich wusste das. Macht euch keine Gedanken. Ich hatte eine wunderschöne Zeit bei euch." Der Junge blickte sie tapfer an, doch in seinen Augen glitzerte es verräterisch.

Matthias und Nicole warfen sich einen Blick zu. Keiner brachte ein Wort heraus. Dann ergriff Nicole Jasons Hände. „Nein, mein Schatz. Das ist es nicht. Du musst nicht ins Heim."

„Nicht? Aber was ist denn dann passiert?"

„Es geht um Mar...", begann Nicole, doch Matthias warf ihr einen warnenden Blick zu. „...um deinen Vater, Jason."

Der Junge versteifte sich: „Was ist mit ihm?"

„Er wird angeklagt und du bist einer der Hauptzeugen. Du sollst am Montag deine Aussage vor Gericht machen."

„Ich? Ich soll vor Gericht? Aber ich will das nicht, ich will ihn nie wieder sehen. Geht das nicht auch ohne?" Jason fing an zu zittern und Nicole konnte das Kind nicht mehr leiden sehen. Sie stand auf, damit er ihre Tränen nicht sah und wandte sich dem Kühlschrank zu, um etwas zu trinken zu holen. Doch ihre Stimme zitterte, als sie sprach. „Es gibt leider keine andere Möglichkeit, mein Junge."

Matthias rückte ein wenig vom Tisch weg und klopfte auf seinen Schoß. „Komm' mal her, Jason", forderte er ihn auf und der Junge kam zögernd zu ihm und setzte sich. Matthias legte seine Arme um ihn. „Dein Vater hat viele schlimme Dinge getan und du willst doch bestimmt, dass er das niemals wieder machen kann, oder?" Jason nickte. „Siehst du? Und deshalb braucht das Gericht deine Hilfe. Als er dich geschlagen und eingesperrt hat, wart ihr meistens alleine. Das heißt, du bist der einzige Mensch, der dem Gericht sagen kann, was genau damals passiert ist, was er getan oder auch nicht getan hat. Es ist wichtig, dass du dem Richter alles erzählst, an was du dich erinnerst und nichts weglässt oder dazu erfindest. Hast du das verstanden?" Wieder ein Nicken. „Du bist ein starker, kleiner Junge und du wirst diesem Menschen beweisen, was du kannst. Er kann dir nichts mehr tun und ich werde bei dir sein, wenn du deine Aussage machst, falls du das möchtest." Jason blickte ihn einige Sekunden lang an. Dann nickte er erneut und schlang seine Arme um seinen Hals.

Nicole wischte sich verstohlen die Tränen weg und reichte den beiden je ein Glas Wasser.

Den Rest des Tages sonderte sich der Junge ab und hing seinen Gedanken nach. Er machte sich Sorgen über seine Aussage und vor allem darüber, seinen Vater das erste Mal seit dem Angriff auf sich wiederzusehen. Die Weilands ahnten, was in ihm vorging und ließen ihm seinen Freiraum.

Am nächsten Morgen kamen neue Reitgäste an. Dieses Mal ging es weitaus zivilisierte zu, da es sich lediglich um vier Kinder von dreizehn Jahren handelte. Die Eltern des einen Mädchens hatten ihr und drei ihrer Freundinnen einen Aufenthalt auf dem Ponyhof für drei Tage geschenkt. Die vier würden am Mittwoch wieder abgeholt werden. Die Mädchen machten nichts alleine und wurden schon nach kurzer Zeit von Sebastian und Jason als *‚das Kleeblatt'* bezeichnet, da es fast schien, als wenn sie zusammengewachsen wären. Während ihrer ersten Reitstunde standen die beiden Jungen am Koppelgatter und amüsierten sich königlich. Sobald eine einen Fehler machte, taten es ihr die anderen gleich und Matthias hatte seine liebe Müh' mit dem *Kleeblatt.*

Nach dem Unterricht verschwanden die Mädchen auf ihr Zimmer und Jason bekam seine Stunde auf Sindbad. Matthias war froh, endlich wieder jemanden zu unterrichten, der auch tat, was man ihm sagte und der Junge durfte zur Belohnung richtig galoppieren. Glücklich sattelte er einige Zeit später sein Pferd ab und brachte es zurück auf die Koppel.

Am Abend besuchte Jason wieder die Welpen und als er sich zu ihnen niederkniete, blinzelten ihn zwei schwarze Äugelein an. „Ja, hallo. Wen haben wir denn da? Das hab ich gern, als Kleinster auf die Welt kommen und als erster die Augen aufmachen." Jason hob den kleinen Lucky aus der Box und nahm ihn unter den wachsamen Augen seiner Hundemutter in die Arme. „Ich hab doch gesagt, dass du noch alle überholst", sagte er stolz und legte den kleinen Kerl wieder zu seiner Mutter.

Als er wenig später in sein Zimmer ging, konnte er lange nicht einschlafen. Er musste immer wieder an die bevorstehende Gerichtsverhandlung denken. Jason hatte Angst, seinem Vater unter die Augen zu treten... Angst, alles noch einmal erzählen zu müssen... und Angst davor, dass ihm niemand glauben könnte. Als er schließlich einschlief, träumte er wieder von dem Hundefriedhof auf dem Grundstück seines Vaters. Die Hunde krochen wie Zombies aus den Gräbern und kreisten ihn ein. Sie trieben ihn zu seinem Vater, der in einer Kampfarena stand und ihn anfunkelte. Er wurde ebenfalls in die Arena getrieben und musste gegen seinen Vater kämpfen, der wie ein Wilder auf ihn einschlug. Jason versuchte, sich zu schützen, doch die Schläge prasselten wie ein Unwetter auf ihn ein. Endlich schaffte er es, den Arm zu heben, doch als er sich wehren und auf seinen Vater einschlagen wollte, konnte er den Arm nicht mehr bewegen. Panisch riss er die Augen auf und starrte in die braunen Augen von Matthias Weiland, der mit seiner Hand sein Handgelenk festhielt, um ihn daran zu hindern, auf ihn einzuschlagen.

Langsam ließ Jason die Hand sinken, als er erkannte, dass es nur ein Traum gewesen war. Er zitterte immer noch am ganzen Körper. „Ich habe Angst", sagte er leise.

Matthias blickte ihn einen Augenblick nachdenklich an. „Rutsch' mal ein Stück", sagte er schließlich und als Jason ein wenig zur Seite rückte, legte er sich neben ihm und nahm ihn in die Arme. „Schlaf' jetzt. Ich passe auf dich auf."

Der Junge drehte sich kurz zu dem Mann um, kuschelte sich dann in seine Arme und machte seine Augen zu. Matthias streichelte ihm über den Kopf, bis er eingeschlafen war und schloss dann ebenfalls die Augen. Den Rest der Nacht schlief der Junge ohne weitere Unterbrechungen.

Am Morgen machten sich Matthias und Jason fertig für den Gerichtstermin. Nicole hatte dem Jungen ein Hemd und eine neue Hose besorgt, damit er ordentlich gekleidet war und auch Matthias trug ein Hemd und eine Krawatte zu einer dunklen Jeans. Gemeinsam fuhren sie zu der Verhandlung, wo sie auf dem Flur warten mussten, bis Jason seine Aussage machen sollte.

Jason rutschte unruhig auf der Bank hin und her, knetete die Hände und fing an zu schwitzen. Beruhigend legte ihm Matthias die Hand auf die Schulter. „Du schaffst das schon."

188

Der Junge war sich da nicht so sicher und als sein Name aufgerufen wurde, wurde es noch schlimmer. Ängstlich klammerte er sich an Matthias, während dieser aufstand und die Tür zum Gerichtssaal öffnete. Der Mann legte den Arm um den Jungen und führte ihn zum Zeugentisch.

„Darf ich fragen, wer sie sind?", fragte ihn der Richter streng.

„Guten Tag, mein Name ich Matthias Weiland. Meine Frau und ich haben die vorläufige Pflegschaft für den Jungen. Ich würde gerne bei ihm bleiben, wenn das möglich ist."

Der Richter betrachtete für ein paar Sekunden den Jungen, der sich an den Mann klammerte und nickte schließlich. „Sie können sich einen Stuhl nehmen."

Matthias bedankte sich und zog sich einen zweiten Stuhl an den Tisch, auf dem er sich niederließ. Jason blickte starr auf den Richter und vermied es, seinen Vater auch nur anzuschauen. Er wollte ihn nicht sehen. Der Richter ermahnte die Anwesenden, dass Fragen ausschließlich über ihn und nicht direkt an den Jungen zu stellen seien und fragte Jason anschließend nach seinen persönlichen Angaben. Dann forderte er ihn auf, zu erzählen, wie das Leben mit seinem Vater und das Verhältnis zu ihm gewesen waren, als er noch bei ihm gelebt hatte. Der Junge versuchte, sich an alles zu erinnern und detailgetreu wiederzugeben. Seine Stimme zitterte leicht, als er von den regelmäßigen Misshandlungen berichtete, doch erst als er von Hope erzählte, die er laut seinem Vater erschlagen sollte, liefen ihm die Tränen über das Gesicht und er brach mitten im Satz ab.

Ein schnaubendes Lachen erklang von der Anklagebank, doch der Junge starrte weiterhin geradeaus und würdigte den Mann keines Blickes. Nur Mattias bemerkte, wie er sich verkrampfte.

„Ich wusste schon immer, dass du ein Waschlappen bist. Genau wie deine verweichlichte Mutter", kam es nun verächtlich von dem Angeklagten.

„Ich verbitte mir diesen Ton, Herr Bauer", rügte ihn der Richter sofort und verhängte zusätzlich eine Ordnungsstrafe gegen den Mann.

„Ich kann mit meinem Sohn reden, wie ich will", erwiderte der Mann unwirsch, woraufhin der Richter erneut etwas erwidern wollte, jedoch mitten im Luftholen abbrach und auf den Jungen blickte.

Jason stand ganz langsam auf und trat auf den Mann zu, der ihn verächtlich musterte. „Du bist nicht mehr mein Vater", sagte er mit fester Stimme, „du bist ein Monster und du warst es schon immer."

Herr Bauer war über diese Aussage so perplex, dass er nicht wusste, was er darauf erwidern sollte. Jason stand noch immer mit erhobenem Haupt vor seinem Erzeuger und als er sich schließlich abwandte und zurück zu Matthias schritt, fand dieser endlich seine Stimme wieder: „Jason, ich..."

Der Junge hielt in der Bewegung inne und drehte sich zu ihm um. „Ist dir eigentlich klar, dass du mich

190

gerade das erste Mal in meinem Leben bei meinem Namen genannt hast? Ich dachte immer, du wüsstest ihn nicht mal, weil du mich immer *Bursche* oder *Junge* genannt hast." Damit drehte er sich erneut um und ging zurück auf seinen Platz. Für ein paar Minuten herrschte Totenstille im Saal, nur Matthias blickte ihn stolz an. Dann räusperte sich der Richter und forderte den Jungen auf, weiter zu erzählen. Für den Rest seiner Aussage würdigte Jason den Angeklagten keines Blickes mehr und auch Herr Bauer traute sich nicht mehr, einen Mucks von sich zu geben.

Als Jason geendet hatte, erhob der Richter seine Stimme erneut: „Wir danken dir, Jason, für deine ausführliche Schilderung der Geschehnisse. Du kannst mit Herrn Weiland draußen vor der Tür warten."

„Dürfen wir auch nach Hause gehen?", fragte der Junge und griff Matthias' Hand.

„Wenn du nicht wissen willst, was mit deinem Vater passiert, kannst du das natürlich gerne tun", erwiderte der Richter freundlich.

Jason funkelte den Mann an: „Ich sagte bereits, dass ich keinen Vater mehr habe!" Damit zog er Matthias hinter sich her zur Saaltür und der Richter konnte sich ein Grinsen nicht ganz verkneifen.

Matthias hatte Probleme, dem Jungen zu folgen, so schnell stürmte er aus dem Saal und dem Gebäude und weiter in den nahegelegenen Park. „Jason, wo willst du denn hin?", rief der Mann verwirrt, doch der Junge gab keine Antwort und lief einfach weiter. Erst in der Nähe einer Parkbank blieb er schließlich stehen. Dort ließ er sich auf die Knie fallen und schlug die Hände vors Gesicht. Mit wenigen Schritten war der Mann bei ihm und hob ihn hoch, während der Junge hemmungslos anfing zu weinen. Sanft zog Matthias ihn auf seinen Schoß und schloss ihn in die Arme.

Fast eine Stunde saßen sie auf der Bank und Jason weinte den ganzen Schmerz der letzten Jahre aus sich heraus, bis das Schluchzen leiser wurde und schließlich verebbte. Noch immer hielt Matthias das Kind fest und strich ihm beruhigend über den Rücken. Endlich hörte auch das Beben seiner Schultern auf und er schmiegte sich nur noch erschöpft an die breite Brust des Mannes, der ihn nach wie vor in seinen Armen wiegte.

„Ich glaube, das war längst überfällig, Jason", sagte er leise und strich ihm erneut über den Kopf, den der Junge schließlich hob und Matthias mit geschwollenen Augen anblickte.

„Warum kannst du nicht mein Vater sein?", fragte er nach einer Weile.

„Jason, ich…", fast hätte Matthias etwas Falsches gesagt, doch er wollte Nicole nicht vorgreifen und nahm sich vor, noch heute mit ihr zu reden. Zu dem Jungen sagte er einfach: „…ich wäre stolz darauf, wenn du mein Sohn wärst."

Langsam schlenderten die beiden zurück zum Auto. „Wollen wir noch ein Eis essen gehen?", fragte

192

Matthias plötzlich, als er auf der anderen Straßenseite eine Eisdiele entdeckte, und der Junge nickte. Also gingen sie in das kleine Café und der Mann bestellte einen Eisbecher für den Jungen und eine Eischokolade für sich selber. Während Jason das Eis dankbar löffelte, beobachtete Matthias ihn nachdenklich.

Er kannte ihn jetzt seit genau zwei Wochen. Zu ihnen gekommen war ein blasses, abgemagertes und gezeichnetes Kind, das kurz zuvor dem Tod von der Schippe gesprungen war. Vor ihm saß inzwischen ein braungebrannter Junge, der Spaß daran hatte, mit Tieren zu arbeiten, sehr hilfsbereit war und den Kampf gegen seine Dämonen aufgenommen hatte. Die Ärzte hatten ihnen bei der Entlassung geraten, ihm Zeit zu geben, um stark genug für die ganze Wahrheit zu werden. War er schon soweit? Würde er die gesamte Geschichte ertragen können? Oder würde er ihnen vielleicht sogar Vorwürfe machen, dass sie ihn angelogen hatten?

Matthias wusste es nicht, aber er fand, dass es langsam Zeit wurde, das herauszufinden.

*

Nach der kleinen Erfrischung fühlte sich Jason viel besser. Zufrieden lehnte er sich auf der bequemen Sitzbank zurück. Dann wurde er plötzlich wieder ernst. „Matthias?"

„Ja?"

„Müssen wir... müssen wir Nicole davon erzählen?"

„Wovon?"

„Die Sache im Park", sagte Jason leise. Es war ihm ein bisschen peinlich.

„Nein, wenn du nicht möchtest, müssen wir es nicht sagen."

Erleichtert atmete der Junge auf. Bald darauf machten sich die beiden nun doch auf den Rückweg zur Ponyburg.

Während Jason in sein Zimmer lief, um sich umzuziehen, ging Matthias zur Weide, auf der Nicole gerade mit dem *Kleeblatt* arbeitete. Als sie ihn sah, kam sie zum Zaun. „Und, war es schwer für ihn?"

Matthias dachte kurz nach. „Anfangs schon", sagte er dann. „Aber dann hat er dem Kerl die Stirn geboten. Du wärst richtig stolz auf ihn gewesen."

Nicole atmete erleichtert auf. Sie hatte sich schon große Sorgen gemacht. Sie gab ihrem Mann einen Kuss und wandte sich dann wieder ihren Reitschülerinnen zu. Derweil machte sich nun auch Matthias auf den Weg zurück zum Haus, um sich umzuziehen. Auf halber Strecke kam ihm Sebastian entgegen und flog ihm in die ausgestreckten Arme. „Hallo Papa. Wo warst du denn so lange?"

„Jason und ich hatten etwas in der Stadt zu erledigen."

„Ohne mich?"

Matthias lachte: „Ja, ohne dich, mein Junge. Aber wenn du magst, kannst du heute Mittag mit auf den Ausritt kommen. Und Jason nehmen wir am besten auch mit. Dann bin ich nicht so alleine mit unseren vier Gästen."

„Mit dem *Kleeblatt*?"

„Ja, mit dem *Kleeblatt*", erneut husche ein Lächeln über sein Gesicht. Er hatte den Spitznamen bereits mitbekommen und musste zugeben, dass die Jungs gar nicht so Unrecht hatten mit der Bezeichnung.

„Au, fein. Dann frage ich gleich mal Jason. Wo ist er denn?"

„Du, ich weiß es nicht. Er wollte sich umziehen, aber ob er noch in seinem Zimmer ist, weiß ich nicht. Da musst du einfach mal schauen."

Der kleine Junge hüpfte vom Arm seines Vaters und war kurz darauf in der Tür zum Haus verschwunden.

Als Jason sich umgezogen hatte und wieder nach unten gehen wollte, kam er an der offenen Zimmertür von Sebastian vorbei. Aus den Augenwinkeln bemerkte er, dass das Lieblingsstofftier des keinen Jungen vom Bett gerutscht war und trat näher, um es aufzuheben. Während er es in die Hand nahm und betrachtete, durchzuckten plötzlich Bilder seinen Kopf. Bilder, die er nicht fassen konnte. Er ließ sich auf die Bettkante sinken und streichelte den Stoffhasen. Und plötzlich hatte er das Gefühl, ihn zu kennen, ihn schon einmal gesehen zu haben.

Ob er früher vielleicht auch ein solches Stofftier gehabt hatte, als er klein war? Soweit er sich erinnern konnte, hatte er nie ein Stofftier besessen. Aber er konnte sich ja auch nicht mehr an seine Mutter erinnern. Vielleicht hatte er damals ja eines besessen und die Erinnerung daran war tief in seinem Inneren verankert. Nachdenklich legte er den Hasen in Sebastians Bett und deckte ihn zu. Dann verließ er das Zimmer wieder und ging langsam die Treppe hinunter.

„Jason, Jason! Wir dürfen nachher mit auf den Ausritt", kam ihm Sebastian freudestrahlend entgegen gerannt. „Kommst du mit? Papa braucht männliche Unterstützung." Dann senkte er die

Stimme und meinte verschwörerisch: „Er hat Angst, es mit dem *Kleeblatt* alleine aufzunehmen."

„Dann müssen wir ihm wohl helfen", grinste Jason und zusammen liefen sie nach draußen, um zum Mittagessen ins Gästehaus rüber zu gehen. Nach dem Essen holten sie ihre Ponys von der Weide und gaben sich große Mühe mit der Fellpflege. Sie mussten ja ein bisschen Eindruck auf die älteren Mädchen machen. Stolz betrachteten sie anschließend ihre Ponys und zu ihrer Freude lobte sie Matthias sogar vor dem *Kleeblatt* für ihre Arbeit.

Der Ausritt wurde ein voller Erfolg. Mehrmals durften sie galoppieren und selbst die Mädchen gaben sich große Mühe, alles richtig zu machen. Anschließend versorgten sie wie immer die Tiere und danach fuhren die Mädchen mit dem Bus für einen Einkaufsbummel in die Stadt. Die beiden Jungs nutzten die Gelegenheit, um im Schwimmbecken eine Wasserschlacht zu veranstalten, während Großmutter Weiland unter einem Baum im Liegestuhl lag und sie im Auge behielt.

Deshalb nutzte Matthias die Gelegenheit und die vorrübergehende Ruhe, um etwas Zeit mit seiner Frau zu verbringen. „Hast du Lust auf einen Spaziergang, Schatz?", fragte er.

Erfreut blickte Nicole auf. „Gerne, wir haben schon lange keine Zeit mehr für einen Spaziergang gehabt. Gibt es einen besonderen Grund?"

„Natürlich", grinste er und gab ihr einen Kuss, „du bist der Grund. Ich möchte einfach mal mit meiner Frau ein paar Minuten ausspannen."

Lächelnd schmiegte sie sich in seinen Arm, den er ihr um die Schultern gelegt hatte, und gemeinsam gingen sie auf den Wald zu. Für eine Weile genossen sie einfach die Zweisamkeit und die Laute des Waldes. Schließlich blickte Nicole zu ihm auf und stellte sich auf die Zehenspitzen, um ihm einen Kuss auf die Nasenspitze zu geben. „So gerne ich auch mit dir spazieren gehe, aber das ist doch nicht der einzige Grund, warum wir hier sind, oder? Du hast doch schon seit dem Termin heute Morgen etwas auf dem Herzen."

Matthias blickte erstaunt zu ihr herunter. „Du kennst mich zu gut, Schatz. War das so offensichtlich?"

Sie nickte. „Also? Was ist los?"

„Es geht um Jason. Du wärst sehr stolz heute gewesen, wie er Martin Bauer entgegengetreten ist. Er hat dem Kerl ins Gesicht gesagt, dass er nicht mehr sein Vater sei und hat klar gemacht, dass er nichts mehr mit ihm zu tun haben möchte. Ich glaube, Jason ist fit für einen Neuanfang. Er hat sich super erholt in den letzten Wochen und macht auf mich einen recht stabilen Eindruck. Ich glaube, er ist jetzt bereit für die ganze Wahrheit. Auf jeden Fall hat er sie verdient. Du solltest endlich mit ihm reden."

Nicole war stehen geblieben und betrachtete ihren Mann aufmerksam. „Und wenn er mich dafür hasst?", fragte sie schließlich leise.

„Wofür sollte er dich hassen? Es ist doch nicht

deine Schuld gewesen."

„Er könnte denken, ich habe ihn im Stich gelassen."

„Dann erkläre es ihm. Jason ist ein schlauer Junge, er wird es verstehen. Sag' ihm, was du fühlst. Sag' ihm, dass du ihn liebst – vom ersten Tag an. Und sei nicht zu sehr enttäuscht, wenn er sich erst einmal zurückzieht. Vielleicht ist es ein bisschen viel für ihn und er möchte erst einmal alleine sein. Aber ich weiß, dass er uns mag. Er hat mich erst heute gefragt, warum ich nicht sein Papa sein kann. Ich weiß zwar, dass ich es nicht bin, aber ich würde es gerne werden."

Nicole blickte ihren Mann liebevoll an. „Du bist schon ein wunderbarer Papa für Basti und du wirst es auch für Jason sein!", sagte sie im Brustton der Überzeugung. „Vielleicht hast du Recht. Vielleicht ist die Zeit gekommen, um reinen Tisch zu machen. Ich werde mit ihm reden."

„Danke", antwortete Matthias erleichtert und nahm sie in die Arme.

*

Als sie eine halbe Stunde später zurück auf den Hof kamen, plantschten die Jungs immer noch im Schwimmbecken herum. Sie blieben einen Moment stehen und beobachteten, wie gut sich die zwei vertrugen.

„Mama! Papa! Warum kommt ihr nicht auch mal rein?", rief Sebastian schließlich. „Es macht total Spaß."

„Sind wir dafür nicht schon ein bisschen zu alt?", fragte Matthias amüsiert.

Nicole blickte zu ihm auf. „Fühlst du dich zu alt?"

„Nee, eigentlich nicht."

Zehn Minuten später schlossen sich die beiden den Kindern an. Sebastian jauchzte vor Freude, als sie in den Pool kletterten und hüpfte seinem Vater auf den Rücken, um ihn zu tunken, was der kleine Kerl natürlich nicht schaffte. Selbst die beiden Erwachsenen hatten ihren Spaß mit den Jungs im Pool und blieben, bis es Zeit wurde, das Abendessen vorzubereiten. Kurze Zeit später tauchte auch das *Kleeblatt* wieder auf, das während des Abendessens von ihrem Einkaufsbummel berichtete. Nach dem Essen ging Matthias mit Sebastian zu den Großeltern, wo er sowieso etwas zu reparieren hatte. Außerdem wollte er seiner Frau die Möglichkeit geben, mit Jason ins Gespräch zu kommen und nahm Sebastian deshalb mit.

„Magst du dich ein bisschen zu mir setzen, Jason?", fragte Nicole, als der Junge ins Haus kam und deutete neben sich auf die Couch.

Jason überlegte, was er wohl getan hatte und trat zögernd näher. „Hab' ich was angestellt?"

„Nein, mein Schatz. Ich möchte einfach gerne mal mit dir reden."

„Ach so", sagte der Junge und setzte sich.

„Erinnerst du dich noch, dass du mich vor einigen Tagen nach den Fotos gefragt hast – den Babyfotos an der Wand?"

Der Junge nickte. „Es tut mir leid. Ich habe dich dadurch sehr traurig gemacht."

Lächelnd nahm sie seine Hand in die ihre. „Aber nicht, weil du mich danach gefragt hast. Das hatte einen anderen Grund. Und den möchte ich dir gerne erzählen."

„Das musst du aber nicht."

„Ich weiß. Aber ich möchte es dir gerne erzählen. Es hat nämlich etwas mit dir zu tun." Überrascht blickte Jason zu der Frau, die seine Hand immer noch in der ihren hielt, sagte aber nichts. „Bevor ich Matthias geheiratet habe, war ich mit einem anderen Mann liiert. Wir waren noch sehr jung und frisch verliebt. Damals glaubte ich, dass er mich genauso liebte, wie ich ihn. Aber wir hatten nicht sehr viel Geld und deshalb haben wir nie geheiratet. Doch unsere Liebe wurde auf eine andere Weise besiegelt: durch unseren Sohn. Ich war damals überglücklich, als wir zusammenzogen und als das Baby dann schließlich da war, schien meine kleine Welt perfekt zu sein. Ich liebte es abgöttisch, habe ihm beim Stillen vorgesungen, bin mit ihm spazieren gegangen und habe ihm all die Liebe gegeben, die ich selber nie bekommen habe. Du musst wissen, dass meine Eltern früh gestorben sind und ich einen Großteil meiner Jugend bei meiner Großmutter aufge- wachsen bin, für die ich allerdings mehr ein Klotz am Bein als ein fühlendes Wesen war. Deshalb nahm ich mir vor, dass meinem Kind so etwas nie passieren würde. Doch je mehr Liebe ich meinem

Kind gab, desto weniger liebevoll wurde sein Vater. Er fing an zu trinken und mich zu schlagen und ich hatte alle Hände voll zu tun, mein Kind vor ihm zu beschützen. Irgendwann hatte ich nur noch Angst vor ihm, wusste aber nicht wohin. Eine Freundin hat mir dann geraten, in ein Frauenhaus zu gehen. Weißt du, was das ist?"

Jason schüttelte den Kopf.

„Ein Frauenhaus nimmt Frauen auf, die von ihren Männern misshandelt werden. Sie bieten den Frauen eine Zuflucht und helfen ihnen, ein neues Leben aufzubauen."

„Und da bist du hingegangen?"

„Ich wollte, ja. Und ich wollte meinen Sohn mitnehmen. Deshalb habe ich ein paar Sachen für uns zusammengepackt, wurde aber dabei von meinem Lebenspartner überrascht. Er war damals furchtbar wütend. So schlimm war es vorher noch nie gewesen... Irgendwann habe ich das Bewusstsein verloren und bin erst im Krankenhaus wieder zu mir gekommen. Als ich dann endlich das Krankenhaus wieder verlassen durfte, waren er und mein Sohn verschwunden."

„Du hast dein Baby nie wieder gefunden?" Jason war geschockt über die Erzählung der Frau, konnte sich aber in etwa vorstellen, was sie durchgemacht hatte.

Nicole schüttelte traurig den Kopf. „Ich habe alles versucht; mit Behörden und der Polizei gesprochen, Anzeigen geschaltet und sogar Plakate aufgehängt.

Aber niemand konnte mir sagen, was mit meinem Baby passiert war. Irgendwann habe ich sogar geglaubt, dass mein Sohn tot ist."

Jason zuckte zusammen. „Es tut mir so leid. Dein Junge wäre bestimmt glücklich gewesen, eine Mutter wie dich zu haben. Aber ich verstehe nicht so ganz, warum du mir das alles erzählt hast, Nicole."

Die Frau stand langsam auf und trat an die Wand mit den Fotos, wo sie das Bild des kleinen, blonden Jungen nahm und zu Jason zurückging. Sie reichte ihm das Foto: „Weil du dieser Junge bist", sagte sie leise.

Sprachlos starrte der Junge auf das Bild in seinen Händen. Plötzlich erinnerte er sich an den Traum, den er vor einigen Tagen gehabt hatte. Seine Mutter, die ihm vorgesungen hatte, während er an ihrer Brust lag und trank. Das gleiche Lied, das Nicole Sebastian vorgesungen hatte. Er erinnerte sich an die langen, blonden Haare, aber er hatte das Gesicht nicht erkennen können. Erneut blickte er auf das Foto und deutete auf den Hasen. „Ist das Sebastians Hase?"

Nicole nickte. „Das war alles, was mir von dir geblieben war. Martin hatte sonst alles mitgenommen. Ich habe ihn all die Jahre behalten. Eigentlich hatte Basti ein anderes Kuscheltier, aber irgendwann hat er den Hasen entdeckt und wollte ihn nicht mehr hergeben. Genau, wie du damals."

Noch immer versuchte der Junge zu begreifen, was das alles zu bedeuten hatte. „Bedeutet das, dass ich vielleicht nicht ins Heim muss?"

„Ganz bestimmt musst du nicht ins Heim. Matthias und ich möchten, dass du bei uns bleibst. Bei uns und Sebastian. Hier auf diesem Hof. Matthias möchte dich gerne adoptieren, wenn das okay für dich ist. Dann wären wir alle eine richtige Familie."

Jason hob den Kopf und blickte sie eine Weile an. „Mama?", fragte er schließlich mit Tränen in den Augen. Nicole nickte und bevor sie es sich versah, flog ihr der Junge um den Hals. Lange hielten sie sich einfach nur fest, bis Jason endlich seinen Griff lockerte. „Sag' mal, wie hast du mich eigentlich gefunden?", fragte er schließlich.

„Habe ich gar nicht. Dein Vater hat sich sehr bedeckt gehalten und war nicht korrekt gemeldet, aber in der Schule musste er deine richtigen Daten angeben. Von dort hat die Polizei dein Geburtsdatum und deinen vollständigen Namen erhalten und sind dann über die alte Anzeige gestolpert, die ich vor über zehn Jahren gemacht habe. Da ich damals noch anders hieß, dauerte es eine Weile, bis sie mich ausfindig gemacht haben. Und als sich das Jugendamt mit mir in Verbindung gesetzt hat, waren wir uns sofort einig, dass wir dich zu uns nehmen wollen. Wir haben das alte Gästezimmer renoviert und für dich hergerichtet und dann bin ich in die Klinik gekommen."

„Aber warum hast du es mir nicht gleich gesagt?"

„Ich wollte es ja, aber Dr. Arent hatte Angst, dass

du den Schock nicht verkraften würdest. Du bist nur ganz knapp dem Tod von der Schippe gesprungen und musstest mit dem Wissen fertig werden, dass dein eigener Vater dich töten wollte. Wenn ich einfach dahergekommen wäre und gesagt hätte: Hallo, ich bin deine Mama… Das wäre vielleicht zu viel gewesen."

„Ja, vielleicht hast du Recht. Aber ich bin froh, dass du es mir jetzt gesagt hast. Was sagt denn Sebastian eigentlich dazu?"

„Der weiß es noch nicht. Ich weiß, dass er dich total lieb hat, aber ich habe ein bisschen Angst davor, wie er es aufnimmt. Er war bis jetzt ein Einzelkind und soll nun seine Eltern teilen. Manche Kinder finden das nicht so toll."

„Vielleicht freut er sich aber auch, einen großen Bruder zu haben. – Sag' mal, sind wir eigentlich Brüder?"

Nicole lachte. „Ja und nein. Ihr seid Halbbrüder, ihr habt die gleiche Mutter, aber unterschiedliche Väter."

„Basti hatte da wohl mehr Glück als ich", stellte Jason fest.

„Schon", gab Nicole zu, „Aber ich bin mir sicher, dass Matthias dich genauso lieb haben wird, wie wenn du sein leiblicher Sohn wärst."

„Ich weiß, aber wird Basti dann nicht traurig sein?"

„Warum soll ich denn traurig sein?", kam es in diesem Moment von der Tür her und die beiden wirbelten erschrocken herum.

Sebastian hüpfte auf den Schoß seiner Mutter und blickte verwirrt auf das Foto, das Jason noch immer in der Hand hielt. „Was machst du denn mit dem Foto von meinem Bruder?"

„Deine Mama hat mir ein bisschen von ihm erzählt, Sebastian."

„Das wundert mich. Mama wird immer ganz traurig, wenn sie von ihm spricht. Und ich auch, obwohl ich ihn gar nicht kenne. Aber ich weiß, dass Mama ihn irgendwann wiederfinden wird."

Matthias trat an das Sofa und hob den kleinen Jungen hoch. „Sebastian, ich glaube, das hat sie schon."

Sebastian blickte von seinem Vater zu seiner Mutter und schließlich zu Jason. Man konnte dem kleinen Kopf ansehen, wie er arbeitete. Dann ging plötzlich ein Lächeln über sein Gesicht, das jedoch sofort wieder verlosch. Er machte sich von seinem Vater los und stürmte die Treppe hinauf.

Nicole ließ den Kopf sinken. „So etwas hatte ich befürchtet."

Doch noch bevor sie den Satz fertig gesprochen hatte, flog der kleine Junge die Treppe wieder herunter. In seiner Hand hielt er seinen Hasen. Vor Jason blieb er stehen und drückte ihm das Kuscheltier in die Hand. „Das ist dann wohl deiner. Ich habe ganz doll auf ihn aufgepasst, aber jetzt sollst du ihn wieder haben."

Jason starrte auf den Hasen. Schließlich nahm er

ihn in die Hand und drückte Sebastian an sich. „Das ist total lieb von dir, Basti. Aber du darfst ihn auch gerne behalten."

„Na ja, du kannst ihn mir ja vielleicht ab und zu mal ausleihen. Wenn ich krank bin zum Beispiel."

„Das werde ich, ganz bestimmt."

Nicole saß immer noch sprachlos auf der Couch. Tränen liefen über ihr Gesicht, während sie auf ihre beiden Söhne blickte. Matthias legte ihr die Hand auf die Schulter – auch er hatte feuchte Augen. „Die hast du gut hinbekommen, die zwei", stellte er lächelnd fest.

*

In dieser Nacht schlief Jason das erste Mal seit über zehn Jahren mit einem Kuscheltier im Arm und es gab ihm das Gefühl, ganz nah bei seiner Mutter zu sein, die zwei Türen weiter schlief. Mitten in der Nacht wurde er durch lauten Donner und helle Blitze geweckt, als sich ein Wärmegewitter über ihnen entlud. Als er gerade wieder die Augen schließen wollte, öffnete sich leise die Zimmertür. „Jason, ich hab Angst", flüsterte Sebastian. „Darf ich zu dir kommen?"

„Aber klar." Jason schlug die Decke zurück und sein kleiner Bruder krabbelte neben ihn. Dann legte er ihm den Hasen in den Arm und umschloss Sebastian und den Hasen mit seinem eigenen Arm. So schliefen sie bald darauf wieder ein und so lagen sie auch noch, als Nicole am nächsten Morgen das Zimmer betrat.

NEUE GÄSTE

Jason hatte anfangs ein wenig Probleme, Nicole nicht mehr mit ihrem Namen, sondern mit Mama oder Mutti anzureden. Er hatte nie eine Mutter gehabt und es war für ihn einfach ungewohnt, obwohl er zugeben musste, dass er es genoss. Und Sebastian hatte ihn stillschweigend als großen Bruder akzeptiert.

Eigentlich hatte sich nichts am Leben auf dem Hof geändert und doch hatte sich für Jason alles geändert. Er wusste, dass er nicht spätestens am Ende der Ferien in ein Heim musste, er hatte ein schönes Zuhause, in dem er bleiben durfte. Auch wusste er jetzt, dass er weiterhin in seine alte Schule gehen konnte und auch Daniel und Hope weiterhin sehen würde. Und vor allem hatte er drei Menschen, die für ihn da waren und ihn liebten. Ein völlig neues Gefühl für den Jungen.

Den ganzen nächsten Tag strahlte er wie ein Honigkuchenpferd und seine gute Laune steckte auch die anderen Bewohner des Hofes an. Am Vormittag ging Matthias mit Jason zu seinen Eltern. Die kannte der Junge zwar schon vom Hof her, doch wenn Matthias ihn in den nächsten Monaten adoptieren würde, würden sie offiziell seine Großeltern sein und sie wollten ihn gerne als ihren

Enkel begrüßen.

Gegen Mittag machten Matthias, das *Kleeblatt*, Sebastian und Jason wieder einen Ausritt. Jason wurde immer besser und hatte inzwischen keine Probleme mehr, mit den anderen mitzuhalten. Als sie eine kleine Strecke galoppierten, setzte Sindbad mit den anderen sogar über einen kleinen Ast, der über dem Weg lag und Jason hatte keine Probleme, sich im Sattel zu halten. Stolz klopfte ihm Sebastian auf den Rücken. „Ich glaube, ich muss langsam aufpassen, sonst bist du bald besser als ich", lachte der Kleine.

„Wäre das schlimm?", fragte Jason unsicher.

„Nö, eigentlich nicht. Du bist ja auch älter. Dann denken einfach alle, dass du schon viel länger reitest als ich." Das war wohl die Logik eines Sechsjährigen. Jason lächelte ihn an.

*

Am nächsten Morgen verabschiedete sich das *Kleeblatt* von der Familie und wurde wieder abgeholt. Die nächsten Gäste würden erst am Sonntagvormittag eintreffen und so blieb der Familie Zeit, zusammen etwas zu unternehmen. Sie fuhren in die Stadt, um ein paar Einkäufe zu machen und einen Termin beim Jugendamt wahrzunehmen. Matthias wollte Jason so schnell wie möglich adoptieren und auch Jason wäre am liebsten sofort mit den entsprechenden Papieren nach Hause gegangen. Leider erfuhren sie, dass die Bearbeitung des Antrages mindestens ein halbes Jahr in

Anspruch nehmen würde. Ein bisschen enttäuscht verließen sie das Gebäude.

Anschließend fuhren sie ein letztes Mal auf den Hof, auf dem Jason bis vor eineinhalb Monaten gelebt hatte, damit er seine Schulsachen und seine restlichen Habseligkeiten abholen konnte. Sebastian schaute sich neugierig um, konnte sich aber nicht vorstellen, wie jemand hier leben sollte. Sein Bruder beeilte sich, seine Sachen zusammenzupacken; viel war es ohnehin nicht. Aber er wollte diesem Haus so schnell es ging den Rücken kehren – für immer.

Als sie schließlich im Wagen saßen und sich langsam entfernten, atmete der Junge hörbar aus und nachdem sie im nahe gelegenen Einkaufszentrum in einer Eisdiele alle einen leckeren Eisbecher vor sich stehen hatten, dachte keiner mehr an das verwahrloste Gelände, dem sie gerade einen Besuch abgestattet hatten.

Anschließend besorgten die Eltern noch einige Schulsachen für die beiden Söhne. Sebastian brauchte einen Schulranzen und eine gewisse Grundausstattung und für Jason besorgten sie ein paar neue Stifte, Blöcke und Hefte, da seine Vorräte dem Ende zugingen. Er hatte immer nur das Notwendigste besorgen dürfen und freute sich auf neue, ordentliche Hefte für das kommende Schuljahr. „Meinst du, ich darf bei Sebastians Einschulung dabei sein?", fragte Jason seine Mutter, als sie die Hefte und Blöcke in Sebastians neuem Schulranzen verstauten, den der Kleine stolz auf seinen Rücken zog.

„Du musst!", sagte Sebastian. „Das ist doch mein großer Tag."

Nicole lächelte und strich dem Kleinen über den Kopf. „Wir fragen einfach mal, ob du für zwei Stunden aus dem Unterricht kannst. Die Einschulung ist ja erst am Dienstagmorgen. Aber ich denke, das schaffen wir schon.

„Au fein", riefen die beiden im Chor und grinsten sich an.

*

Nachdem sie am frühen Nachmittag wieder zu Hause ankamen, halfen die Jungen Matthias, einen kleinen Zaun aufzubauen, damit Bellas Welpen das erste Mal an die frische Luft konnten. Seit einem Tag hatten alle Welpen die Augen richtig geöffnet und fingen an, ihre Box zu erkunden, in der sie zur Welt gekommen waren. Auch waren sie bereits gewachsen und hatten ihr Geburtsgewicht verdoppelt, sodass es ein wenig eng wurde. Deshalb sollten sie bei schönem Wetter mit ihrer Mutter nach draußen dürfen.

Sie zäunten ein Stück Rasen ein, auf dem sich die fünf Wonneproppen austoben konnten, ohne Gefahr zu laufen, sich irgendwo zu verletzen. Der Zaun war hoch genug, damit die Kleinen nicht rausklettern konnten, aber niedrig genug, dass Bella oder die Familie hinübersteigen konnten. Als sie fertig waren, prüfte Matthias noch einmal, ob alles stabil genug war und dann gingen sie zur Waschküche, um die

Kleinen zu holen. Bella beobachtete genau, wie sie die Welpen einen nach dem anderen hochhoben und folgte den vier Menschen neugierig nach draußen. Mit einem Satz war sie in der Umzäunung und sie beeilten sich, die Welpen auf den Boden zu setzen. Recht unsicher staksten die Kleinen über den ungewohnten Boden und kuschelten sich schnell wieder an ihre Mama, die sie zärtlich beleckte.

Strolch hatte die Welpen gehört und kam neugierig näher. Bella knurrte ihn warnend an und der Rüde blieb in einigem Abstand stehen, um die Tiere zu beobachten.

„Ob er wohl weiß, dass das seine Kinder sind?", fragte Jason.

„Das kann ich dir leider nicht sagen, mein Junge. Aber es sieht so aus, als ob Bella ihn im Moment noch nicht in der Nähe haben möchte. Wir müssen das ein bisschen beobachten, damit es keine Streitereien gibt. Könntet ihr in der Nähe bleiben und ein bisschen aufpassen? Ich muss einen Ausritt vorbereiten. In zwei Stunden kommt eine Gruppe junger Leute, die kurzfristig einen Ritt gebucht haben."

„Klar, machen wir", riefen die beiden im Chor. Für den Rest des Tages wechselten sie sich ab oder setzten sich zusammen in die Nähe, spielten mit den Welpen oder unterhielten sich einfach. Dabei bemerkten sie, wie Strolch heimlich immer näher an den Zaun kroch. Scheinbar interessierten ihn die Welpen sehr genau. Bella gab es irgendwann auf, ihn anzuknurren, als Strolch flach auf dem Boden liegend bis an den Zaun gekommen war. Sein Schwanz bewegte sich leicht hin und her und seine Nase steckte bereits fast in den Maschen des Drahtgeflechts. Bella beobachtete ihn genau und auch die Jungen warteten schweigend, was passieren würde.

Und wieder war es Lucky, der sich als der Neugierigste herausstellte. Langsam tapste er auf den großen Hund zu und stupste ihn mit der Nase an. Bella spitzte die Ohren, als Strolch anfing, dem kleinen Welpen über das Gesicht zu lecken, blieb aber ruhig. Die erste Kontaktaufnahme zwischen Strolch und seinen Welpen war ein voller Erfolg. Nach Lucky wurden auch seine Geschwister neugierig und begrüßten zögernd den neuen Hund. Irgendwann wurde es der Hundemutter dann aber doch zu bunt und sie stupste die Kleinen wieder vom Zaun weg. Strolch zog kurz darauf von dannen und trottete über den Hof.

Bella verließ ebenfalls hin und wieder das umzäunte Gelände, blieb aber stets in Sichtweite der Welpen, die sich dann neugierig an den Zaun drängten. Vor dem gemeinsamen Abendessen wurde die Hundefamilie wieder ins Haus gebracht.

In den nächsten zwei Tagen behielten sie die Tiere immer noch ein bisschen im Auge, wenn sie draußen waren, doch Strolch verhielt sich perfekt ihnen gegenüber und selbst Bella blieb schließlich entspannt liegen, wenn er sich dem Zaun näherte.

Die Welpen allerdings fanden es immer spannend, wenn der Rüde vorbeikam, drängten an den Zaun und wollten ihn zum Spielen animieren. Einmal wollte er über den Zaun hüpfen, was der Hundemutter dann aber doch zu weit ging. Sie stellte sich schützend vor die Welpen und jagte ihn knurrend wieder hinter den Zaun.

Beruhigt ließen sie die Hunde am Samstag alleine. Bella hatte alles im Griff. Die Familie machte zusammen einen Ausflug ins Freibad, in dem Jason schon einmal mit Sebastian und seiner Mutter gewesen war. Diesmal kam jedoch auch Matthias mit, da sich die Großeltern um den Reitausflug kümmerten, der am Nachmittag stattfinden sollte. Die vier genossen den Tag in der Sonne in vollen Zügen. Gegen Mittag besorgten die Eltern Pommes mit Würstchen, die sie genüsslich verspeisten. Erst am frühen Abend kamen die vier wieder nach Hause und freuten sich auf die angenehme Kühle, die im Haus herrschte. Früh gingen sie an diesem Abend ins Bett, da der nächste Tag wieder hektisch werden würde. Insgesamt zehn Gäste würden für die nächsten Tage auf den Ponyhof kommen, sodass die Ruhe für eine Weile vorbei sein würde.

Am nächsten Morgen waren die beiden Jungen schon früh munter und bereiteten sich auf die Ankunft der neuen Gäste vor. Wie schon das letzte Mal würde Jason den Kindern die Zimmer zuteilen und Sebastian wollte aufpassen, dass nicht alles auf die Ponys zustürmte.

Während alle damit beschäftigt waren, ihre Sachen auszupacken, ging Jason auf Matthias zu: „Matthias? Hast du nicht gesagt, es würden zehn Gäste kommen?"

„Ja, wieso?"

„Weil auf der Liste nur neun stehen und es sind auch nur neun angekommen", stellte Jason nachdenklich fest.

Matthias grinste geheimnisvoll. „Unser zehnter Gast kommt etwas später, genaugenommen sind es sogar zwei Gäste."

„Und warum stehen sie nicht auf der Zimmerliste?"

„Weil sie nicht im Gästezimmer schlafen, sondern bei uns im Haus."

„Ach so. Es sind also private Gäste", stellte Jason fest.

Matthias nickte. „Genau, nämlich deine." Er deutete auf ein Fahrzeug, das gerade die Auffahrt hinauf kam.

Jason erkannte sofort den Wagen von Dr. Arent. „Daniel kommt?" Matthias nickte und der Junge rannte dem Fahrzeug entgegen, das gerade auf dem Parkplatz hielt und aus dem Daniel und Hope heraushüpften. Lachend umarmte Jason den Freund und beugte sich dann zu der Hündin hinunter, die schwanzwedelnd darauf wartete, ebenfalls begrüßt zu werden.

Matthias war dem Jungen langsam gefolgt und begrüßte Dr. Arent und dessen Sohn freundlich.

Dann wandte er sich an Jason: „Wir dachten, du würdest deinen Freund lieber bei dir im Zimmer haben. Wir stellen nachher ein Gästebett auf."

Jason fiel seinem zukünftigen Adoptivvater um den Hals. „Danke, Matthias." Dann wandte er sich Daniel zu: „Komm', ich zeige dir mein Zimmer. Ich muss dir was Wichtiges erzählen." Damit zog er den Freund hinter sich her und lief mit ihm zum Haus.

Die beiden Männer blickten ihnen lachend nach. „Der Junge scheint sich ja prächtig erholt zu haben", stellte Dr. Arent mit Kennerblick fest.

Matthias nickte. „Das stimmt. Er ist wieder komplett fit und nach der Gerichtsverhandlung hat er auch so ziemlich mit seiner Vergangenheit abgeschlossen. Wir haben ihm vor ein paar Tagen erzählt, was vor zehn Jahren passiert ist."

Dr. Arent, der ja schon länger wusste, dass Jason Nicoles Sohn war, blickte ihn fragend an: „Wie hat er es aufgenommen?"

„Erstaunlich gut. Seitdem ist er viel fröhlicher und auch um Sebastian hätten wir uns keine Sorgen machen müssen. Die beiden verstehen sich super und mein Sohn hat Jason sofort mit offenen Armen empfangen. Wir haben jetzt den Antrag auf Adoption gestellt, doch die Bearbeitung wird sich leider noch ein wenig hinziehen."

„Wenn sie irgendwelche medizinischen Berichte über seine Verletzungen benötigen, damit es schneller geht, sagen Sie mir Bescheid. Ich stelle Ihnen dann die Unterlagen zusammen."

„Danke, das ist nett. Ich werde mal nachfragen, ob es etwas bringt. Eigentlich müsste dem Jugendamt jedoch alles schon vorliegen und nachdem sein leiblicher Vater wegen versuchter Tötung verurteilt wurde und wir uns alle einig sind, sollte es eigentlich keine Probleme geben. Aber sie wissen ja genauso gut wie ich, wie die Mühlen der Behörden mahlen."

Der Arzt grinste. „Ich denke, das Wichtigste ist sowieso, dass Jason weiß, wo er hingehört und dass er von ihnen und ihrer Frau geliebt wird. Die behördliche Bestätigung ist nur zweitrangig."

„Das denke ich auch", stimmte Matthias zu.

Dr. Arent ging zum Kofferraum und holte ein Hundebett daraus hervor. Außerdem drückte er Matthias eine Tüte mit Hunde-Zubehör in die Hand. „Wir werden Hope vermissen", stellte er fest, „aber wir wissen alle, dass es das Beste ist. Wir werden bestimmt bald einen Hund für Daniel finden."

„Dr. Arent, wenn sie möchten… Wir haben seit etwas über zwei Wochen einige Welpen auf dem Hof. Wenn es ihnen recht ist, kann sich Daniel gerne einen davon aussuchen. Sie werden zwar noch ein paar Wochen bei der Mutter bleiben müssen, aber er könnte ihn auch jetzt schon besuchen und wenn er groß genug ist, kann er ihn mit nach Hause nehmen."

„Was für Welpen haben sie denn?"

Matthias lachte: „So genau ist das noch nicht raus. Ich würde sie mal Labrador-Golden-Retriever-

Schäferhund-Mischlinge nennen."

„Interessante Kombination. Von mir aus hätte ich nichts dagegen. Sie können Daniel ja einfach mal fragen, ob er damit einverstanden ist oder ob er lieber etwas länger warten möchte. Ich könnte mir aber vorstellen, dass er von der Idee begeistert wäre."

Kurz darauf verabschiedete sich der Arzt und Matthias machte sich mit Hopes Sachen auf den Weg zum Haus.

*

Daniel und Jason waren zusammen in Jasons Zimmer gegangen. Der Junge brannte darauf, seinem Freund die Neuigkeiten erzählen zu können und war fast ein wenig enttäuscht, als dieser ihm mitteilte, dass sein Vater ihn schon informiert hatte, bevor er gekommen war. Deshalb unterhielten sie sich über die letzten zwei Wochen und Daniel erzählte gerade von dem Urlaub mit seiner Familie, als es plötzlich an der Tür klopfte.

„Hallo, ihr beiden. Ich habe noch die Sachen von Hope für euch."

„Danke, Matthias. – Wow! Hope fährt ja mit mehr Gepäck in den Urlaub als du, Daniel", stellte Jason erstaunt fest.

Daniel grinste ihn an: „Das liegt wohl daran, dass sie nicht in den Urlaub fährt, sondern umzieht."

Jason blickte verwirrt von einem zum anderen. „Wieso umziehen?"

„Mann, Jason. Du warst aber auch schon mal

schneller beim Schalten! Ich hatte dir doch gesagt, dass Hope zu dir gehört und dass du sie bekommst, wenn du ein Zuhause hast, bei dem sie mitkommen kann. Für mich sieht das hier nach einem verdammt guten Zuhause aus."

Jason strahlte über das ganze Gesicht und als er einen fragenden Blick zu Matthias warf, nickte dieser lächelnd. „Ihr habt das gewusst?"

„Natürlich haben wir das", antwortete Matthias. „Was glaubst du, wer das organisiert hat. Ich habe schon vor Wochen mit Daniels Vater gesprochen und wir haben zusammen mit Daniel und seiner Familie vereinbart, dass Hope zu dir kommt, sobald du wieder gesund bist und wir dir die Wahrheit gesagt haben. Das ist einer der Gründe, warum Daniel bei dir im Zimmer schlafen wird. So fällt Hope der Übergang leichter, da sie ja immerhin ein paar Monate bei ihm gelebt hat."

Jason umarmte den Hund, der brav neben ihm saß und die Szene beobachtete. „Hast du gehört, Hope, du darfst jetzt für immer bei mir bleiben." Dann wurde er plötzlich wieder ernst. „Aber was ist mit dir, Daniel? Du hast dich doch auch an sie gewöhnt."

„Das ist schon okay. Ich kann sie ja besuchen kommen und vielleicht bekomme ich irgendwann wieder einen Hund."

„Diesbezüglich habe ich gerade mit deinem Vater gesprochen, Daniel", mischte sich Matthias in die Unterhaltung ein. „Ich glaube, wir haben da eine

Überraschung für dich. Du hast doch bei deinem letzten Besuch unsere Welpen gesehen? Wir würden dir gerne einen davon schenken, sobald sie groß genug sind, um abgegeben zu werden. Du bist ja jetzt schon fast ein Fachmann im Trainieren von Welpen, er könnte dann von klein auf bei dir sein."

„Echt jetzt?", staunte Daniel. „Und ich darf mir wirklich einen aussuchen?"

„Natürlich. Wenn du magst, kannst du sie in den nächsten Tagen beobachten, während du hier bist, mit ihnen spielen und sie ein bisschen kennenlernen. Und wenn du dich entschieden hast, sagst du uns einfach Bescheid. Bis der Welpe alt genug ist, kannst du gerne ab und zu vorbeikommen, dann kennt dich das Tier schon richtig gut, wenn es zu dir kommt."

„Danke, Herr Weiland. Das ist eine tolle Überraschung."

„Ach, Jungs. Wie sieht's aus. Lust auf einen kleinen Ausritt? Du hast mir ja schon bei deinem letzten Aufenthalt gezeigt, was du drauf hast, Daniel. Ich hoffe, du hast es im letzten Jahr nicht verlernt?"

„Bestimmt nicht", antwortete der Junge mit überzeugender Stimme.

„Also gut, dann kommt ihr nach dem Mittagessen mit. Mal schauen, wer von den Gästen noch direkt zum Ausritt darf oder wer erst einmal die Grundkenntnisse bei Nicole lernen muss. – In einer halben Stunde gibt's Essen. Kommt nicht zu spät, ihr zwei."

„Bestimmt nicht, Matthias. Heute gibt es Spaghetti alla Carbonara. Das lasse ich mir nicht entgehen. Und Daniel bestimmt auch nicht."

Matthias lachte und zog die Tür hinter sich zu. Daniel blickte seinen Freund an. „Können wir jetzt schon mal kurz zu den Welpen gehen?"

„Klar, wir haben ja noch eine halbe Stunde. Die sind draußen in einer Umzäunung. Wir müssen nur schauen, wie Bella auf Hope reagiert."

„Die ist doch selber noch ein Welpe, wenn auch ein ziemlich großer."

„Na ja, sie ist ja auch schon ein halbes Jahr alt inzwischen. Aber vielleicht hast du Recht und Bella sieht sie noch als Welpen an, von dem keine Gefahr für ihre eigenen Welpen ausgeht. Hoffen wir es, sonst müssen wir Hope nämlich irgendwo anbinden, was ich nur ungern machen möchte."

Die beiden Jungen gingen zusammen mit Hope nach draußen und näherten sich vorsichtig der Umzäunung. Bella, die Hope noch nicht gesehen hatte, sprang sofort über den Zaun, um den Hund abzuschätzen. Unterwürfig warf sich der Welpe auf den Boden und Bella beschnüffelte sie ausgiebig. Dann fing sie plötzlich an, ihr sanft über die Schnauze zu lecken. „Ich glaube, da schlagen die Mutter-Hormone gerade ein wenig durch", lachte Jason und Daniel nickte.

Als Hope schließlich mit den beiden zum Zaun ging, hatte Bella keine Probleme damit, dass sie neugierig ihren Kopf über den Zaun streckte. Der neugierige Lucky tapste auf die Hündin zu und stupste sie an die Nase, während Hope fröhlich mit dem Schwanz wedelte.

„Das ist Lucky, richtig? Der, der fast nicht überlebt hatte", fragte Daniel.

„Stimmt. Aber inzwischen ist er der frechste von allen. Und man sieht auch keinen Unterschied mehr zwischen ihm und seinen Geschwistern."

„Und die anderen?"

„Zwei Hündinnen und zwei Rüden. Der gescheckte ist ein Rüde und der mit der spitzen Schnauze, der aussieht wie ein Schäferhund, ist auch einer. Die anderen beiden sind Mädchen. Namen haben sie noch nicht. Den könntest du dann selber aussuchen, wenn du dich für einen von ihnen entscheidest."

„Süß sind die alle, aber eigentlich hat mir Lucky das letzte Mal schon am besten gefallen."

„Ihr würdet bestimmt gut zusammen passen. Aber du musst dich ja nicht gleich entscheiden. Warte einfach ein paar Tage, bevor du dich endgültig festlegst."

Daniel nickte nachdenklich, während sein Blick über die fünf Welpen streifte. Kurze Zeit später machten sie sich auf den Weg zum Speisesaal, wo sie auf die anderen Gäste und Jasons Familie trafen.

SCHULBEGINN

Nach dem Mittagessen ließen sie Hope bei Nicole zurück, die mit den drei Anfängern auf dem Platz reiten wollte. Die restlichen sechs Gäste und die drei Jungen machten sich startklar für den Ausritt. Jason hätte Hope gerne mitgenommen, aber dafür war es noch viel zu früh. Er würde viel mit ihr üben müssen, bis sie so weit sein würde, ihn auf einem Ausritt zu begleiten. Aber er nahm sich vor, bald mit dem Training anzufangen.

*

Daniel blieb, wie die anderen Gäste auch, eine knappe Woche auf der Ponyburg und die beiden Jungen verstanden sich prächtig. Zusammen mit Hope und Sebastian streiften sie durch den Wald, halfen auf dem Hof oder plantschten im Schwimmbecken. Daniel zeigte Jason und Sebastian, was er schon alles mit Hope geübt hatte und brachte seinem Freund bei, was er in der Hundeschule gelernt hatte, sodass Jason die Ausbildung fortführen konnte. Auch fingen die drei an, mit Hope zu trainieren, wenn Jason auf dem Pony saß. Sie sollte lernen, dass sie ihm folgen sollte, jedoch nicht unter oder vor das Pferd geriet. Da die Jungen natürlich nicht alleine einen Ausritt machen durften, übten sie auf dem Gelände des Ponyhofs und Hope schien schnell zu begreifen, was sie von ihr verlangten. Allerdings war sie immer noch ein verspielter Welpe, sodass ihre Konzentration nicht allzu lange anhielt. Es würde noch ein weiter Weg sein, bis sie ihn auf einem Ausritt durch den Wald begleiten durfte. Dennoch waren die Jungen und auch die Eltern stolz auf das, was die Hündin leistete.

Immer wieder verbrachten die Jungen Zeit mit den Welpen, die immer aufgedrehter wurden. Doch seine Vorliebe für Lucky behielt Daniel bei und als er den Hof wieder verließ, stand für ihn fest, dass er dem kleinen Rüden ein Zuhause geben wollte. Von da an kam Daniel mindestens an den Wochenenden zu Besuch, kümmerte sich um den kleinen Lucky und spielte mit ihm. Oft nahm er dann an einem Ausritt unter der Führung des Hausherrn teil.

Auch Jason besuchte Daniel mit Hope bei ihm zu Hause, worüber sich seine Geschwister sehr freuten, da sie doch ein wenig traurig waren, weil der Hund nun nicht mehr da war. Aber bald würde ja ein neuer Welpe in ihr Haus kommen, von dem ihnen Daniel schon viel erzählt hatte.

Als sich die Ferien ihrem Ende zuneigten, war Jason braun gebrannt und gesund. Nichts erinnerte mehr an den schmalen, blassen und oft müden Jungen, der er vor den Ferien noch gewesen war. Herr Mengele erkannte ihn am ersten Schultag fast nicht wieder, als ihm der lebenslustige Schüler entgegen kam. Er war natürlich inzwischen darüber informiert, dass Jason nun bei seiner Mutter und ihrem Ehemann lebte, aber er hätte eine solche Verwandlung nie für möglich gehalten. „Hallo Jason. Ich habe gehört, dass du jetzt auch einen Bruder hast, der morgen eingeschult wird. Deine Mutter hat mir eine Anfrage zukommen lassen, ob es möglich ist, dich für die Einschulung zu beurlauben. Ich habe das mit unserem Direktor abgestimmt und er hat es genehmigt. Aber nach der Zeremonie musst du bitte zurückkommen.“

„Klar, Herr Mengele. Die Schule liegt ja genau nebenan. Da bin ich in zwei Minuten wieder hier, wenn die Feier zu Ende ist. Sebastian freut sich nur so darauf, dass ich mitkomme. Vielen Dank.“

„Kein Problem, mein Junge.“ Damit wandte sich der Lehrer ab und betrat zusammen mit Jason das Klassenzimmer. Daniel setzte sich neben ihn und grinste ihn an, während der Klassenlehrer seine Jahresanfangsrede hielt, die sie schon vom Vorjahr her kannten, und anschließend die Bücher für das kommende Schuljahr verteilte. Nachdem sie ihren neuen Stundenplan erhalten hatten, sowie eine Auflistung der Hefte und Ordner, die sie benötigten, fing der Ernst des Lebens wieder an: zwei Stunden Mathematik. Anschließend durften sie allerdings schon wieder nach Hause gehen.

Zum ersten Mal fuhr Jason mit dem Bus nach Hause und stieg an der Haltestelle Ponyburg aus. Sebastian erwartete ihn bereits mit Hope am Tor und war mächtig aufgeregt auf den kommenden Tag.

*

Am nächsten Morgen fuhr Jason ganz normal zur ersten Stunde in die Schule. Die Einschulung würde erst um neun Uhr beginnen, sodass er vorher noch am Unterricht teilnehmen konnte. Um zehn vor neun meldete sich der Junge bei seinem Lehrer ab und machte sich auf den Weg zur nebenanliegenden Grundschule, in die Sebastian für die nächsten vier Jahre gehen würde. Am Tor wartete die Familie bereits auf ihn. Sebastian saß auf dem Arm seines Vaters, der ihn nun aber herunter setzte.

„So, mein Sohn. Jetzt musst du aber selber laufen. Immerhin bist du jetzt ein großer Junge und kommst in die Schule."

Sebastian hatte noch ein wenig Angst vor dem großen Gebäude und den vielen Menschen, und hielt sich bei seinem Vater und seiner Mutter fest, die seine Schultüte in der Hand hielt. Jason klopfte ihm auf die Schulter: „Weißt du, Basti. Ich hatte damals auch total Angst. Ich war ganz allein und kannte niemanden. Aber dann habe ich festgestellt, dass es den anderen genauso ging. Sie hatten zwar ihre Eltern dabei, aber auch für sie war das alles hier neu und die meisten kannten auch noch niemanden. Aber wir haben uns ganz schnell kennengelernt. Und schon war es nur noch halb so schlimm. Es hat dann richtig Spaß gemacht, die vielen neuen Sachen kennenzulernen. Und vielleicht kennst du ja sogar den einen oder anderen aus dem Kindergarten. Dann ist es noch einfacher."

Nicole blickte Jason dankbar an, denn sie merkte,

226

wie sich Sebastian ein wenig entspannte, als dieser zu ihm sprach.

„Meinst du wirklich?", fragte der Kleine nun.

„Ganz bestimmt sogar. Ich bin hier auch in die Schule gekommen und die meisten Lehrer waren total nett. Weißt du schon, wen du als Klassenlehrer bekommst?"

„Ja, Frau Wohlrab, hat Mama gesagt."

„Nee, oder? Du, die ist superlieb. Die wird dir sicher gefallen."

„Du kennst sie?", fragte Sebastian überrascht.

Jason nickte. „Ich habe vier Jahre lang bei ihr Mathe und Deutsch gehabt. Und sie kann richtig gut erklären. Und wenn man etwas nicht versteht, erklärt sie es noch einmal. Da hast du wirklich Glück, Basti."

Sebastian ließ plötzlich die Hände seiner Eltern los, schnappte sich die Schultüte von seiner Mutter und marschierte in Richtung Turnhalle, wo die Einschulungsfeier stattfand. „Worauf wartet ihr denn noch?", rief er über die Schulter.

Matthias blickte seine Frau an und beide kicherten. „Na, wie gut, dass du mitgekommen bist, Jason", grinste Nicole und legte den Arm um die Schulter ihres Sohnes, während sie Jasons kleinem Bruder folgten, der plötzlich überhaupt keine Angst mehr zu haben schien.

In der Turnhalle setzte sich Sebastian in die erste Reihe zu den restlichen Erstklässlern, während sich sein Bruder und seine Eltern einen freien Sitzplatz suchten, um der Rede des Schuldirektors zu lauschen, die er bei der Einschulung halten musste.

Anschließend wurden die beiden Klassenlehrer und die Klassenlehrerin der drei neuen ersten Klassen vorgestellt und danach las der Direktor die einzelnen Namen der Schüler vor und teilte ihnen mit, zu welchem der Lehrer sie gehen sollten. Damit war der offizielle Teil erst einmal beendet. Die einzelnen Klassen stellten sich auf dem Schulhof mit ihren neuen Klassenlehrern auf, sodass die Eltern und Großeltern ihre Andenkenfotos schießen konnten.

Auch Matthias hatte mit dem Handy einige Fotos von seinem Junior geschossen, bevor die Klasse sich auf den Weg in ihr neues Klassenzimmer machen wollte. Dabei ging die Gruppe an der Familie vorbei und Frau Wohlrab blieb erstaunt vor ihnen stehen.

„Jason? Was machst du denn hier?"

„Hallo Frau Wohlrab", antwortete Jason freundlich.

Sebastian zupfte Frau Wohlrab am Ärmel: „Das ist mein großer Bruder!", sagte er stolz.

Die Lehrerin lächelte. „Ich wusste gar nicht, dass du einen Bruder hast, Jason."

Der Junge blickte kurz zu den Eltern und drehte sich dann wieder zu seiner ehemaligen Lehrerin um: „Ich bis vor drei Wochen auch nicht."

Frau Wohlrab blickte ein wenig verwirrt, aber da Jason keine Anstalten machte, sie aufzuklären, erinnerte sie sich wieder an ihre Aufgabe. „So

Kinder, jetzt müssen wir aber los. In zwei Stunden werdet ihr ja schon wieder abgeholt." Damit lief sie vor den Erstklässlern entlang in Richtung Klassenraum.

Nicole legte Jason den Arm um die Schulter und gab ihm einen Kuss auf den Kopf. „Ich wäre so gerne auch bei deiner Einschulung dabei gewesen, Jason", sagte sie traurig.

Jason blickte ihr in die feuchten Augen. „Das warst du Mutti, du warst immer bei mir. Jetzt weiß ich das." Er umarmte sie zärtlich und seine Mutter hielt ihn fest an sich gedrückt.

Matthias räusperte sich: „Ich glaube, du solltest jetzt auch lieber wieder gehen, bevor du noch Ärger bekommst. Wir warten nachher auf dich, wenn wir Basti abgeholt haben, okay?"

Jason nickte und umarmte auch Matthias kurz, bevor er über den Schulhof zu seiner eigenen Schule rannte, um wieder am Unterricht teilzunehmen.

Da in der ersten Woche der Unterricht nur bis zur fünften Stunde ging, dauerte es nicht lange, bis Jason seine Sachen packte und zum zweiten Mal an diesem Tag zur Grundschule lief. Die drei warteten bereits auf ihn und Sebastian rannte seinem Bruder freudestrahlend entgegen: „Jason! Jason! Du hattest Recht. Die Lehrerin ist wirklich toll. Wir haben Namensschilder bekommen und durften sie anmalen. Und dann hat sie uns erzählt, was wir alles lernen werden und was wir brauchen und sowas. Ich sitze ganz vorne vor der Tafel...", sprudelte es aus ihm heraus und Jason umarmte ihn.

„Siehst du? Es gibt überhaupt keinen Grund, Angst zu haben."

*

Zusammen gingen sie zum Bus. Damit Sebastian lernte, später alleine mit dem Bus zu fahren, waren die Eltern an diesem Morgen nicht mit dem Auto gekommen. Zumal es vermutlich sowieso nicht genügend Parkplätze für alle Eltern der Erstklässler gegeben hätte. Am Anfang würden Nicole oder Matthias noch mit ihm zur Schule fahren und ihn Mittags wieder abholen, außer an den Tagen, an denen Jason zur gleichen Zeit anfangen musste oder Schluss hatte. Dann würde er Sebastian begleiten, bis der kleine Junge sicher genug war, um alleine mit dem Bus fahren zu können.

„Können wir uns eigentlich in den Pausen sehen?", fragte Sebastian gerade.

„Höchstens am Zaun, Basti. Wir dürfen beide das jeweilige Schulgelände nicht verlassen, das heißt, ich darf nicht auf euer Gelände und du nicht auf unseres. Aber wir werden bestimmt immer mal wieder mit dem Bus zusammenfahren."

„Schade", sagte der Kleine.

*

Die erste Schulwoche ging schnell vorbei, alle Schulbücher waren inzwischen eingebunden, Hefte, Umschläge und Schnellhefter besorgt und der Unterricht nahm seinen Lauf. Sebastian war mit Begeisterung dabei, Zahlen und Buchstaben zu lernen und hatte seine Lehrerin bereits am zweiten Tag ins Herz geschlossen. Nur mit dem Busfahren hatte er noch ein wenig Probleme, aber das würde sich sicher bald legen.

Auch Jason hatte der Schulalltag wieder voll im Griff und er stellte fest, dass ihm der Stoff noch leichter fiel, wenn er ausgeschlafen war und nachmittags Zeit hatte, in aller Ruhe seine Hausaufgaben erledigen zu können. Er war zwar schon immer ein guter Schüler gewesen, aber selbst seinen Lehrern fiel auf, dass er sich nun viel öfter meldete und auch insgesamt einen viel fröhlicheren Eindruck vermittelte.

Nach dem Mittagessen ging Jason meist eine lange Runde mit Hope spazieren, bevor er sich an seine Hausaufgaben setzte. Und nach den Haus-aufgaben ritten die Jungen mit Matthias oder auch mit einer der Gruppen, die regelmäßig Ausritte buchten, im Wald spazieren. Sebastian half ihm anschließend beim Training mit Hope, was beiden unheimlich Spaß machte.

*

Am Samstag kam Daniel mit dem Bus zum Hof gefahren, machte einen Ausritt mit den anderen und spielte mit seinem Welpen, der schon wieder gewachsen war. Die Kleinen waren inzwischen sechs Wochen alt und hatten nur Blödsinn im Kopf. Doch Lucky erkannte bereits Daniel, wenn er ihn besuchen kam und ihm ein wenig Zuneigung gab.

„Ich kann es kaum erwarten, bis ich Lucky endlich mitnehmen kann, Jason", seufzte Daniel, als er mit dem flauschigen, braunen Fellknäuel kuschelte und ihm dieser über das Gesicht schleckte.

„Da musst du dich aber leider noch ein wenig gedulden, Kumpel. Das dauert noch ein paar Wochen."

„Ja, ich weiß. Es ist ja auch wichtig, dass er noch bei seiner Mama und seinen Geschwistern bleibt, aber es ist schwer, ihn zurückzulassen. Langsam verstehe ich, wie du dich gefühlt hast, als Hope bei uns gelebt hat."

Jason lächelte und streichelte besagter Hündin liebevoll den Kopf. „Trotzdem bin ich froh, dass es so war. Ich will gar nicht daran denken, was Martin mit ihr gemacht hätte, wenn er herausgefunden hätte, dass sie noch lebt. Vermutlich wäre sie beim nächsten Hundekampf noch einmal als Köder verwendet worden und dieses Mal hätte er sicher-gestellt, dass sie nicht überlebt hätte."

„Martin?", fragte Daniel.

„Mein Erzeuger." Jason sprach nur selten von dem Mann, der ihn fast umgebracht hatte, aber seit der Gerichtsverhandlung nannte er ihn beim Vornamen, das Wort Vater oder Papa hatte er vorläufig aus seinem Wortschatz entfernt. Es war seine Art, mit dem Erlebten umzugehen. Seinen Vater zu verleugnen, machte es zwar nicht unge-schehen, aber für ihn erträglicher.

Daniel nickte nur. Er wusste, dass sein Freund vermutlich noch lange Zeit brauchen würde, bis die psychischen Wunden verheilt sein würden, auch wenn er körperlich schon lange wieder gesund war. Dr. Arent hatte mit ihm darüber gesprochen, als er ihn einmal fragte, wie man so etwas überhaupt vergessen kann. Der hatte ihm damals gesagt, dass Jason vermutlich nie vollkommen vergessen, aber es mit der Zeit einfacher werden würde, damit umzugehen. Er solle ihm Zeit geben und ihn entscheiden lassen, ob er über das Erlebte mit seinem Freund sprechen wollte oder nicht. Daran hielt sich Daniel und fragte daher nicht weiter nach.

„Was macht eigentlich euer Training mit Hope?", fragte er, um das Thema zu wechseln.

„Eigentlich super. Ich denke, bis Lucky zu dir darf, kann Hope auch schon mit auf die Ausritte. Sie hört sehr gut, du hast ihr schon unheimlich viel in der Hundeschule beigebracht. Nur manchmal geht halt noch der Spieltrieb mit ihr durch, aber sie zeigt keinerlei Anzeichen von Jagdverhalten, wenn sie ein Reh oder eine Ente sieht und sie bleibt mit der langen Leine ganz brav neben Sindbad, wenn wir trainieren. Nächstes Wochenende möchte ich gerne mal mit Matthias in den Wald und sehen, wie es dort klappt. Bisher üben wir ja hauptsächlich auf den Wegen vom Hof oder auf der Koppel."

„Ich hoffe wirklich, dass das klappt und dass du bald mit ihr zusammen auf Ausritte gehen kannst. Es wäre auch für sie toll, weil sie sich dabei richtig auspowern kann."

*

Beim Abendessen erzählte Sebastian noch einmal, was er alles in der ersten Woche schon gelernt hatte und obwohl er es nicht zum ersten Mal tat, hörte seine Familie aufmerksam zu. Es machte ihnen Spaß, zu hören, wieviel Freude er dabei hatte. Anschließend fragte Matthias auch Jason nach seiner ersten Woche, die aber recht unspektakulär gewesen war. Nicole hatte zum Nachtisch Vanilleeis mit heißen Himbeeren vorbereitet und nachdem sie auch den letzten Rest dieser Köstlichkeit verspeist hatten, half Jason ihr beim Abräumen, während Sebastian und Matthias noch einmal nach den Pferden sahen.

„Jason? Heute ist ein Brief für dich gekommen", sagte Nicole plötzlich in die geschäftige Stille hinein und der Junge merkte sofort, dass es ihr unangenehm war.

„Von wem bekomme ich denn einen Brief?"

Nicole antwortete ihm nicht, sondern zog einen Umschlag aus ihrer Hosentasche und hielt ihn ihrem Sohn entgegen. Jason trat näher und nahm ihr das Schriftstück aus der Hand. Langsam drehte er ihn um und blickte mit aufgerissenen Augen auf den Absender: Martin Bauer.

„Ich wusste nicht, ob ich ihn dir geben soll…", flüsterte Nicole vorsichtig.

Jason starrte noch immer auf den Umschlag, dann ging er plötzlich an die Küchenschublade, holte eine große Schere hervor und fing an, Umschlag und Brief in tausend kleine Schnipsel zu zerschneiden, die er anschließend in den Mülleimer warf.

Danach kehrte er wieder an die Spülmaschine zurück, um weiter das Geschirr einzuräumen, während Nicole ihn immer noch anblickte. „Jason…?"

„Ich möchte nicht darüber reden", unterbrach der Junge sie ernst und wirkte plötzlich viel älter als sonst. Nicole verkniff sich ihre Frage und half ihm mit dem restlichen Geschirr.

Während der nächsten Wochen kamen noch weitere Briefe aus dem Gefängnis, die auf demselben Wege wie der erste im Papierkorb endeten. Jason wollte nichts mehr mit diesem Mann zu tun haben und weigerte sich standhaft, seine Briefe auch nur zu öffnen, geschweige denn zu lesen. Nach dem dritten Umschlag bat er seine Eltern, weitere direkt zu entsorgen und ihm gar nicht auszuhändigen. Dadurch wurde er nicht ständig wieder an den Mann erinnert, den er am liebsten komplett aus seiner Erinnerung streichen würde.

Matthias machte sich ganz andere Gedanken. Er fragte sich, woher der Mann wusste, dass Jason hier lebte und wie er an die Adresse gekommen war. Doch dann erinnerte er sich an die Gerichtsverhandlung. Matthias selber hatte dem Richter seinen Namen genannt und gesagt, er hätte die vorläufige Pflegschaft für Jason und bei der Vernehmung des Jungen musste dieser seine aktuelle Anschrift angeben. Konnte es sein, dass Martin Bauer sich diese Informationen notiert hatte, um Jason nun mit Briefen zu bombardieren, ihm vielleicht sogar zu drohen? Oder bereute er inzwischen sogar seine Tat und wollte sich bei Jason entschuldigen? Letzteres konnte sich Matthias nur schwer vorstellen, aber um sicher zu gehen, musste er wissen, was in den Briefen stand und nahm sich vor, falls ein weiterer kommen sollte, diesen zu öffnen, auch wenn er damit gegen das Briefgeheimnis verstoßen würde.

Doch für eine Weile tauchte kein weiterer Brief auf, sodass Matthias seine Bedenken schon fast vergessen hatte, bis er Ende September vom Briefkasten kam und die Post auf seinen Schreibtisch warf. Ein Umschlag erregte seine Aufmerksamkeit und er zog ihn zwischen den anderen Schriftstücken hervor. Er hatte richtig vermutet, der Brief stammte aus dem Gefängnis. Kurz entschlossen schlitzte er den Umschlag auf und zog einen zerknitterten Zettel heraus. Aufmerksam überflog er die wenigen Zeilen und trotz seines braungebrannten Gesichts konnte man deutlich sehen, wie er blass wurde. Er hatte Recht behalten: Martin Bauer hatte keineswegs das Bedürfnis, sich zu entschuldigen oder zeigte irgendeine Form von Reue. Im Gegenteil: er gab Jason die Schuld an allem, was passiert war und drohte ihm, zu vollenden, was er vor Monaten nicht geschafft hatte.

Matthias starrte noch immer fassungslos auf den Zettel in seiner Hand, als er Schritte näher kommen hörte. Schnell schob er den Brief unter ein anderes Dokument und zog eine Rechnung hervor, als es an seiner Tür klopfte.

„Herein", rief er mit leicht zitternder Stimme.

„Matthias? Ich soll dich zum Mittagessen holen",

sagte Jason, nachdem er den Raum betreten hatte. „Ist alles in Ordnung?"

„Ja, mein Junge. Alles gut. Ich habe mich nur über eine Rechnung geärgert. Tust du mir einen Gefallen?"

„Ja klar."

„Richte Mutti einen Gruß aus. Ich muss dringend in die Stadt, um etwas zu erledigen. Bin bald wieder zurück."

Damit griff er sich seine Jacke und zog den Brief unter dem Stapel hervor, um ihn in die Innentasche zu stecken. Anschließend schob er Jason aus dem Büro, der noch etwas irritiert schaute, und machte sich mit eiligen Schritten auf den Weg zu seinem Wagen, während der Junge langsam und nachdenklich zum Haus zurückging.

*

Als Matthias beim Polizeirevier ankam, musste er erst einmal warten, bis ein Mitarbeiter für ihn Zeit hatte. Der Polizist, dem er den Brief zeigte und seine Bedenken schilderte, machte ihm nicht viele Hoffnungen, dass diese Briefe unterbunden werden könnten. „Gefangene finden immer wieder Wege, solche Briefe an den Kontrollen vorbei zu schleusen", war seine Aussage dazu. Er versprach jedoch, der Sache nachzugehen und bat ihn, eventuell weitere Briefe vorbeizubringen. Ansonsten versuchte er, Matthias zu beruhigen, da Martin Bauer ja gut verwahrt im Gefängnis säße und Jason daher keine Gefahr drohte.

238

Nicht wirklich beruhigt fuhr Matthias einige Zeit später zurück zur Ponyburg, wo er bereits von Nicole erwartet wurde, die ihm etwas vom Mittagessen aufgehoben hatte. Sie stellte ihm den Teller vor die Nase und setzte sich ihm gegenüber an den Tisch: „Was ist los?", fragte sie ohne lange Vorrede.

Matthias blickte sie für einige Sekunden schweigend an. Er wollte sie nicht unnötig beunruhigen. Sie machte sich schon genügend Gedanken um die Kinder. „Wir haben wieder einen Brief aus dem Gefängnis bekommen und ich habe versucht, das unterbinden zu lassen. Ob es etwas bringt, weiß ich allerdings nicht." Nicole blickte ihn an und schien nicht ganz sicher, ob sie ihm glauben sollte oder nicht, beließ es dann jedoch dabei.

*

„Verdammt ist das frisch geworden", stellte Daniel fest und zog sich seinen Parker enger um die Schultern.

„Was erwartest du denn", lachte Jason, „Immerhin ist es Mitte Oktober. Da darf es doch auch etwas kälter werden."

„Hast ja Recht. Ich bin eben einfach ein Sommer-Kind. Winter ist nichts für mich."

„Na ganz so weit sind wir ja auch noch nicht. Gewöhn' dich besser daran. Ab heute musst du wieder regelmäßig spazieren gehen."

„Das macht nichts, dabei wird mir immer warm. Und Lucky bekommt auch schon ein Winterfell, der friert dann auch nicht. Wann werden denn die anderen Welpen abgeholt?"

„Auch dieses Wochenende. Sie bekommen alle ein neues Zuhause. Irgendwie werde ich die Rasselbande vermissen. Ich habe mich schon so an die Kleinen gewöhnt. Wird ganz schön still sein, in Zukunft", stellte Jason mit ein bisschen Wehmut fest.

„Na immerhin kannst du Lucky regelmäßig sehen. Es bleibt doch dabei, dass wir am Wochenende zusammen spazieren gehen, oder?"

„Natürlich", sagte Jason.

„Und außerdem habt ihr ja noch drei Hunde auf dem Hof. Da wird es also nicht ganz so still werden, Jason. Wird Bella dann demnächst kastriert?"

„Ich denke schon. Matthias wollte nur warten, bis die Welpen weg sind. Deshalb müssen wir etwas aufpassen, damit Strolch nicht auf dumme Gedanken kommt. Gott sei Dank ist Hope bereits sterilisiert." Die Hündin, die ihren Namen gehört hatte, stupste Jason mit der Schnauze an. „Na, meine Süße? Ja, wir haben von dir gesprochen." Er streichelte ihr den Kopf. Inzwischen war die Hündin schon fast ausgewachsen, sodass er sich nicht mehr herunterbeugen musste, um sie zu streicheln.

„Hast du noch Zeit für einen Spaziergang, Daniel?"

„Heute nicht mehr. Mein Vater müsste gleich hier sein, um uns abzuholen. Und heute Nachmittag haben wir bereits die erste Hundeschul-Stunde. Aber ich könnte am Montag kommen. Wir haben ja jetzt zwei Wochen Herbstferien und Lucky muss auch lernen, wie man mit dem Bus fährt." Daniel hob Lucky, den er die ganze Zeit gestreichelt hatte, von seinem Schoß und setzte ihn auf den Boden. Die neue Leine passte dem Welpen noch nicht so richtig und er sträubte sich ein wenig, folgte dann aber seinem neuen Herrchen zum Parkplatz, wo kurz darauf Dr. Arent sein Fahrzeug abstellte.

„Na, alles startklar?"

„Ja, Papa. Wir sind startklar. Ich bin gespannt, was der Rest der Familie zu meiner Wahl sagt."

„Die werden bestimmt genauso begeistert sein, wie du. Lucky ist wirklich ein süßer Hund", stellte Dr. Arent fest und streichelte den Welpen. „Na, dann mal rein mit euch."

*

Am Nachmittag durfte Hope zum ersten Mal mit einer größeren Gruppe zusammen in den Wald. Bisher hatte Matthias mit Jason und Sebastian nur zu dritt trainiert, doch heute wollte der Mann einmal ausprobieren, wie sie sich in der Gruppe verhielt. Er hatte extra gewartet, bis er eine Gruppe von erfahrenen Reitern zusammen hatte, da ihm das Risiko zu hoch war, mit unerfahrenen Kindern in den Wald zu gehen, die unter Umständen nicht wussten, wie sie reagieren sollten, falls der Hund irgendwie aus der Reihe tanzen sollte. Auf dem Hof gab er jedem entsprechende Verhaltensmaßregeln und alle waren gespannt, ob Hope ihre Prüfung bestehen würde. Sie lief ohne Leine und hatte gelernt, dass sie sich neben Sindbad halten sollte. Deshalb probierten sie aus, ob das auch funktionierte, wenn Jason den Wallach an unterschiedliche Positionen lenkte.

Er startete hinter Matthias, ließ später einige Pferde vorbeigehen und setzte sich an das Ende der Truppe. Nach einer Weile trabte er an den im Schritt gehenden Pferden vorbei und reihte sich wieder hinter ihrem Führer ein. Hope folgte ihm auf den Fuß, auch ein vorbeikommender Hund und ein Fahrradfahrer interessierten sie nicht wirklich. Sie blickte zwar in die Richtung, behielt aber immer ihr Herrchen und dessen Pferd im Auge. Jason lobte sie überschwänglich für die gute Leistung und als sie kurz anhielten, sprang er aus dem Sattel und klopfte ihr anerkennend den Rücken. „Das hast du toll gemacht, Hope."

„So Jason, das war das Pflichtprogramm, jetzt kommt die Kür. Wir galoppieren gleich eine Strecke. Jason beginnt an zweiter Stelle. Nach einer kurzen Strecke geht einer nach dem anderen an ihm vorbei, aber bitte auf der linken Seite, damit ihr den Hund nicht erwischt, falls sie sich erschreckt. Und haltet bitte die Augen offen. Sollte irgendetwas nicht normal laufen, halten wir sofort an. Ich möchte nicht, dass sich jemand verletzt, weder ein Mensch noch ein Tier. Alles klar?"

Die fünf Gast-Reiter und Jason nickten und der Junge sprang wieder in den Sattel und reihte sich hinter Matthias ein. Dann ging es los und Hope hatte ihre Freude an dem schnellen Schritt. Vorsichtig lenkten die anderen nacheinander ihre Pferde an Sindbad vorbei und die Hündin blieb nach wie vor im selben Schritt mit dem Pony, bis Matthias rief, Jason solle nun an den Pferden vorbeireiten, doch so, dass der Hund zwischen ihnen sei. Gehorsam lenkte Jason Sindbad mit ein bisschen Abstand an den anderen Tieren vorbei und auch das schien den Hund nicht zu stören. Sie folgte ihm, als wenn sie mit einer unsichtbaren Leine festgebunden wäre. Zufrieden nickte der Mann, der von vorne alles im Auge behalten hatte. „Sehr gut, Jason. Ich würde sagen, von nun an kann Hope bei den Ausritten mitkommen."

„Hast du das gehört, Hope", rief Jason begeistert und die anderen freuten sich mit ihm, „Du hast jetzt offiziell deine Pony-Begleithund-Prüfung bestanden."

Matthias grinste über den gerade erfundenen Ausdruck, aber so unpassend war er gar nicht. Und es gab Matthias auch ein gutes Gefühl, zu wissen, dass Jason nicht alleine wäre, wenn er in nicht allzu ferner Zukunft mal ohne ihn in den Wald reiten durfte. Jason hatte in den letzten Monaten viel gelernt, sodass er nicht abgeneigt war, den inzwischen fast Dreizehnjährigen bald auch mal alleine fortzulassen.

*

Am nächsten Tag wurden auch noch die restlichen vier Welpen von ihren neuen Besitzern abgeholt. Jason sah ein wenig traurig in die nun leere Umzäunung und auch Bella blickte sich suchend um. Als sie Hope in der Nähe liegen sah, ging sie zu ihr und leckte ihr das Gesicht. Sie hatte bereits, seit die junge Hündin auf dem Hof war, diese als Pflegekind angesehen und war froh, dass wenigstens sie noch da war, auch wenn Hope inzwischen fast erwachsen war. Die beiden Hündinnen vertrugen sich super und auch mit Strolch gab es keinerlei Probleme. Den Rüden sah man zwar nur selten, da er tagsüber oft in einer der Boxen schlief, während er des Nachts über den Hof streifte und seine Herde bewachte. Bella auf der anderen Seite lag meist tagsüber irgendwo auf dem Hof, begrüßte Gäste, schaute mal im Haus vorbei oder streunte über die Koppeln. Den Hund konnte man fast überall antreffen. Hope hingegen hatte sich angewöhnt, während der Schule in der Nähe der Bushaltestelle Stellung zu beziehen, sodass sie nicht verpasste, wenn Jason und Sebastian nach Hause kamen. Meist gingen sie dann ein wenig spazieren und während der Hausaufgaben lag sie in ihrem Körbchen. Aber immer, wenn Jason auf dem Hof unterwegs war, war die Hündin auch nicht weit. Sie folgte ihm überall hin und schlief nachts in seinem Zimmer in ihrem Korb.

„Irgendwie hätte ich auch gerne einen Welpen behalten", stellte Sebastian fest. „Papa hat Strolch, du hast Hope und ich?"

„Aber du hast doch Bella, Basti. Und Hope mag

dich doch auch."

„Schon, aber das ist was Anderes. Bella ist ein Familienhund und Hope eben deiner. Ich würde auch gerne mit einem Hund arbeiten."

„Weißt du was? Wir fragen einfach mal, ob du nicht Bella als deinen Hund haben darfst. Dann kannst du mit ihr trainieren, mit ihr spazieren gehen und spielen. Möchtest du, dass ich Mutti und Matthias mal frage?"

„Muss ich dann immer mit Bella spazieren gehen?"

„Ja, das gehört halt auch dazu: spazieren gehen, füttern und das Fell pflegen."

Sebastian überlegte einen Moment. „Vielleicht sollte ich erst mal mit einem Familienhund zufrieden sein", stellte er schließlich fest. „Sonst leiden vielleicht meine Hausaufgaben darunter, wenn ich immer spazieren gehen muss."

Jason verkniff sich ein Grinsen, als er antwortete: „Ja, das wollen wir alle nicht. Aber du kannst ja trotzdem mit Bella schmusen, spielen oder auch ein bisschen trainieren, wenn du Zeit dafür hast", sagte er mit erster Mine.

IN GEFAHR

Schon früh am nächsten Morgen wurde Jason von lautem Motorengeräusch geweckt. Als er aus dem Fenster schaute, sah er, wie gerade ein Bagger von einem LKW abgeladen wurde. Verwirrt lief er die Treppe hinunter. „Was ist denn da draußen los?"

„Entschuldige, Jason", sagte Matthias, während er sich die Gummistiefel überzog, „Ich wusste nicht, dass die so früh kommen. Mutti wird dir alles erklären. Ich muss zusehen, dass die mir nicht die Pferde verrückt machen." Damit verschwand er durch die Haustür und Jason blickte zu seiner Mutter.

„Wir haben uns entschlossen, einen Reitplatz anzulegen. Die Hengstkoppel ist auf Dauer nicht so ganz geeignet und jetzt im Herbst auch oft viel zu rutschig zum Reiten. Deshalb haben wir den ganzen Sommer geplant und gerechnet und nun wird die neue Reitanlage gebaut. Vielleicht können wir dann auch während der Schulzeit Reitstunden geben, was wiederum Einkommen bedeutet. Die Ausritte an den Wochenenden reichen einfach nicht mehr auf Dauer. Deshalb wollen wir in Zukunft Reitstunden für Anfänger und Fortgeschrittene zusätzlich in unser Angebot aufnehmen."

„Das klingt einleuchtend", stellte Jason fest und

Sebastian, der gerade ebenfalls die Treppe hinunter gelaufen kam, rief: „Wir bekommen richtige Reitschüler?"

„Ja, mein Schatz, aber erst, wenn der Reitplatz fertig ist."

„Darf ich zuschauen?", rief der Kleine begeistert.

„Nur, wenn du mir versprichst, nicht im Weg rumzustehen. So ein Bagger ist gefährlich. Aber vorher ziehst du dich erst mal an und frühstückst, Basti."

Geschwind war der Sechsjährige wieder auf der Treppe verschwunden und seine Mutter wandte sich ihrem Ältesten zu: „Sag' mal Jason, was wünscht du dir eigentlich zum Geburtstag?"

„Zum Geburtstag? Wieso?" Jason hatte noch nie seinen Geburtstag gefeiert und Geschenke hatte er schon gar nicht bekommen, deshalb verstand er die Frage nicht so ganz.

„Du musst dir doch etwas wünschen, mein Schatz", versuchte ihm die Mutter auf die Sprünge zu helfen.

„Kannst du meinen Erzeuger aus meinen Träumen und meinem Gedächtnis verbannen?", fragte Jason schließlich, da er in der letzten Nacht wieder von Albträumen geplagt worden war.

Nicole stand auf und nahm ihn in die Arme. „Nein, mein Schatz, das kann ich leider nicht. Aber ich kann dafür sorgen, dass du seinen Namen nicht mehr trägst. Wir haben einen Termin beim Jugendamt, genau an deinem Geburtstag. Das heißt,

Matthias wird dann offiziell dein Papa sein."

Jason strahlte. „Toll! Das nenne ich mal ein Geburtstagsgeschenk. Und dann fragst du mich noch, ob ich nicht einen Wunsch habe? Ist das nicht mehr wert, als alles, was ich mir wünschen könnte?"

„Vermutlich schon", gab Nicole zu, „aber wäre es nicht schön, auch etwas auspacken zu können?"

„Ich weiß nicht, ich habe noch nie ein Geschenk ausgepackt", gab der Junge zu. „Vielleicht schon. Aber ihr müsst mir wirklich nichts schenken, ihr habt doch schon so viel für mich getan. Genaugenommen habt ihr mir eine Familie geschenkt, ein neues Leben ohne Hass und Gewalt. Das reicht für alle vergangenen und künftigen Geburtstage."

Nicole zog ihn in die Arme und gab ihm einen zärtlichen Kuss auf die Wange. „Ich hab' dich lieb, Jason."

„Ich dich auch, Mutti."

„Und ich euch auch", rief Sebastian, der gerade wieder auftauchte und seiner Mutter ebenfalls um den Hals fiel. Jason ging wieder nach oben, um sich nun auch anzuziehen, bevor sie zusammen frühstücken wollten.

Als sie eine halbe Stunde später gemeinsam nach draußen gingen, waren die Bauleute bereits damit beschäftigt, ein abgestecktes Gelände auf einer ungenutzten Wiese auszubuddeln. Mit dem großen Gerät dauerte es nicht lange, bis der künftige Reitplatz ausgehoben war und der Bagger das Feld räumte. Während die Arbeiter anfingen, eine große

248

Plane auf dem Platz zu verlegen, stieß auch Daniel zu ihnen. „Was ist denn bei euch los?"

„Hallo Daniel. Wir bekommen einen Reitplatz", erklärte Jason.

„Und dann können wir richtige Reitschüler haben. Das ganze Jahr hindurch und nicht nur in den Ferien", rief Sebastian immer noch begeistert.

„Hey, super. Euren ersten Reitschüler habt ihr bereits", grinste Daniel.

„Da wird sich Matthias aber freuen. – Wollen wir dann los?"

„Klar, Lucky ist schon ganz aufgeregt gewesen. Er ist heute das erste Mal Bus gefahren, da hat er überall herumgeschnüffelt."

„Und wo ist er jetzt?"

Daniel lachte: „Bei deiner und seiner Mutter. Er hatte Bella gewittert und ist zielstrebig auf euer Haus zu gerannt und in der Küche verschwunden. Bella war total aus dem Häuschen. Deshalb habe ich ihn ein paar Minuten dort gelassen."

„Na, dann wollen wir ihn mal holen."

„Wo wollt ihr denn hin, Jason?", fragte Sebastian von einem Stapel Holz, auf dem er sich niedergelassen hatte und das später für die Umzäunung gebraucht werden würde.

„Wir wollen einen Spaziergang in den Wald machen. Hast du Lust, mitzukommen?"

„Ich kann nicht", antwortete der Kleine ernst, „Ich muss doch aufpassen, dass die alles richtig machen."

Jason und Daniel grinsten. „Stimmt. Einer muss ja

die Oberaufsicht haben", sagte Daniel scherzhaft.

„Jason? Kannst du im Wald gucken, ob du ein paar schöne Blätter findest? Wir müssen welche für den Unterricht sammeln, die wir dann in ein Buch legen sollen und nach den Ferien mitbringen. Ich habe schon ein paar, aber vielleicht gibt es im Wald Bäume, die ich noch nicht gefunden habe."

„Klar. Wir halten die Augen offen, kleiner Bruder. – Und pass' schön auf, das der Platz ordentlich wird."

„Mach' ich, Jason", antwortete Sebastian und wandte sich wieder den Arbeitern zu. Matthias kam gerade von einem Gespräch mit dem Bauleiter zu den Kindern und gesellte sich zu seinem Sohn. Die beiden Jungen verabschiedeten sich, sagten Matthias kurz Bescheid, dass sie in den Wald gehen wollten und holten dann Lucky in der Küche ab. Der Welpe musste an der Leine laufen, da er im Wald sonst vielleicht weglaufen würde, doch Hope trottete ohne Leine hinter den Jungen her.

Fröhlich lachend und quatschend machten sich die beiden auf den Weg. Sie hielten sich an die Wege, die Matthias in der Regel mit den Reitern nahm, da sich Jason inzwischen auf diesen auch ganz gut auskannte und sich somit nicht verlaufen konnte. Ab und zu gingen sie ein wenig ins Unterholz, um nach Blättern für Sebastian zu suchen, kamen dann aber immer wieder auf den Weg zurück. Daniel hatte eine Schleppleine für Lucky mitgenommen. So konnte der Welpe die Gegend

250

erkunden, jedoch nicht zu weit weglaufen und indem Daniel auf die Leine trat, konnte er ihn in Sekundenbruchteilen stoppen, falls der Kleine zu übermütig wurde. Auch Hope entfernte sich ab und zu ein paar Meter, um an einem Baum zu schnüffeln oder ihr Geschäft zu erledigen, kam aber meist nach wenigen Sekunden schon wieder zurück.

Als sie bereits einige Zeit gelaufen waren, fing die Hündin plötzlich an zu knurren. Jason stellte sich neben sie und griff in das Halsband. „Was hast du denn?", fragte er verwundert. Sie hörten ein Rascheln im Gebüsch und der Hund knurrte erneut.

„Das wird vermutlich ein Fuchs oder so sein, der sich im Gebüsch versteckt", stellte Daniel fest und da sie nichts weiter erkennen konnten, liefen sie schließlich weiter.

Hope beruhigte sich wieder etwas und lief vor den Jungen her, doch schon an der nächsten Kreuzung hinter einer langgezogenen Kurve drängte sie Jason zurück und fing erneut an zu knurren. Wieder griff der Junge ins Halsband und auch Daniel ergriff die Leine des Welpen. Während sich Jason noch fragte, warum Hope heute so unruhig war, trat plötzlich ein großer, dunkler Schatten aus dem Unterholz und baute sich vor den beiden Jungen auf. Hope knurrte noch immer, doch der Junge hielt sie fest.

Daniel war erschrocken einen Schritt zurückgetreten, als er den Mann erkannte. „Herr Bauer? Aber sie müssten doch…"

„…im Knast sitzen?", vollendete der Mann seinen Satz und seine Stimme klang genauso drohend, wie Daniel sie noch in Erinnerung hatte. „Tut mir leid, aber da hat es mir nicht mehr gefallen. – Du weißt, warum ich hier bin, Junge?" Den letzten Satz hatte er an Jason gerichtet, der immer noch bewegungsunfähig auf seinen schlimmsten Albtraum starrte. Er wollte wegrennen, doch seine Beine gehorchten ihm nicht. Drohend kam sein Vater näher und endlich schüttelte Jason den Kopf. „Du hast meine Briefe nicht gelesen?" Wieder ein Kopfschütteln. „Tja, Pech für dich. Sonst wärst du vielleicht etwas vorsichtiger gewesen. Aber ich will dich nicht dumm sterben lassen. Ich lasse mir von dir Rotzlöffel nicht mein Leben versauen. Wenn ich mit dir fertig bin, werde ich mich ins Ausland absetzen und dann kann mir keiner mehr was. Ich hätte dich damals schon abstechen sollen, dann hättest du wenigstens für immer deine Klappe gehalten. Aber das kann ich jetzt ja nachholen."

„Nein, das werden Sie nicht", sagte Daniel mit fester Stimme und stellte sich zwischen den Mann und seinen Freund. Lucky hatte sich ängstlich unter einen Busch verzogen und Hope knurrte noch immer ohne Unterlass.

Martin Bauer lachte gehässig. „Willst du halbe Portion mich etwa davon abhalten?"

„Wenn es sein muss, ja", antwortete Daniel und straffte die Schultern. Seine Knie zitterten, doch er hoffte, dass der Mann es nicht sehen würde.

Dieser griff in seine Tasche und zog ein Messer hervor, das er drohend auf den Jungen richtete. Jetzt endlich erwachte auch Jason aus seiner Starre. „Daniel! Nein!", schrie er und riss seinen Freund von dem Mann weg, was ihn jedoch selber in dessen Reichweite brachte und bevor er es sich versah, legte ihm dieser den Arm um den Hals und hielt ihn fest, während Daniel durch den Ruck auf den Boden flog. Jason hatte Hope losgelassen und versuchte, den Arm von seinem Hals zu zerren, der ihm die Luft abdrückte. Die Hündin, jetzt nicht mehr von ihrem Herrchen zurückgehalten, ging sofort auf den Angreifer los und verbiss sich in dessen Wade. Mit einem gezielten Tritt beförderte dieser den Hund ins Gebüsch. Sie stieß ein lautes Jaulen aus und blieb für einen Moment regungslos liegen. „Hope!", krächzte Jason panisch.

„Der Köter sollte doch schon vor einem dreiviertel Jahr das Zeitliche segnen. Jetzt kriegt er endlich, was er verdient. Du hättest damals einfach tun sollen, was ich gesagt habe."

Jason hatte keine Zeit, sich darüber Gedanken zu machen, woher der Mann wusste, dass es sich um denselben Hund handelte, den er hatte erschlagen sollen, denn der Griff um seinen Hals wurde immer fester. Aus den Augenwinkeln sah er, wie Daniel versuchte, auf die Beine zu kommen, aber scheinbar nicht laufen konnte. ‚Er wird uns beide umbringen', schoss es ihm durch den Kopf, als er merkte, wie ihm die Sinne schwanden.

*

Während Matthias mit Sebastian die Arbeiten an dem neuen Reitplatz beobachtete, der langsam Gestalt annahm, bemerkte er aus den Augenwinkeln, wie ein Polizeifahrzeug auf den Hof gefahren kam. Überrascht ließ er seinen Sohn alleine und eilte den Beamten entgegen. Vielleicht hatten sie Neuigkeiten bezüglich der Briefe. Nachdem er auf dem Revier gewesen war, waren noch weitere Briefe gekommen, die er ungeöffnet an die Beamten übergeben hatte. Er hoffte, dass sie nun einen Weg gefunden hatten, wie sie unterbunden werden konnten.

„Herr Weiland?", empfing ihn einer der beiden Beamten.

„Ja? Was kann ich für Sie tun."

„Wir müssen Ihnen leider mitteilen, dass Martin Bauer aus dem Gefängnis geflohen ist. Es wäre denkbar, dass er hier auftauchen könnte. Haben Sie irgendetwas Verdächtiges bemerkt?"

Matthias starrte den Mann ungläubig an. „Wie zum Teufel kann ein Schwerverbrecher aus einem Gefängnis fliehen? Ich dachte, der Kerl wäre sicher verwahrt", rief er ungehalten.

„Ich kann Ihre Aufregung verstehen. Es wird gerade geprüft, wie das passieren konnte. Fest steht aber, dass Herr Bauer bereits seit sechs Stunden auf freiem Fuß ist."

„Und dann kommen Sie erst jetzt? Verdammt, Jason ist mit einem Freund im Wald! Ich muss ihn sofort suchen." Ohne eine Antwort abzuwarten, rannte der Mann davon. Im Stall warf er Batman eine Trense über und schwang sich auf den Rücken des Pferdes. Mit einem lauten Pfiff rief er nach Strolch, der nur Sekunden später hinter dem galoppierenden Pferd herjagte. Die beiden Beamten blickten sich erstaunt an, als Nicole gerade aus dem Haus kam und fragte, was denn los sei.

Während die Polizisten mit der Frau redeten, jagte Batman im gestreckten Galopp durch den Wald. *‚Hoffentlich sind die Jungen auf den Wegen geblieben'*, schoss es Matthias durch den Kopf. Er hatte das ungute Gefühl, dass er die beiden nicht rechtzeitig finden würde. Plötzlich hörte er einen Hund bellen und zügelte das Pferd, um sich zu orientieren. Strolch jagte an ihm vorbei und der Mann folgte seinem Freund, in der Hoffnung, er würde ihn zu den Kindern führen. Als er an eine Kreuzung kam, stockte ihm der Atem. Hope stand bellend vor einem Mann, der ihm den Rücken zudrehte, und versuchte, den Tritten des Angreifers auszuweichen und sein Bein zu erwischen.

Daniel lag am Boden und hielt sich ein Bein und Jason hing bewegungslos in den Armen des Mannes. Strolch rannte nun ebenfalls bellend und knurrend auf den Mann zu und biss ihn ins Handgelenk. Das Messer, das er eben noch auf den Hals des Jungen zubewegt hatte, ließ der daraufhin mit einem Schmerzensschrei fallen. Ohne nachzudenken, trieb Matthias das Pferd wieder an und sprang mitten im

Lauf vom Rücken des Tieres auf den Mann zu. Die Wucht des Aufpralles schleuderte diesen auf den Rücken. Jason fiel auf den Boden und blieb wie leblos liegen. Während sich die Männer auf dem Boden wälzten, kroch Daniel auf den Freund zu, griff das Messer und schleuderte es weit von sich irgendwo in die Büsche. „Jason, wach' auf", rief er verzweifelt, während die Männer immer noch miteinander rangen und die Hunde nach den Beinen von Martin Bauer schnappten. Endlich konnte Matthias einen Hieb platzieren, der seinen Gegner kurzzeitig die Luft nahm und ihn zwang, die Hände von Matthias Hals zu nehmen. Er konnte sich befreien und sprang auf, während Martin versuchte, sich aufzurichten, von den Hunden aber am Boden gehalten wurde. Verzweifelt rannte er zu den beiden Jungen. „Bist du in Ordnung, Daniel?", fragte er, während er neben Jason auf die Knie sank.

„Ich bin okay, nur mein Bein nicht. Aber sie müssen Jason retten. Der Kerl hat ihn gewürgt – ich weiß nicht, ob er noch lebt." Daniel sprach stockend und Tränen liefen ihm über die Wange, während er entsetzt auf seinen Freund starrte.

Matthias ergriff Jasons Handgelenk. Er konnte einen Puls tasten und atmete auf. „Er lebt, Daniel. Er ist nur bewusstlos." Erleichterung schwang in seiner Stimme mit. Er streichelte sanft Jasons Wange und schließlich öffnete der Junge die Augen. Er erkannte Matthias und schlang die Arme um seinen Hals. „Papa! Gott sei Dank. Ich hatte solche Angst."

Matthias lächelte. Es war das erste Mal, dass Jason ihn bewusst Papa genannt hatte. Erleichtert drückte er den Jungen an sich. Aus den Augenwinkeln bemerkte er ein Blinklicht, das sich der Kreuzung näherte und ließ den Jungen los. „Bleibt sitzen", sagte er zu den beiden Kindern und ging auf das Polizeifahrzeug zu. Die beiden Polizisten blickten besorgt auf die Schrammen in seinem Gesicht und die beiden Jungen, die mit bleichen Gesichtern auf dem Boden kauerten.

„Ist bei Ihnen alles in Ordnung?"

„Inzwischen schon. Ich kümmere mich um die Jungs. Schaffen Sie mir nur dieses Monster aus den Augen." Er nickte in Richtung Martin, der immer noch versuchte, aufzustehen, jedoch von den Kiefern der Hunde daran gehindert wurde. Die Beamten gingen auf den Mann zu und legten ihm Handschellen an. „Strolch, Hope, AUS!", rief Matthias und die Hunde ließen von dem Mann ab und kamen zu ihren Herren zurück.

„Sie braucht einen Tierarzt, Matthias", stellte Jason mit einem Blick auf seinen Hund fest.

„Erst einmal braucht ihr beide einen Arzt, mein Sohn. Hope geht es im Moment gut, aber ich verspreche dir, dass ich den Tierarzt anrufe, wenn ihr beiden versorgt seid, okay?"

Jason nickte und streichelte die Hündin. „Du hättest die beiden sehen müssen. Daniel hat sich schützend vor mich gestellt und Hope hat Martin angegriffen, als er mit dem Messer auf Daniel losgegangen ist." Stolz tätschelte er dem Hund den Kopf.

„Wo ist das Messer eigentlich? Wir müssen es der Polizei geben."

„Das habe ich weggeschleudert, damit er nicht drankommt. Irgendwo da drüben."

„Ich werde es suchen, mein Junge", sagte einer der Polizisten, der gerade zu ihnen gekommen war. „Danke für den Hinweis. – Sind Sie sicher, dass wir keinen Krankenwagen rufen sollen, Herr Weiland?"

„Nein, danke. Der Vater des Jungen ist Arzt. Er wird sicher selber nach ihm sehen wollen. Ich bringe die beiden auf den Hof, dann sehen wir weiter. – Meinst du, dass du reiten kannst, Daniel?"

Der Junge nickte. „Ich kann nur nicht auftreten, aber sonst tut es kaum weh. Vielleicht habe ich mir nur den Knöchel verstaucht. Wenn Sie mir hoch helfen, wird es schon gehen."

Der Mann stand auf und hob Daniel vorsichtig auf das Pferd. Der Junge verzog kurz das Gesicht vor Schmerzen, doch sobald er oben war, entspannten sich seine Züge wieder. Der Polizist kam gerade aus dem Gebüsch und trug Lucky auf dem Arm. „Gehört der zu ihnen?"

Matthias drehte sich um. „Ja, das ist Lucky. Er gehört Daniel." Er nahm dem Mann den Welpen aus dem Arm und reichte ihn zu Daniel auf das Pferd. Anschließend half er Jason, aufzustehen. Der Junge hatte keine Kraft in den Beinen und konnte sein Gewicht nicht halten, sodass der Mann ihn hochhob und hinter Daniel auf den Hengst setzte. Dann rief er nach den Hunden und die kleine Gruppe setzte sich langsam in Bewegung, während Matthias sein Handy aus der Tasche zog und bei Dr. Arent anrief, der versprach, sofort vorbeizukommen.

Sie brauchten für die Strecke zurück zum Hof ziemlich lange. Matthias taten alle Knochen von dem Kampf weh und er wollte vermeiden, dass die Jungen, die noch viel stärker angeschlagen waren, vom Pferd rutschten. Auch die beiden Hunde trotteten nur langsam hinter dem Pferd her, man merkte deutlich, dass Hope Schmerzen hatte. Am besten war noch Strolch davon gekommen. Er schien unverletzt zu sein. Lucky war zwar ebenfalls nicht verletzt, aber vollkommen verängstigt und kuschelte sich an Daniel, der ihn auf seinem Schoß hatte.

Als sie schließlich aus dem Wald traten, kam ihnen Dr. Arent bereits entgegen gelaufen. Hinter ihm folgten Nicole und Sebastian.

„Was ist passiert?", fragte der Arzt, doch Matthias winkte ab.

„Warten Sie, bis wir am Haus sind. – Schatz, kannst du dich mit Sebastian um die Hunde und Batman kümmern? Ruf' bitte den Tierarzt an, Hope hat es ganz schön erwischt. Und die anderen beiden soll er sich auch ansehen. – Sebastian, du bist mir für Lucky verantwortlich. Kannst du das machen?"

Sebastian nickte und nahm den Welpen von seinem Vater entgegen. Vor der Tür drückte Matthias seiner Frau die Zügel in die Hand und hob

Daniel vom Pferd. Vorsichtig setzte er ihn auf die Stufen vor dem Haus. Dann ging er zurück und hob Jason ebenfalls herunter.

Während die Jungen erzählten, wie sie ihre Verletzungen erhalten hatte, untersuchte Daniels Vater dessen Fuß. Nach einigen Minuten gab er Entwarnung: „Ich denke, mit Fußballspielen ist erst mal nichts, junger Mann. Aber die gute Nachricht ist, dass ich keine Anzeichen für einen Bruch sehen kann. Ich denke, dass es sich um eine Verstauchung handelt. Die ist zwar schmerzhaft, aber nicht weiter schlimm. Zur Sicherheit werde ich dich aber noch einmal röntgen lassen. – Nur um ganz sicher zu gehen. Ich mache dir gleich einen Stützverband und dann legst du das Bein hoch. – So, jetzt wollen wir dich mal anschauen, Jason." Er untersuchte auch Jason, der deutliche Würgemale am Hals hatte, sonst aber unverletzt schien. Erstaunlicher Weise machten beide Jungen einen recht fitten Eindruck, was den Arzt verwunderte. Sie zeigten beide keine Anzeichen für einen Schock, ihr Puls und ihre Atmung waren wieder normal. Dennoch ermahnte er Matthias, Jason für die nächsten Stunden genau im Auge zu behalten, falls später noch eine Schocksymptomatik auftreten sollte. Ansonsten konnte er gegen die Würgemale nicht viel machen. Anschließend wollte er auch Matthias untersuchen, der jedoch versuchte, abzulehnen. „Das ist nicht notwendig. Mir geht es gut."

„Das würde ich jetzt so nicht unterschreiben, Herr

Weiland. Sie haben zu mindestens Mal eine Platzwunde an der Augenbraue, die ich mir gerne einmal ansehen und versorgen möchte." Widerwillig ließ der Mann den Arzt seine Arbeit machen. Dr. Arent reinigte die Wunde und versorgte sie mit einem Pflaster. „Was ist mit Ihrem Arm?", fragte er dann.

Matthias blickte an seinem Arm hinab. Erst jetzt bemerkte er, dass seine Jacke zerrissen war. Das musste bei dem Sprung vom Pferd passiert sein. Vorsichtig zog er den Arm aus dem Ärmel. Er hatte eine lange, jedoch nicht sehr tiefe Schnittwunde am Unterarm, die der Arzt ebenfalls reinigte und mit Steri-Strips versorgte, bevor er den Arm verband.

„Noch irgendwo Verletzungen?"

„Ich glaube nicht", lächelte Matthias dankbar. „Nur ein paar blaue Flecken, die zwar wehtun, aber zu ertragen sind."

Nachdem der Arzt noch Daniels Fuß verbunden hatte, trug er seinen Sohn zum Auto, um ihn zum Röntgen in die Klinik zu bringen. Dann drehte er sich nochmal zu Matthias um. „Danke, dass sie rechtzeitig gekommen sind. Wer weiß, was sonst noch alles passiert wäre."

„Kein Problem. Ich hoffe nur, dass sie den Kerl in das tiefste Loch im Knast sperren und den Schlüssel wegschmeißen", knurrte Matthias, der immer noch wütend war, weil es Martin geschafft hatte, aus dem Gefängnis zu entkommen.

Der Arzt lächelte verständnisvoll. „Können wir Lucky heute hierlassen?"

„Ja, natürlich. Der Tierarzt wir ihn sich ansehen und ich denke, Sebastian wird ihn heute Nacht mit ins Bett nehmen, damit er sich nicht so alleine fühlt."

„Danke. Ich hole ihn dann morgen ab. Und achten sie auf sich und Jason. Sollte es Probleme geben, rufen sie mich oder meine Kollegen an."

„Machen wir. Gute Besserung, Daniel."

„Danke. Für Sie beide auch. Und vielen Dank für die Hilfe."

GEBURTSTAGSÜBERRASCHUNG

Nachdem Daniel und sein Vater den Hof verlassen hatten, brachte Matthias den Jungen ins Haus und setzte ihn auf das Sofa. Jasons Beine fühlten sich immer noch wie Wackelpudding an, aber er konnte wenigstens wieder laufen. Matthias holte ihm etwas zu trinken, was der Junge dankbar annahm, und setze sich dann neben ihn. Der Mann würde es zwar nie zugeben, aber auch er fühlte sich alles andere als fit. Er war zwar körperliche Arbeit gewöhnt, doch der Angriff, der Kampf mit Jasons leiblichem Vater und die Angst um den leblos am Boden liegenden Jungen hatten ihm mehr abgefordert, als ihm lieb war. Erst jetzt merkte er, wie knapp es gewesen war. Wären die Polizisten nur zehn Minuten später auf den Hof gekommen, hätte er womöglich nur noch die Leichen der Jungen gefunden. Es schüttelte den sonst so starken Mann und Jason blickte ihn besorgt an. „Bist du wirklich in Ordnung, Papa?"

Der Mann lächelte ihn an: „Ja, mein Junge, alles gut. Ich musste gerade nur daran denken, was alles hätte passieren können."

„Wieso war Martin eigentlich im Wald? Ich dachte, er muss für viele Jahre ins Gefängnis", fragte Jason nun.

„Das würde mich allerdings auch mal interessieren. Scheinbar hat er es irgendwie geschafft, auszubrechen. Ich dachte immer, so etwas gibt es nur im Fernsehen, aber da habe ich mich wohl getäuscht."

„Heißt dass, er kann immer wieder kommen?" Jasons Stimme wurde ängstlich.

Matthias nahm ihn in die Arme. „Nein, mein Sohn. Ich denke, die werden jetzt ein ganz genaues Auge auf den Kerl werfen, sodass er keine Möglichkeit mehr dazu hat. Vielleicht kommt er sogar in ein Gefängnis, das weit weg von hier ist."

Jason beruhigte sich wieder ein bisschen. Dann blickte er den Mann an: „Warum hasst er mich so sehr? Was habe ich ihm denn getan?"

„Überhaupt nichts, Jason. Du bist ein toller Junge und jeder Vater müsste sich stolz schätzen, dich als Sohn zu haben. Ich glaube, Martin hasst sich selbst am meisten und versucht, diesen Hass in eine andere Richtung zu lenken. Und da ihr alleine gelebt habt, richtete sich dieser dann irgendwann gegen dich. Das hat aber nichts mit dir zu tun, mein Junge."

Die Tür öffnete sich und Nicole kam mit Sebastian, dem Welpen und Hope in das Haus.

„Hope!", rief Jason und nahm den Hund in die Arme. „Wie geht es ihr?", fragte er dann in Nicoles Richtung.

„Hope geht es gut, mein Schatz. Sie hat ein paar Prellungen, die wohl eine Weile wehtun werden, aber der Tierarzt meint, sonst wäre alles okay. Sie

264

braucht ein bisschen Ruhe und Pflege, genau wie ihr beide. Und deshalb werde ich euch jetzt ein bisschen verwöhnen."

„Das ist lieb von dir, Nicole. Aber ich muss mich um die Bauarbeiten kümmern und die Reitgruppe wartet in einer Stunde auch auf ihren Führer."

Er stemmte sich von der Couch hoch, was ihm sichtlich Unbehagen bereitete, wurde jedoch von Nicole sofort wieder in die Kissen gedrückt. „Du gehst erst mal nirgendwo hin, mein Freund", sagte sie streng. „Um die Bauleute kümmere ich mich und dein Vater übernimmt den Ausritt. Dich lasse ich heute nicht mehr auf ein Pferd. Und Sebastian kümmert sich um Lucky. Ihr beide bleibt auf der Couch. Von mir aus schaut euch einen Film an, aber draußen will ich euch nicht mehr sehen."

Matthias grinste seine Frau an: „Zu Befehl, Frau Oberfeldwebel."

Nicole gab den beiden einen Kuss und besorgte dann etwas frisches Obst und Getränke, die sie ihnen auf den Sofatisch stellte. Anschließend besorgte sie für jeden eine Wolldecke und drückte ihrem Mann die Fernbedienung in die Hand, bevor sie mit Sebastian und Lucky das Haus wieder verließ.

Jason kuschelte sich in der Sofaecke in seine Decke, während Matthias den Fernseher einschaltete, um ein interessantes Programm zu finden. Die Hand des Kindes ruhte dabei auf dem Rücken seiner Hündin, die vor ihm auf dem Boden lag.

Als Nicole eine Stunde später ins Haus kam, um

nach den dreien zu sehen, schliefen sie friedlich auf der Couch. Sie schaltete den Fernseher wieder aus und verließ das Wohnzimmer.

*

Daniel kam am nächsten Tag mit seinem Vater vorbei, um Lucky abzuholen, der sich dank der Fürsorge des kleinen Sebastians wieder einigermaßen erholt hatte. Jasons Freund lief auf Krücken und Jason blickte ihn geschockt an.

„Ist nicht so schlimm", beruhigte ihn der Freund. „Nur eine Verstauchung. Ich soll den Fuß ein paar Tage schonen, deshalb die Krücken. Bis die Schule wieder anfängt, bin ich fit wie ein Turnschuh. – Und wie geht es dir? Du siehst schlimm aus."

„Du hast Matthias noch nicht gesehen. Den hat es wohl am Schlimmsten von uns erwischt. Aber er würde das nie zugeben."

„Er ist eben ein Held durch und durch. Aber ich bin froh, dass er gekommen ist. Ich weiß nicht, wie lange wir sonst noch durchgehalten hätten. Hope war zwar toll, aber alleine konnte sie nicht viel ausrichten."

„Ihr wart alle toll", sagte Jason leise.

Dr. Arent unterbrach die Jungen: „Wir sollten uns jetzt wirklich auf den Weg machen. Du musst dein Bein noch schonen, damit du es bald wieder belasten kannst, Daniel. Ich denke, am Wochenende bist du wieder fit genug, dann kannst du Jason ja besuchen. Ist das ein Angebot?"

Die beiden Jungen nickten. Jason brachte Lucky

zum Auto und winkte den beiden nach, als sie vom Hof fuhren.

*

Zwei Tage später war Jasons dreizehnter Geburtstag. Als er zum Frühstück in die Küche kam, hatte Nicole bereits schön gedeckt. Auch eine Kerze stand vor seinem Teller und als er die Küche betrat, fingen Nicole, Matthias und Sebastian an, *Happy Birthday* zu singen. Gerührt blieb der Junge stehen und wartete, bis sie fertig waren. Nachdem sie ihm alle gratuliert hatten, setzte sich der Junge an den Tisch und sie frühstückten in aller Ruhe miteinander.

„Darf Jason jetzt endlich seine Geschenke bekommen?", fragte Sebastian schließlich aufgeregt und rutschte unruhig auf seinem Stuhl hin und her.

Erst jetzt bemerkte Jason einige Päckchen, die auf einem kleinen Tisch in der Ecke lagen. Überrascht blickte er die Familie an.

„Ich weiß, du wolltest keine Geschenke, Jason. Aber du glaubst doch nicht im Ernst, dass ich darauf höre. Ich muss immerhin zehn Jahre nachholen", grinste Nicole und Sebastian sprang auf, um das erste Geschenk für seinen Bruder zu holen.

Zögernd öffnete der Junge seine Päckchen und freute sich sehr über die kleinen Aufmerksamkeiten, die dabei zu Tage kamen. Zum Schluss öffnete er einen kleinen Umschlag und zog eine Karte daraus hervor. „Für dein letztes Geschenk musst du nach draußen gehen", stand in verschnörkelter Schrift auf dem Kärtchen. Jason blickte ein wenig verwirrt von einem zum anderen, während die Eltern aufstanden und ihn aufforderten, ihnen zu folgen. Am Stall stand angebunden der Wallach Sindbad und trug eine große Schleife um den Hals.

Jason blieb wie angewurzelt stehen. „Soll das heißen…?", fragte er verwirrt und Nicole lächelte: „…dass er jetzt offiziell dir gehört, ja."

Der Junge fiel den Eltern und auch seinem Bruder um den Hals und wusste gar nicht, wie er sich am besten bedanken sollte.

*

Gegen elf Uhr machten sie sich auf den Weg in die Stadt. Sie hatten noch einen Termin wegen der Adoption. Nachdem sie den Raum betreten hatten, blickte sie der Beamte ein wenig irritiert an, als er die Verletzungen an Jasons Hals und im Gesicht von Matthias erblickte. Man sah ihm an, dass er kurz davor war, die Adoption abzubrechen, weil er scheinbar glaubte, dass die beiden sich geprügelt hätten. „Kann ich dich bitte mal kurz unter vier Augen sprechen, Jason", sagte der Mann mit ernstem Gesicht.

Jason grinste und antwortete: „Können wir gerne tun, ist aber nicht nötig, wenn es um unsere Verletzungen geht. Das war nicht Herr Weiland, das war mein Erzeuger. Matthias hat mir das Leben gerettet, indem er ihn mitten im Galopp von den Füßen gerissen hat. Dabei und bei dem anschlie-ßenden Kampf wurde er selber verletzt."

Der Mann atmete sichtbar aus, als die Eltern zur

Bestätigung nickten. „Na, wenn das so ist. Dann sollten wir wohl den offiziellen Teil hinter uns bringen." Und nachdem sie den Papierkram erledigt hatten, stand der Beamte auf und gratulierte allen. „Ab heute hast du einen neuen Nachnamen, Jason und Herr Weiland ist jetzt offiziell dein Vater."

Jason drehte sich zu Matthias um und sagte: „Das ist er schon lange." Dann flog er dem Mann um den Hals und flüsterte: „Ich hab' dich lieb, Papa."

Matthias drückte den Jungen an seine Brust und Nicole hatte Tränen in den Augen. Jetzt waren sie auch offiziell eine richtige Familie.

ENDE

Als ich mich vor einem guten halben Jahr dazu entschlossen habe, eine Geschichte, die ihren Ursprung vor zwanzig Jahren hatte, endlich einmal zu Ende zu schreiben, ahnte ich nicht, dass dies der Beginn einer Leidenschaft sein würde, die fast dreißig Jahre in meinem Inneren schlummerte, bevor sie nun kaum noch zu bändigen ist. Heute ist das Schreiben für mich ein Ausgleich zu Beruf, Familie und Haushalt. Beim Schreiben kann ich entspannen und meine Träume und Gefühle in Worte fassen.

Ich möchte meiner Familie und vor allem meinen beiden Kindern danken, dass sie mir diese Freiheit lassen und sogar meine Freude am Schreiben ein wenig mit mir teilen. Besonders meine Tochter steht mir gerne mit Rat und Tat zur Seite, wenn es darum geht, passende Namen für meine Charaktere zu finden.

Ein großes Dankeschön geht auch an meine Probeleserinnen, die mir Feedback zu Inhalt und Rechtschreibung gegeben und mich motiviert haben, meine Geschichten zu veröffentlichen: meine Mutter Arietta Ziegelmayer, meine Tochter Jessica Choate und meine Arbeitskollegin Antje Liebold.

Außerdem möchte ich meinem Sohn Kevin danken, der mich zu der Figur des kleinen Jason inspiriert hat.

Zum Schluss möchte ich mich auch bei meinen Lesern bedanken, die ich hoffentlich mit dieser Geschichte über Kindesmisshandlung, Hass und Gewalt, aber auch Liebe einer Mutter für ihr Kind und die Freundschaft zwischen einem kleinen Jungen und seinem Hund für eine Weile in ein Land der Phantasie entführen konnte.

Claudia Choate, Februar 2019

Dieses Buch ist ein Roman. Ähnlichkeiten mit realen Personen oder Begebenheiten sind rein zufällig und von mir nicht beabsichtigt.

Weitere Titel von Claudia Choate

Flucht in die Freiheit

357 Seiten
19,99 € / eBook 9,99 €

Verlorene Seelen
Bd.1 Licht am Ende
des Tunnels

432 Seiten
13,49 € / eBook 5,99 €

Verlorene Seelen
Bd.3: Stumme Schreie

236 Seiten
8,49 € / eBook 5,49 €

Verlorene Seelen
Bd.4 Sprung ins
Ungewisse

357 Seiten
11,49 € / eBook 6,99 €

Verlorene Seelen
Bd.5 Tiefe Wunden

171 Seiten
7,49 € / eBook 3,99 €

Verlorene Seelen
Bd.6 Haus Rosengarten

316 Seiten
11,49 € / eBook 6,99 €